孤棋

Content

目次

The Innocent and the Beautiful

Have no enemy but Time.

W.B. Yeats

【推薦序】

文／台大外文系副教授王沐嵐

《彩畫師》描繪了一個社會階級結構由色彩決定的世界中，年輕的「畫師」易羅（Iryl）的成長故事。從底層的農民以至於城鎮高貴的統治者，每個家族依其選擇的色彩分工，但這個選擇卻也成為將人們桎梏於所屬領域的枷鎖。易羅很快發現在他所屬的世界中，色彩甚至支配了自然與超自然秩序。但《彩畫師》是關於一群人利用色彩法則的神秘力量試圖撼動社會既有的成規。

奇幻世界的建構屢見不鮮。從托爾金的中土大陸到馬汀的維斯特洛，奇幻小說讀者一直以來總有幸漫遊於許多怪誕而奇妙的國度。然而，使《彩畫師》自其他奇幻小說中脫穎而出的是，《彩畫師》不僅使我們驚覺現實中色彩對我們的影響之大：交通規則、服儀要求，甚至是種族身分，更提醒我們自己對顏色在生活中的作用認識多麼淺薄。色彩是社會基礎的構成要素之一，卻鮮少有人察覺。而《彩畫師》最巧妙的奇喻（conceit）正是將奇幻世界的建構後設地轉喻（metonymy）為藝術家以畫筆及色盤上各式各樣的顏料繪成一幅壯麗的壁畫。正如奇幻作家以描述和訊息一點一滴逐漸建築他們的奇幻世界，畫家亦於畫布上以五彩繽紛的輪廓與線條形塑自己的天地。

《彩畫師》中許多形容圖像與繪畫的篇章都顯示作者在向古希臘的讀畫詩（ekphrasis）傳統致意。但就很多角度而言，《彩畫師》也直接挑戰了這個概念，在色彩的基礎上以文字創建「世景」（worldscape），透過字句而非色盤或畫筆達致生動的視覺性。

多數情況下我們難以由「克雷」（Cray）和「瑟列斯」（Celeste）快速聯想到蠟筆及天空等和色彩有關的字彙，而原意紫紅色的「莫浮」（Mauve）及意指蔚藍色的「瑟路列昂」（Cerulean）也絕非常見字眼。然而，作者卻成功將指涉色彩的抽象詞彙重置，成為情緒及內在邏輯皆具說服力、栩栩如生的人物。換句話說，作者不只是在主人公的命名上巧妙地戲弄顏色，更是在把玩和色彩有關的字彙，以及我們對這些字彙的想法。也許這也是為什麼有些時候我們會在《彩畫師》中發現「畫筆」誅勝於劍伐，因為作者早已將自己手中的筆成功代換為小說世界中的畫筆。

《彩畫師》中，作者才是最終的畫師，手拿顏色千變萬化的色盤構築他的奇幻世界：每一畫鉛筆線條都勾勒出人們的思想體系與信念；每一道筆刷筆觸皆為一熙攘著生活與紛爭的世界更添色彩與深度；每一抹顏料均賦予角色或地點更多樣的面向與特質。《彩畫師》的美妙我們已略窺一二，也期待作者在本書中提及的種種輕柔色彩能在他未來的作品中大放異彩，擴展為一幅幅充滿人物、地點與劇情轉折規模更大、更細膩的壁畫。

（譯者：曾文怡）

Truest Color recounts the coming-of-age story of Iryl, a young "painter" in a world where the human society is dominated by a hierarchical structure determined by a system of colors. From the lowly peasants to the noble lords of towns and cities, people are assigned roles according to their choice of color in life, but that choice also becomes a shackle chaining people to their designated fields. Iryl soon learns that colors even rule the natural and supernatural order of things in the world of *Truest Color*. Yet, *Truest Color* is about people attempting to destabilize the order set down by color through the use mystical powers that are associated with each distinct hue.

Fantasy world building is nothing new. From J. R. R. Tolkien's Middle-earth to G. R. R. Martin's Westeros, readers of fantasy fiction have long had the privilege to roam numerous weird and wondrous realms. What sets *Truest Color* apart from the other fantasy fiction is the fact that it not simply alerts us that in reality we are all affected by colors, in traffic regulations, in dress codes, and even in racial identity, but how little we truly know about colors its impacts on our lives. Color is one of the fundamental building blocks of our society that few people acknowledge. In fact, the cleverest conceit in *Truest Color*, is indeed in the metafictional metonymy of equating fantasy world building with and artist creating an epic mural with a paint brush and a palette of myriads of colors. Just as fantasy writers gradually form their worlds with bits and pieces of description and information, painters shape their worlds on canvass with various colored silhouettes and lines.

The numerous verbal passages describing pictures and paintings in *Truest Color* demonstrates that Tony is paying homage to the ancient Greek tradition of ekphrasis. Yet in many ways, *Truest Color* directly challenges the ancient Greek concept of ekphrasis by providing a textual "worldscape" of vivid visuality built on a foundation of colors not applied via palettes or paintbrushes, but through words.

For most people, "cray" and "celeste" are not words immediately associated with colors and "mauve" and "cerulean" are certainly not common words. But Tony manages to reassign obscure words referencing color to being flesh-and-blood characters with convincing emotion and rationale. In other words, Tony is not just playing with colors (as his protagonist is so aptly named), but is playing with words or our concept of words associated with colors. Perhaps this is why there are several incidences where we find in *Truest Color* that "the paintbrush is mightier than the sword, since Tony has successfully substituted the pen with the paintbrush in his world.

In *Truest Color*, Tony is the ultimate painter with a polyphony of hues in his world-building palette: Each penciling frames the outline of people's ideological systems and believes; Each brush stroke adds further color and depth to a world bustling with life and strife; Each daub of paint bestows a character or a location with further dimension and distinction. We have been shown a small portion of the potential beauty in Tony's *Truest Color*, and the faint touches of hues he references in the book will hopefully be detailed into full scale murals populated with people, places, and plot-twists in his future works.

一、色彩的名字Name of the Colors

他可以為自己取姓氏。

易羅（Iryl[1]）經常思索自己這麼想的原因。或許是他不喜歡只被叫做易羅；或許只是想要一個歸屬、或許他不想當無姓氏者；或許每個原因都參雜在裡頭，擠壓、捏塑著他的不滿。這種空乏的情緒使易羅在孤兒院裡，從來沒有真的回家的感覺，只是回到一個吃飯、睡覺、跟朋友朝夕相處的大屋子罷了。

他現在知道取名字並不容易；不是隨便想個喜歡的事物就可行的。

當初拋棄他的父母，絕對沒有顧慮這麼多。他們最大的功勞只是在一張紙條上潦草的撇下幾個字、放在竹籃裡、慌張地棄置在孤兒院門廊前，接著便走了。父親急著被賭債債主追殺逃亡、母親奔至遠處村子討生活；這是個從小聽到大的故事。易羅已經有數年沒有去想離家尋親的幼稚行為了。

「易羅。」有人將他喚回現實。

恍惚的這一刻差點讓易羅搞砸了手上的畫筆。

他暫時擱置姓氏的事情，重新專注在眼前要務上。

畫偏了。「告訴我你不是在想名字的事。」他的夥伴看著畫布上有個小區域顏色不勻，表情惶恐的低聲

[1] Iryl: Name bearing the meaning "Play of Colors"

說：「不要是現在。」

易羅只允許自己被慌張佔據半秒，便著手處理問題。他知道，要是真因為畫上人物的汙點搞砸了這幅畫，他和夥伴的工作都將不保。頃刻間，易羅以畫筆在畫布、顏料、調色盤間閃進閃出，揑握畫筆的修長手指好像從身體分離出去，揮舞著。畫布上的細小瑕疵很幸運地在客人上前查看之前填上了。

「瞳孔，別忘了瞳孔！」夥伴用粗重氣音提醒易羅，幾乎要喊出聲來。

霑染顏料的鵝毛筆在畫布上點綴最後幾筆，總算停下。

「畫工，有什麼問題嗎？」坐在兩公尺外高凳上的中年男子問道。

他的身材圓滾發福、留著一腮整齊鬍鬚，表情正經而有些緊繃，好像不知道放鬆是什麼意思—沒經驗的客戶都是這樣，總想著要是坐姿歪，畫也會跟著就毀了——他身上的正統純紅軍服和徽章顯露不低的官階，透露出的威嚴也讓易羅不敢怠慢。中年男子從椅凳上站起，手扶著痠痛的腰間伸展四肢，看來是受不了不到半個鐘頭的呆坐，也開始想念他的菸斗。

中年男子用白色的手巾擦拭汗水。

「不！沒有問題，肖像畫完成了，穆索先生，辛苦您了。」夥伴一邊收拾高凳，一邊謙恭的說。木製的畫架簡約而兼顧實用，除了設計良好的角度和配備良好的調色處、畫筆架，甚至還有巧妙的滑輪設計，讓畫者能輕易轉動畫架。易羅的夥伴當初製作這座畫架，總是把這個優良的設計當作自己的寶貝，他曾說這器械會顛覆所有畫者的工作效率，也不知是否會成真。

易羅轉動畫架讓中年男子過目作品。淡黃色的畫布上是男子的半身肖像；正襟危坐的軍裝男子死死地看著前方，以紅色服裝為基底；面部描繪得唯妙唯肖，就連那眉宇間貴族特有的驕傲神韻都捕捉住了。

「嗯……」中年男子看著自己的肖像畫思忖道：「你這畫工還真是畫的又快又好，跟席維太太介紹的一樣。多虧你的年輕有為，我可以趕上妻子準備的晚餐了。」

在清水裡將顏料洗淨後，易羅用隨身的棉布將畫筆擦拭乾淨，放在大衣的貼身收納袋裡緊靠胸口，謹慎的像是在對待最重要的事物。

「好，真是好……」男子此時重複的呢喃道，慢慢檢視著肖像畫，像是要把每次筆觸都看透。

「您過獎了。」易羅幾乎下意識地回答道，口氣裡卻毫無致謝之意。

男子似乎沒有察覺易羅的不屑，只是繼續欣賞那幅肖像畫，手撫著鬍子。那模樣讓易羅渾身不自在，好像自己正赤裸的被檢視。

「不過……」穆索先生的聲音突然有些遲疑，同樣的狐疑也出現在他的眼神裡。

「是？」易羅反問。

「綠眼。」穆索先生說著揮了揮手巾示意著肖像的一雙眼睛。

好像是見到污漬，好像這幅畫已經失去價值。

「我們穆索家代代都是綠眼；我祖父、叔父、父親和我都是如此。深沉的綠、『碧色』；就像我們敬愛的城主、和先王一樣的瞳色。這一點，穆索家十分引以為傲。拜隆為證！」穆索先生說著激動地將白色手巾捏的死緊。

易羅聞言，冷淡的表情幾乎可以說是惱怒，只是他壓抑得十分好，只顯露了那麼一秒，絕沒有讓客戶看到。至於站在畫架後方待命的夥伴，則是十分慌張地看著氣氛高漲；一邊是不能觸怒的客戶，另一邊則是自己的好友。

「好的，」易羅終於壓下情緒，平淡地說：「我們會更改內容，傍晚再將畫作完成品送回您的宅邸。」

「顏色……對，顏色。顏色太重要了，一定……一定要是完美的。畫工怎麼會明白？」穆索口中緩緩呢喃，拿著畫紙的手竟有些顫抖；他的眼神散發空洞的荒蕪，好像看到畫上最著魔之處。

房間被尷尬的沉默籠罩，連易羅也不知道要開口說話。畫上的軍人用栩栩如生的瞳孔瞪視著房間裡的每個人，使人渾身發顫。

穿著素白的僕人悄悄從門後進來，示意時間已然不早。

穆索無神地點點頭，將畫還給易羅；只見他起身要離開時，正要去伸手拿深綠外套裡的錢袋，想了想，又停下動作，穿起大衣。他轉而將潔白的手巾抖開、翻面、然後又披掛在手背上。手巾的另一面是黑色的，暗沉而虛無；就像男子此時的臉色一樣。這樣奇怪的動作，讓易羅有種熟悉又困惑不已的感覺。

「……完成品送達後，我會支付費用的。日安，兩位。」穆索先生宣道。

他隨即轉身離開房間，留下深漆房門在他身後未闔上。

在易羅看來，穆索的軍服肩上，那一排榮譽勳章好像不再那麼熠熠生輝。

兩人離開穆索家時，時間已向晚。僕役們將二人送到宅邸門口，隨即閉緊鐵製大門，門上的黑色尖刺高指天空。

「別跟我說你有辦法忍受他的語氣！」易羅還未遠離大門守衛時，已忍不住抱怨道，大力地將背袋甩到肩上。

一旁的夥伴扛著已經收納到枕頭大小的畫架、畫軸和其他作畫工具，開始任憑易羅發洩怒氣。他深知易羅平常個性平易近人、隨和友善，甚至能說是好欺負；可是當事情牽扯到作畫時，卻比誰都還要認真看待一切。

兩人以不快也不慢的速度走在街道旁。

下沉的太陽，在消失前努力的點亮一部分的街道，而家家戶戶裡都開始點起蠟燭。鋪著小石子的人行道每隔十數公尺佇立著深灰色的燈柱，每根都有小樹幹那麼粗。每個燈柱上都有個大碗般半圓形的燈罩遮掩著內部的器械。點亮的器械在燈柱頂端能發出淡黃色的光，明亮卻顯得刻意；整座城市多虧這些林立的燈柱照亮著來往的人行道、馬車行走的灰石路、和不再被陽光寵幸的傍晚空氣。

「只不過是一對瞳孔。」夥伴邊走邊說，「他說是什麼顏色，隨他吧。」

「那對墨綠色的眼珠子怎麼會是碧色？」易羅問，似乎也不期望有人回答，「而且他的反應，只怕那對瞳孔才是雇我作畫的原因。」

「別忘了這是成年禮前的最後一份工作，要不是席維太太好心介紹這差事給我們，現在恐怕連參加成年禮的錢都還沒有著落。」夥伴一副泰然地說，「而且穆索的官位這麼高，讓你人間蒸發也不會有人多問。別惹火軍官。」

「哼，能不能從軍官大人那裡拿到酬勞，也還說不定呢。」易羅看著裝半成品的畫軸說，「那些人不把色彩當作色彩，而是當作攀權附勢的工具。他們這樣做，那我學色彩、作畫又有什麼意義呢？難道要跟他們追求一樣的東西嗎？」

夥伴的表情有些緊繃，好像害怕有其他路人聽到易羅的言論。

易羅當然也明白，自己的不滿沒有任何辦法讓尊貴的客戶知道。眼看自討沒趣，易羅決定對其他話題產生興趣。他問：「席維太太什麼時候變得這麼樂善好施了？竟會讓出這種『好』差事給孤兒來做。」

夥伴的表情瞬間更加緊繃，好像發現自己誤觸了地雷。而且是他自己埋下的。

「老闆娘……看我們倆可憐，施捨的……吧。」夥伴冷汗直流，他總是緊張就話多。

「若是真有這種好差事，我應該早就在酒館裡聽大家說了？」易羅問。

「那……那是在酒館開店前。」

「她怎麼沒有推薦給畫室的學生呢？」

「看我們走投無路了吧。」夥伴非常沒有說服力的說，也懶得狡辯。

易羅笑道：「你啊。這麼說，大家茶餘飯後說的那些流言，都是真的囉？」

「她只是託我幫忙……」夥伴脹紅的臉夾雜羞辱和惱怒。

「哈哈，怪就怪你一副好欺負的樣子。這種讓婦女青睞的事情，鐵定過了成年禮也沒辦法擺脫。」

「哼，我還換來每晚的最後一輪免費蜜酒呢。你們這幫不知感恩的傢伙。」夥伴嘟囔道：「別忘記剛才在穆索家，是誰把你從恍神中拉回到現實的，易羅。」踢飛路旁的石子，喀地一聲正好打在一旁石製燈柱上。

「你剛才，在煩惱名字的事？」眼看易羅沒有回嘴，夥伴問道。

「每個人都有屬於自己的，我的卻是孤兒院院長從書上抄下來的。」易羅嘆道。

「唔……」夥伴呆想了一陣：「至少院長識字。」

易羅當然知道那言下之意，只好輕笑不答。

「不想煩惱這些。」夥伴甩開先前的話：「過幾天就成年了，大家說今晚要在酒館慶祝。來嗎？」

此時想到酒館特釀蜜酒的滋味，易羅也不禁嘴饞起來。他們一伙年輕小子，總能因為老闆娘席維太太的親睞而多贏得一輪蜜酒，也因為這樣，那間酒館成為他們最常聚會的地方。談論當天遭遇的趣事、想到的笑話、工作上的苦楚，最後全都混著醺人的酒精喝下肚子。想像著這些，易羅忍不住想要將今天的工作草草收尾，直奔酒館。

正當他神遊之際，有陣粗重聲音竟從兩人上方喝道：「格林特！」

易羅轉頭觀察夥伴的反應。只見他不但沒有被嚇到，臉上反而是做錯事被抓到的苦楚。

「格林特！」第二次吶喊時，易羅終於找到聲音的來源，正上方。

只見一旁數公尺高的燈柱架著一副木梯，沿著梯子向上看，有個人正跨坐在頂端。

整座城市的燈柱都由一個電路系統掌控亮暗，但是眼前這個燈柱卻獨獨未亮，不知是燈罩裡的器械故障或是電路系統有問題，所以才會有人來修理，易羅想著。梯子頂端那人的臉因為背向燈罩而看不清，只知道身形和嗓音一樣粗壯，兩隻手在燈罩裡頭摸索。雖然看不到臉龐，但易羅二人從聲音就能判斷是誰。

「……爸。」一旁的夥伴氣餒地道，好像接受了自己的霉運。

易羅的夥伴正是被呼喚的格林特，赫紅（Glint Crimson）。

赫紅是淵源長久的燈師家族。他們好幾代以來都負責鋪設、管制和維修整座伊登市（Itten City[2]）的電路系統。格林特甚至曾誇口說赫紅家已經有四代子孫不曾離開過伊登市，全部盡心盡力的維持著城市夜晚的

---

[2] Itten City: From Johannes Itten（1888-1967）, co-creator of the Color Sphere (Wheel) and the Color Theory

明亮。整座偌大城市裡有數十名燈師（Illuminator）、數百條大小街道、數千座石製燈柱，格林特卻剛好從自己的父親在維修的故障燈柱下走過，只怕不幸運已經難以形容。

易羅能夠認識來自工人家族的格林特，並成為生意上的夥伴，靠的其實是機緣。

伊登城主有令，民戶不準持有電路，一律由官方設立。這讓赫紅家的地位攀向非官方的頂端，與官員們過從甚密。即便如此，赫紅家裡大多數都是務實的粗工、技工，只負責鋪設和維修電路，無從過問官員的決定或互動。赫紅家住在城東南，就離此處不遠的一區民房裡。格林特的父親就是典型的修理工。雖說是個不識色的粗人，一雙靈巧的手卻十分受用，也遺傳到兒子身上。

格林特從小對維修燈柱、電路一點興趣也沒有，常常逃出家；他雖然學會了方法卻從沒有認真執行父親交代的事，反倒常把時間花在設計其他器械、工具上，他此時提在手上的收納式畫架就是驕傲的作品之一。他的身形卻絕對像是一位工人。紅髮如火。肩膀寬大、身高魁梧，一雙大而靈巧的手，臉龐稍俊而老實，搭上一頭赤紅俐落的頭髮，讓他的外貌有一種青春年盛的朝氣。

木訥的他最常說的字是「唔」。同儕從小就欺負格林特，因為他總是太過相信別人、總是不知道什麼是邪惡。直到青春期，格林特幾乎在一夜之間快速長到巨人般的體格，這才讓欺凌停止。

屆時他已經知道，自己不適合大家眼中的赫紅家了。也不知是孽緣或是好運，格林特在那時遇見了同樣被排擠慣的孤兒易羅，兩人頓時成為至交好友並一起打發時間。格林特負責找尋生意並提供各種工具、畫具、顏料，易羅則是對繪畫有特別的天分，兩人的興趣不謀而合。當然，這與格林特父親為兒子構想的工作有很大的出入。

「你這濁色的小子，又跑去哪裡撒野了?!」格林特的父親從梯子上喝道，語氣裡卻聽得出一絲欣慰，

「你老子我忙進忙出一個下午，竟不見兒子蹤影，氣死我了。你娘一直在準備成年禮，家裡人手都不夠了。我的擴板手又不知道自己長腳跑去哪了！幫我找找。」

面對父親源源不絕的嘮叨，讓格林特哀嘆了一聲，無力地答道：「知道了。」

格林特轉過頭對易羅怨道：「你走吧。幫我向酒館的大夥問好。」他的語氣像是要留下來斷後的士兵。

易羅苦笑道：「好。你爸不會把今天怪在你頭上吧？不如我跟他說……」

「不用啦。」格林特說，「你有夠多事要煩惱的。別忘了把穆索的肖像送回宅邸。畫架寄放在你那可別弄壞了，我改天再找你討回來。」說完，他就把畫架和畫軸塞到易羅的手裡，然後把高大的身軀擠上梯子，去協助父親維修燈柱。

只聽梯子上頭開始傳來不間斷的鐵槌敲打聲，易羅扯嗓子往上喊道：「赫紅先生！我先走啦！」

易羅也不等燈師的回答，拿著畫架和畫軸、趁著沒有馬車行經時穿越了泥土路，往城東逕自離去。留下赫紅父子二人在燈柱工作。他的呢喃——「不識字的父親，總比不見蹤影的好」，很快也被伊登市的晚風吹散。

＊※＊

上頭的字全被風和時間磨滅了；孤兒院的門牌只剩下深沉的灰，介於有無、黑白之間。

孤兒院不需要名字。整座伊登市僅此一間，也不會有人想要看到第二間。

夾擠在兩座新式雅房中間，讓兩層樓高的孤兒院即使在城東區也倍顯老舊；要是幾十年前或許還新穎的樣式，此時只讓路人看得死氣沉沉。磚房因為長年煤煙薰染而鋪上一層灰黑，屋頂上的瓦片也被風吹落不少，每逢雨天必然漏水。只有東翼的教室有堅實點的天花板；也因為這樣，保持乾燥是唯一讓易羅喜歡上課的原因。整座孤兒院的木質地板總是在踩踏上去時發出嘎吱聲，讓夜裡偷偷摸摸的行徑加倍困難。後院的柴房、廚房和茅房在深夜裡此時都悄然無聲；一小片草地除了曬衣物之外沒有其他用途。

易羅躡手躡腳的由後巷的木籬笆跨入時，差點被堆疊整齊的柴堆絆倒。果然該少喝一點蜜酒的，路都看不清了。

走上前時，易羅才想起後門早已經鎖上了。

按照慣例，現在院工恐怕正要開始搜查寢室，確認每個孩童都入睡了。

抬頭觀看寢室的樓層，他特別注意左邊數來第三間的玻璃窗；愛看書的樂蒂總是到了深夜還點著蠟燭閱讀，如果那間寢室的光還亮著就代表院工還沒有去過易羅的房間。

還亮著。

「樂蒂阿樂蒂，過兩天易羅哥哥一定到舊書攤幫你多撿幾本書。」易羅自言自語道。

他於是沿著水管、墊著從廚房後面拿來的食材木箱爬上二樓窗戶。夜晚的空氣讓磚頭有些潮濕，滑溜的幾乎沒辦法抓穩。終於攀到三樓房間時，易羅小心翼翼地先檢視了一次；房間裡只看的到黑漆漆一片，但是窗戶還留下微啟的縫隙，剛好足以讓易羅推開後跨入。他暗自慶幸自己多年的偷溜經驗讓整個攀爬過程幾乎悄然無聲。

一片伸手不見五指的黑暗中，易羅摸索著桌面尋找燭台。

散落的畫紙幾乎到處都是，都是易羅練習作畫的成果，即使在一片黑暗中他好像都能摸出每一張畫和上面的人物、物品、風景……或塗鴉。

終於在一片黑暗中劃亮了一根火柴，點燃燭台，微弱的火光照亮窄小簡樸的單人間；簡單的木質畫桌、桌面上散落的畫紙和用具、一個裝著幾套衣物的棕色箱子、一張看似容不下易羅的身高大小的床。

「呼。」他嘆了一口氣，直接倒在床上。

兩手墊在頭後，易羅任思緒隨意飄動。

天花板上有一個圖案，是易羅剛搬進這間房時漆上的，此時已經有些斑駁，但易羅即使閉眼也能夠描繪：

紅、黃、藍三原色均分中間的等邊形；三原色混合出橙、綠、紫在緊鄰三角形的六邊形上；在最外圍有十二個標準色形成一整個圓環，包圍著六角形。所有顏色相輔相成、有的互補有的互斥，精確的有如鐘錶，呈現一個完美的色環。

易羅還記得自己初次見到色環時，是在孤兒院的教室裡……

講台上的教師展開圖紙上的色環，讓在場的孩童們全都興奮躁動不已。

「孩子們，記住，色環是所有原理的雛形。」帶著些許口音的教師娓娓道來。

「創世之初，純彩神（Coloremitan[3]）以色環為雛型創造了萬物，並賦予萬物顏色。每件事物——有形或無形——都有各自的顏色作為歸屬；顏色在色環上的位置可以代表相生相剋、卻也可以代表相輔相成，其中的奧秘是如此玄妙，凡人絕對無法以肉眼、知識、甚或是靈感來全然體會。

[3] Coloremitan: God and Creator of the world. The center of all's belief.

那時，無知的人類就連想要畫出正確無誤的十二色環都苦無辦法，人們生活陷入沒有指引的迷茫。

但是，萬能的純彩神並沒有捨棄教導無知的人類。祂決定賦予一名人類將近全知的智慧，還有關於顏色的所有真理與學問，並派遣這名人類來循序漸進的教化我們。這位偉大的祖先就是——

「『先知』拜隆！」所有孩童異口同聲答道。

「對，很好。」教師讚道，「先知以他出眾的學問畫出完美的色環，將上面的顏色劃分為十二門。接著以顏色為依據，在人類社會中建立制度、法律、層級。色環上無窮的妙用也被後世的人類作為學問研究的依據，流傳至今。它能夠用以解釋色彩學的原理、詮釋和應用。

因此，為了紀念先知的付出，人們遂將這不凡的圖像命名為『拜隆色環』（Bylon's Sphere）……」

易羅早已記不清那位教師的樣貌，卻仍記得那天聽到的每一個字。

當天聽完課程後，易羅便火速衝回房間裡將色環的樣子畫了下來。直到他在孤兒院裡的資歷大到足夠住進單人房之後，便將色環漆在木頭天花板上。對當時年幼的孩童來說，教師的那些話聽進耳裡不像是佈道，而是毫無掩飾的、灌輸下來的價值觀；一個每天在生活裡體會的框架。對於一個未來黯淡無光的孤兒來說，能夠接觸一套「看的見」的規則有種特別的魔力，彷彿知道社會規則者，就能夠在社會裡有一個正當位置，而孤兒想要的有時候就只是這樣。隨著時間過去，易羅不必刻意也能發現，色環的應用深植在所有人的生活裡，此時酒後微醺地想起來，好像有種迷人的回憶感：

計時的鐘就是色環上的色彩延伸製造出來的，它的指針操縱著生活的步調；人們的姓氏源自色彩名，姓氏則決定一個人該做的工作；畫室的學生都在學習辨認和調配顏色的能力，學習每個事物相對應的顏色等等。

甚至，在一周後的年度成年禮上，成年者都必須踏入色環，讓色環決定一個初出茅廬的青年未來的人生方向。這樣的選彩儀式（Sorting Ceremony）每年在伊登市中心的大廣場舉辦，總是充滿了群眾的喝采聲。十二個顏色、十二個領域和職業種類，早在出生前就準備好了；青年們踏入廣場上的拜隆色環，就是踏出成長為成年男女的第一步。

格林特他想必毫不猶豫的就會踏上「紅」的區塊吧，易羅想著，也或許他毫無選擇。

然後，會輪到易羅走上前——

街販行人、男女老幼、甚至是孤兒院的其他後輩孩童們都聚集在廣場。上千人吵吵嚷嚷地看著一個孤兒呆立在廣場上，不知所措的看著地上色環的十二個區塊。他們不約而同地哄堂大笑，看著易羅出盡洋相。

一個執著於畫圖，卻沒有錢財、也沒有能力加入畫室的孤兒。

若是能將那滑稽畫面記錄在畫布上，光是想像就覺得肯定棒極了……

「咚，咚。」敲門聲打斷了易羅獨處的思緒。

門外的人緩慢地敲了兩聲門後停下，好像在說「我已經用指節做出努力了，換你開門」。易羅認識的所有人裡，只有一個人會如此一絲不苟的做事，

但院工伯伯不會。

易羅緊張地從床上坐起，像是做壞事被抓到的小孩；或許他就是。

「呀」的一聲，老舊門閂哀號著；來者沒多說什麼就打開了木頭房門、踏入。

院長的年紀比院工伯伯還要大，孤兒院的孩子們總是在猜他到底年屆幾歲。即使以皮膚黝黑的南方人來說，孤兒院長都是一個非常高瘦的人，他為了踏入房間還必須彎下腰。他的穿著和他的做事方式一樣一絲不苟，一身黑色的單調罩袍；剪到幾乎看不見的短白髮，透露他早已踏入老年的事實。表情木訥而嚴謹，搭配滿布皺紋的魚尾，讓他黑白分明的眼神顯得睿智且銳利。他抿住的嘴唇和高起顴骨好像已經數十年沒有出現過笑容。總歸而言，孤兒院長給人的感覺，好像是這個地方的陰沉、抑鬱全部會總之處。

幾十年以來他以一絲不苟的方式管理著這個地方。在他的管理下，孤兒不會因為身世可憐而得到同情；每個孩童都有負責的事務，以保持孤兒院的運作。即使易羅在孤兒院待了十數年，也從來沒有看過院長發怒或發笑。易羅一直都不知道自己對這個收養自己、賦予自己名字的高瘦老人，究竟是敬是畏，或是二者兼具。不過易羅有的時候會想像，冷漠院長的身分，或許就是自己能夠有最接近父親的對象。

現在易羅很確定自己大禍臨頭了。

「坐著。」院長直截了當的命令道，讓正要起身的易羅又跌坐回床上。剛才喝的蜜酒早已全部從胃和腦

海裡消失。

此時，本來應該負責查房的院工伯伯也從門外走入，他的身形較為佝僂，走路駝著背。院工走進易羅的房間後把門關上並把手上提著的油燈放在桌上。面積不大的房間頓時因為三個人都在裡面而顯得擁擠。院長則把散落在木椅上的畫紙拿開後坐下。

「你今年多大了？」院長問道，一邊瀏覽著易羅練習畫圖的作品。

「十……十八。」易羅答道，心裡緊張地後悔著沒有整理書桌。

「顏色已鮮豔。果然該選彩了。」院長看著手上的練習畫紙，語焉不詳。

「今年院裡只有你一個人參加，你知道嗎？」院長緊接著問。

「知道。」易羅道。他早已習慣沒有同儕的孤兒院；其他孩童大概都只有十歲左右吧，易羅只能在街頭、在酒館認識同年齡的人。

院長放下畫紙，轉而看向易羅，淡然道：

「參加選彩後，孤兒院就不會再有你的位置了。」他臉上面無表情。

「什……什麼？」易羅驚問，「可是沒有前輩一選完彩就離開的！」他覺得喉頭一縮。

「從來沒有，但是你會。」院長宣布道，沒有多做解釋的打算。

「可……我還沒有找到正當的工作！院裡沒有空房了嗎？」易羅問。

站在一旁的院工此時插嘴說道：「空房是還有，但是城主給的預算已經見底了。」

「我……」易羅嘗試著要說話，為自己爭取。

「易羅。」院長慎重的說道，「你已經夠年長了，足以自己發現這件事，我們也不必再像對小孩一樣對你隱瞞。伊登市並不在乎孤兒院的存亡。我們是沒有任何色彩的地方；沒有任何政治陣營會試圖管理、介入或是幫助孤兒院，因為從中無利可圖。城主之所以還願意撥預算給我，是因為每一年院裡都會釋出一定數量的名額，參加選彩。」

「藍季[4]（Indigo）都快到了，我們卻連煤炭也買不起，只有木頭可以燒火⋯⋯」院工伯伯嘟囔著。

「夠了！阿百。」院長打斷院工的抱怨，「他不需要聽那些。」

易羅此時麻木地坐著。他不禁想起後院的那堆枯瘦的乾柴，它們就像許多孤兒的體態一樣乾癟。易羅一直都知道孤兒院很窮，這從伙食裡就看的出來了；院裡一天只有早晚兩餐，而且離不開硬的像石頭的雜麥麵包還有淡的像是清水的湯，每次廚房大娘大發慈悲的做出甜食，總是引發孩童們大肆搶奪掠食。可是，易羅從沒有想過孤兒院本身是被整座城市厭惡拋棄的。

要是木牆另一邊的孩子聽到剛剛的一席話，恐怕會陷入極大的恐慌。易羅只覺得此時發怒也不是、怨嘆也不是，只能呆坐在床上；也許這就是長大成人的無奈感。

「這不是在趕你走，易羅。」院長又道，聲音完全沒有變柔的感覺，「這只是在送走最不需要我們的人。你比其他孤兒都早熟，阿百近年來已經鮮少需要照顧你了，你甚至能掙錢養活自己。」他指了指散落的畫紙，「你從來沒有加入市立的畫室，還能夠自學以畫圖過活，甚至自己籌錢參加成年禮，我想你就算不待在孤兒院也無妨。」

易羅聽了這話，心裡突然有種莫名的恐懼。萬一我一輩子都要替別人畫肖像畫呢？我能夠忍受每天看著

[4] Indigo (season): cold period of the year. Other two includes Scarlet (紅季) and Gold (黃季); each has the length of 4 months.

黑暗……看著穆索那種人的嘴臉嗎？院長的逐令此時已經十分明顯，但是易羅還是不禁問道：「我要是沒有找到過活的法子、退無可退，這裡還能容身嗎？」

院長看著消沉的易羅，眼神銳的像刀刃，他又說：「這裡收留的是孤兒，不是灰心喪志的可憐蟲。」

「但我該從哪裡開始？畫肖像這種工作……難道有其他色塊的工作會更適合我嗎？」易羅試著問。

「選彩的結果誰也猜不透。你的基礎就是曾經所學，色彩學也好、繪畫也罷，每一種顏色都有其價值和意義。這就是那些大人物沒有辦法看見的東西。

「長大成人，其實是照顧者放手的時刻，易羅，而孤兒院只不過是放手放的很澈底罷了。」

院長的話，讓「驅逐」這件事顯得微不足道，但是易羅卻只能將苦水往肚子裡吞。

他當然想要反駁。他想要大聲喝斥不公，可是他知道這只有可能讓更多孤兒聽了之後面臨恐懼。

一想到隔壁的樂蒂可能會過更苦的日子，易羅決定不多說什麼。

「好，我走。」易羅淡淡地說，「下周選彩後，你就不會再看到我。」

「拜隆在上……」院工阿百有點畏畏縮縮的對易羅說：「選……選彩儀式就在明天啊。」

易羅只覺得眼前一黑，過多的壞消息像是潮水一樣快要把他沖垮。

「明……天？」

他突然明白當天傍晚抵達酒館時酒館裡每個人都在討論「明天」的事情。易羅一開始還以為是有集市或是馬戲團要經過伊登市，現在他才知道是成年禮被提前了。心裡瞬間有如黑幕籠罩。

「城主下的令。成年禮將會在明日早晨舉行，偕同選彩儀式。」院長道。

「竟然突然更改日期，」易羅錯愕的道，「這可是每年最重要的慶典。」

「其餘的慶祝不是重點。但是選彩儀式被提前，讓我要告訴你的事情又更多了一條。」院長高瘦的身體向前傾、兩隻手的指尖與指尖相連，好像接下來要說的話才是重點。「易羅，孤兒院每年都會提供名額參加選彩，其中的原因你知道嗎？」

易羅不加思索地說：「因為要填補空缺。」

院長挑起一邊的眉毛，好像有些驚訝。「怎麼說？」他問。

這些年來，易羅幾乎每晚都在酒店這個龍蛇混雜的地方吃飯喝酒，當然已經知道一些城市裡眾所皆知的暗幕。此時易羅也不忌諱地坦承道：「每一年剛成年的人都要參加成年禮，可是每個色塊的人數並不平均。像是……紅色家族通常人數最多，其他則各自或多或少都會有新人加入。」易羅說著眼神也暗了下來。「通常都是追隨著自己的家族……」

「所以？」院長示意易羅繼續說。

「這……當某個色塊的人想要增加額外的人員，就會在選彩儀式挑選本來沒有所屬色塊、沒有家族的人；我聽人說過，裡面包括其他城市的移民、戰俘、罪犯、還有就是……孤兒。大家都叫他們……」易羅頓了一下，「……叫我們受選者（The Chosen Ones）。」

院長不置可否地對易羅說：「受選者次被凍得下未者，易羅。色環對受選者們來說是沒有任何意義的，因為他們不能夠選擇自己要走向哪一個色塊，只能等待想要利用他們的人收留。

「可是，今年不一樣。」

易羅總覺得院長、阿百、甚至整個房間的氣氛都變得有點緊繃，但是院長仍繼續說：「今年，沒有家族膽敢擴張勢力，受選者能夠自己選擇想要走進的色塊。」

易羅一聽，心裡有一絲雀躍閃過，好像看見了希望的蹤跡。

院長解釋道：「家族勢力處於弔詭的平衡點，沒有派系想招攬生無所屬顏色的人，生怕會引起風波打破這個平衡。」

「不招攬？但……但這不就代表？」易羅正要問。

「這代表，當你站上色環的時候，最好選擇一個不會引起任何家族不滿的色塊。」

易羅聽了只覺得加倍的困惑。他問：「什麼意思？」

院長正要設法解釋，阿百就緊張地打斷道：「院、院長。」

院長示意聽到了，又對易羅說：「多說也無用。明天，你就會知道了。」

他從木椅上站起身時，易羅忍不住想要追問，但是院長伸手制止易羅說話；他暗沉的眼神好像在說「這個話題已經結束」。

易羅真的不知道，為什麼成年人的眼神可以有這麼多意思。

「記住，易羅。先是眼見為憑，再做決定。」院長往下看著坐著的易羅說，「你的人生會順遂許多。」油燈的光影讓人看不清他的表情，院長撿起桌上的一張畫紙，「這幅畫的不錯。送給孤兒院吧。」

易羅記得那張紙上頭是練習作畫時的素描。泛黃的草畫紙上用煤炭筆拓著一棟房子，赫然便是易羅從小生長的孤兒院；這張素描只有黑、白、和數不清種類深淺的灰，沒有其他顏色，卻用陰影代表所有這棟建築物的樣貌。院長看了那幅素描數秒，然後離開。他走了之後，阿百站在原地欲言又止了好一會兒，最後也選擇離開；留下易羅一個人沉默地坐著。

他從未如此多言。易羅今晚聽見的話比十幾年來聽過院長開口說的還多。這不僅反常，也讓易羅驚覺其中的內幕比自己想像的還要繁瑣；各個色塊家族長久以來的政治角力，終於慢慢地浮上檯面，甚至影響到城市市民的慶典，家族勢力的毒手則伸向所有將要跨入成年的年輕人。他想起今天看見在穆索家看見的、那種對於顏色所代表的力量病態而走火入魔的狂熱，並想像穆索眼神裡的狂熱，若是感染到每一個貴族身上，所帶起的將是怎麼樣的彩色光景。

至於易羅，沒有人問過他想要什麼；或許只是一個姓氏。

但他只是在這調色盤裡面，最微不足道的無名存在。

他終於知道，最應該害怕的不是在千萬人面前徬徨無助的出糗，而是站到千萬雙眼睛面前，卻完全不被看見。

在這渾渾噩噩、恐懼、現實與想像交錯的擔憂泥沼裡，易羅逐漸地失去意識，最後進入夢鄉。

二、選擇時分 Amidst Colors

溫和的太陽經過一晚的休息之後恢復了原氣，猛烈的在天頂照耀著。天上雖有雲朵，卻不願也不敢擋著陽光的去路。

行人頂著頭頂烈日在街上穿梭；有的人正要前往目的地，有的則是結束一整晚的工作之後正要回家，但是無論是誰都帶著帽子或尋找著遮蔽物，想盡辦法躲避著正午時分毒辣的太陽。尤其是中央大廣場的周圍，因為馬車禁止進入而人聲鼎沸的路段；在那裡，七彩的帆布被木杆穩穩地撐起，帆布下則是陳列著食、衣、住、行的五花八門的商品；攤販組成的集市藉著帆布的庇蔭拉覽過路人的注意，店主們想著早點結束今天的買賣、收拾攤位，所以即使天氣如此炎熱街道上仍舊充滿了此起彼落的吆喝聲。

若是仔細觀察就能發現，集市裡每個顏色的帆布各自對應著一個種類的商品，可以說是一目瞭然；紅布下的攤販專賣金屬器具和生活用品、藍布的是文具顏料和書本、綠帆布的則是各式食物和農作物……路人們只要看到帆布的顏色就能知道這家店的內容。每一個顏色都遵循著大家生活中的制度，沒有人敢成為市場裡的例外。

可是今天，無論攤販們如何在路旁吆喝，上門的客人仍舊是零零星星。大部分的人都只是經過市集，並往廣場的中央看熱鬧。

提前一周的成年禮周圍此時已經擠滿了人潮，除了廣場中央之外附近的大小道路都站滿了人。大家都因為今天突如其來的變故而感到隱隱的焦躁，空氣裡有一種不安的氛圍；可是人潮的歡騰淹沒了這些情緒，大家都鼓譟著等待典禮開始。有人睡到大中午才起床，此時兩眼惺忪地前來看熱鬧；有人揮著扇子談論這炎熱的天氣；有人爭執著今年紅季流行的到底是鮮豔血紅色還是艷冶桃紅色；有一個小孩在找自己掉了的鞋子、一個母親在找自己走失的孩子……。

「城主的手段越來越武斷了。」

「一定是因為家族們施加壓力吧。聽說城主自己的孩子也正好成年，難道是真的？」

「你這呆子，城主的孩子哪還需要選彩？人家可是含著金湯匙出生的。欸欸！你這布料的顏色真好看。」

「哎呀，真虧你注意到了，這是那天我跟個旅遊商人買的，可珍貴了。這話又說回來，我倒想瞧瞧紅色家族今年又會擴大多少。」

「我倒是聽過個朋友說……」

漸漸的，一群朋友的耳語變成流言、最後變成群眾無法停止的話題；人們你推我擠之中雖然有說有笑，但也在議論紛紛今天的事情，包括典禮的提前、還有城主一如既往的迴避。大家你一句我一句的「聽說」，偶爾甚至有人在嘀咕著受選者在這次儀式裡的處境，但是僅止於嘀咕聲；畢竟，聚集的人群就是聚集的話語、聚集的偏執。

至於因為參加儀式而睡眠不足的易羅，此時正站在廣場南側待命處大帳篷的簾邊，偷瞄外頭的群眾，一如既往的用他自己的眼光看見常人不注意的東西。在他的眼裡，人群呈現一種很有趣的色彩狀態：

最外圍是穿著樸素服飾的平民，一大群男女老少從遠處看起來有如五顏六色的雜色糖果；在平民前面—

隔著整排衛兵──是貴族們，從低階男爵到高貴的城主家族全部到場了，他們坐在臨時搭架起的涼棚下，位置全都依照色環區分的清楚明瞭；穿著紅色的貴族站在廣場東南、藍色在西南、黃色在北，各自混出的深深淺淺則分成十幾個家族落座各自的位置。

觀察著貴族們全部穿著各自所屬顏色的華美服飾、濃妝豔抹卻在艷陽下搧著扇子、不耐煩地等著儀式開始結束，易羅不禁嘴角上揚。

「你不緊張？」紅髮如楓的格林特怨道，「很快就換我們……到陽光下，受刑了。」他流著緊張的汗水，兩手不斷整理著紅色的外衣和頭髮。今天是他少數身穿赫紅家族衣服的日子。

「嘿，我只有這個能穿。」易羅指了指自己的外衣，「總得找一點樂子。」易羅老舊的衣櫥裡唯一正式的服飾，是件早已不流行的黑色大衣。幾年前曾有個賣衣料的商人經過伊登市恰好成為易羅的客戶；商人用這件大衣當作酬勞請年輕的易羅畫肖像，當時也沒有立場拒絕服務。不過那也是易羅剛開始幫人畫畫的事了，現在長高長大之後，原本寬鬆的大衣終於比較符合易羅的身材。

相較之下，帳篷裡的其他參加者實為盛裝打扮，讓易羅的黑衣格外明顯。放眼望去年輕男女身上有錦繡亞麻衫、燙邊長袍、絲織長裙、珠寶項鍊、戒指手鐲，乍看之下好像一群急著長大的年輕人想用打扮來增加年紀。同為十八歲的男男女女，他們臉上帶著或多或少的驕傲穿上代表家族的顏色。

「欸，」易羅在長椅的一邊揀了個位置坐下，低聲問格林特，「你爸有沒有透露關於典禮提前的消息？」

「我爸就那樣。不是家主、也不管貴族的紛爭。」格林特用大手帕抹著汗道，「只要有電路燈修就滿足了。」

「是嘛。」易羅若有所思地道，「我倒覺得院長知道很多內幕。他昨天對我說的話怪透了，也不讓我追問。」

「所以你打算要聽他的？選中立的陣營？」格林特問。

「我……不知道。」易羅誠然道，臉上帶著苦笑。「說是說中立，也沒有真的能保持中立的地方吧。」

「這個嘛……」格林特憨厚地笑道，「你的天份在我們這裡一定很管用，但是紅色的人數每年都太多了。」

「拍馬屁沒用，」易羅拍了一下高大夥伴的肩膀，「酬勞還是對分。」

格林特呵呵笑了幾聲，又屈指數著。「綠色的粗活你最討厭、橘色的商賈你幹不來、黃色嘛……」格林特朝肩後瞄了一眼，「最不可能。」

易羅順著夥伴的眼光，在帳篷另一角看見幾個在酒館附近的畫室上課的學生。他們大部分來自黃色色塊的家族，也就是在色環中多與管理、督導、統治有關的區塊。

桑德・昏黃、托斯・昏黃（Duskro）兩兄弟是那七八位學生的帶頭者，兩人的金髮好像在陽光下招搖的閃耀黃金。桑德和托斯兩人一直都覺得昏黃家是接近純正的黃色血統，所以擁有過人的權利、特權、手腕和財富。他們從小就是同儕間的領頭，指揮著大家，臉上永遠帶著高人一等的驕縱。即使到了畫室上課也有很多畫室的老師都拿這兩位昏黃家少爺沒轍。

至於易羅和格林特，兩人不但從沒有踏入過畫室，更算年輕人當中的異類；一個是不願接受赫紅家傳統的傻大個、一個是連自己屬於哪個色塊都不知道的怪咖。

「同意。」易羅道。他有時候真的不明白，自己和格林特兩人到底誰才是腦袋靈光的那個。

「那就剩下藍色囉。」格林特臉上帶著奇怪的表情，好像自己也不明白這樣的結論到底有沒有幫助。

藍色在色環上代表「知識」和「思想」。藍色家族自恃擁有較高的智慧，但人數較為稀少，因為想要勝任藍色色塊的工作十分困難。他們掌握著學院、理論研究、色彩學發展等重要的社會命脈，使得藍色家族在很多場合能與紅色家族抗衡。兩股勢力在代表統治者的黃色底下競爭著。

不過，即使不是藍色家族的大學者也能看出，易羅絕不屬於那。

「切，那不如就找一個類似孤兒院的地方，還比較有希望找到工作。」易羅撐著下巴怨著。

格林特張口想要說一點安慰的話，卻被人打斷。只見桑德和托斯兩個人帶著一群貴族子弟，從帳篷的另一角走向二人，年紀較長的桑德首先開口對格林特道：「嘿，赫紅家的，昨天晚上怎麼沒看到你？因為儀式而太緊張了？」桑德恐怕不知道這是易羅的苦惱，不是格林特的。

「桑德，」格林特帶著一絲無奈道：「昨天晚上突然有急事。」易羅看見朋友的眼睛在不安的飄移。

「又有電路燈故障嗎？」同樣金髮的弟弟托斯插嘴道，「喔，救命啊！人行道上烏漆抹黑的！」托斯模仿著婦女的口吻。

那群畫室的學生紛紛抿嘴竊笑，甚至連格林特和易羅都勉強笑了。在場的人只有桑德扳起臉。

「至少你今天有腦子知道要出席，」桑德又說：「這一次的儀式必須要完美無缺，絕不能有突發狀況！」說到這他幾乎是喊出來。

易羅原本抱著好玩的態度看著兩人對話。他心裡不禁想到，數個月前有一個晚上桑德和托斯也在席維太太的酒館喝酒，那時候易羅不知道因為什麼糾紛而和桑德兩人吵了起來。身為貴族的桑德屢次出口諷刺，易羅到最後實在忍不住，回嘴了一句「濁色的黃髮」，桑德頓時怒髮衝冠，幾乎是跳起來撲向易羅，要不是桑德那時早已喝醉了酒，而且被眾人架住，易羅恐怕就被撲倒在地亂打一頓了。

所以……一定是戳到他的痛楚了。畢竟昏黃家最忌恨的就是他們黃而不純的髮色。

易羅此時才想通，他問：「今年的選彩是昏黃家主辦的，對吧？」只有因為這個原因頑劣而好動的兩兄弟才會收斂這麼多吧。這次儀式的順利與否想必與他們家族的名聲勢力很有關係。

桑德點了點頭，沒有多說什麼。

「易羅。」易羅指著自己道：「很難記住嗎？要不要我幫你寫下來？」

桑德臉上的金色眉毛抖了一下，怒道：「你這……！」

桑德正要發怒之際，黃色的衣袖就被弟弟猛拉了一把。托斯一副警告哥哥的眼神，又指了指帳篷的入口。

易羅轉過頭，看見僕人們揭開了大帳篷的簾布，讓一群人走入。

帶頭的人昂首闊步，有種高貴不凡的氣質。他看似年過半百，整齊髮鬢是幾乎刺眼的金黃帶著幾絲灰，身上的衣著也和髮色及其相配，材質是易羅完全沒見過的細緻衣料，一致的全身金黃；讓人難以直視的金黃。他的臉龐寬大、五官端正，有些發福但還算英俊，可以看的出來年輕時曾風流倜儻。他雖然抿著嘴卻好像在微笑、雖有魚尾紋眼神卻同時夾雜著正直和圓滑，充滿了政治家的味道，絕對不會得罪任何人。

還有他的手。右手在背後、左手提在胸前，

左前臂上掛著一塊手巾，此時呈現白色。

易羅腦中閃過軍官穆索佩掛的那件手巾，背面是相反的純黑。

最後注意到的，是這個人胸前配戴的項鍊；金色的細鍊懸吊著一個金盤徽印，幾乎和人的手掌一樣大。

徽印上頭的圖案，則代表著這個男人的身分。金黃色底上頭畫著伊登市的市徽，象徵著萬人之上、無人之下的城主地位。

城主。易羅只有在最熱鬧慶典的高潮見過。每一次聽到城主的演說都只有聽到遙遠的小聲音，能夠這麼近的看到本人還是第一次。

突然肩膀一震，格林特的大手硬生生將易羅壓跪在地上。易羅這才發現，帳篷裡的其他參加者全都二話不說單膝跪著，剛才躍躍欲試的氣氛壓抑下來。

和城主一齊走入的共十二名近衛兵；他們的全套盔甲和城市的警衛完全不同，真正的盔甲是堅硬金屬，擦拭的雪亮，幾乎能當作鏡子；每一片甲片，從頭盔到腳靴，都附著赤紅色的雕飾花紋，精緻的像是紅色的細小文字刻印在盔甲的每一處。頭盔覆蓋著顏面讓人看不清衛兵的表情，散發一種致命的沉重感。帶頭的高大衛兵走至定位後，揭開面罩、用錫杖擊地數次，高聲宣告道：

「純彩之城伊登市領導者、色環的正統繼承者、輝黃家族第十七代家主——昂格・輝黃大人！（Unger Elio[5]）」

衛兵的嗓門震耳，再加上一旁的年輕男女異口同聲地大喊「城主日安！」差點沒將易羅震聾。

伴隨著問候聲，帳篷中原本就燠熱空氣裡又添上一股躁動。和外面群眾的鼓譟不一樣，這是一種攀權附勢才有的景象。雖然年輕人們都跪著，但是好像都想要往城主的腳下靠近，似乎碰觸到最高的權力就能有權

---

[5] Italian name from the Greek word Helios, later as Roman name Aelius, meaning "the sun."

力升晉。

城主看著即將參加選彩的年輕人，點了一下頭，然後用與衣著同樣華美的聲音道：

「伊登的希望。」他語帶滿意，「每到了選彩的時節，看著這些年輕人我彷彿能感覺到伊登市正有新血注入，並將隨著這匹血液，迎來最鼎盛的景況。」他沒有特定對象地說，他的話語卻讓人發寒。「要是沒有了翠綠的滋養，何來作物、畜產、花草、原野；要是沒有了赤紅的強健，何來繁盛、先進而有序的社會；若是少了金黃的耀眼，這個社會將失去領導、喪失規則且毫無榮耀可言。昔日、今天、到未來，色環的每一個區塊都將使功能發揮到極致、各司其職，才能確保社會的進步、和諧與完美。」

易羅聽著城主的演說，齒間低聲透出個字：

「完美的……」

「什麼？」跪在一旁的格林特問。

易羅因為單膝跪著，只能用眼神示意一旁的其他人，氣音道：「碧色的眼睛。」

「眼睛……？」格林特納悶著環顧四周，心想易羅失心瘋掉了。

然後他終於看出易羅所指的怪異。

站在帳篷門口的城主說著話，周圍單膝跪著的人卻一圈又一圈的圍繞著他；每一個即將參加選彩的年輕人雙眼中都燃有一股渴望上進而不擇手段的狂熱，也不管城主語帶何意，重點只在於他們自己能夠往上攀升。

因為活在色環的制度之下無法掙脫，所以要用盡所能在制度之中往上。他們的心態也不知是好是壞，但卻讓人毛骨悚然。

格林特只覺得，好像再次回到穆索的宅邸中看著那名軍官的喪心病狂。只因為想要肖像的瞳孔與先王相同、把畫拿來給他人欣賞，竟然顯露如此醜惡的本性。

「……今天的選彩更較往年別具意義。」輝黃城主的演說繼續：「我們的城市正值最強盛的時期。各位如果獲得家族的認可，就能夠成為替城市及家族服務的男女。只要有這批新血注入，伊登市，從挫敗之中再次振奮也是指日可待！」說到這城主激動的張開雙臂。

「我說的沒錯吧……？」他停頓在詰問。

易羅這時候注意到在衣著華貴的城主後頭，還有一個穿著雜色斗篷的人。

他始終站在帆布的陰影之下。

看那姿態應該是個男人、身形中等，但是除此之外的特徵全被斗篷罩住了。斗篷頭罩的陰影下，有陣威嚴沙啞的嗓音道：

「我無意質疑您的權威，城主大人。」聽得出這人語氣裡的反諷。

「歐，但你就是啊。」輝黃城主快速轉過身，衣飾和首飾閃了一陣光：「有意或無意，你已經用足了方法質疑這個儀式的正當性。但我現在就能告訴你：你所質疑的傳統、這座城市的制度，皆因色環而趨臻完美。我們的文明因為拜隆色環的指引而壯盛！」城主說到激動處，怒氣幾乎克制不住；他揮動手臂，將手巾大力晃開，展露出純黑的布面。黑色的手巾，似乎帶著某種微妙號令；整列的衛兵倏地一齊「咚」的一聲以長槍擊地，然後衛兵一齊也單膝跪下，撼動了地板。周圍的人全身一震，大家全都將頭低得更低，幾乎要貼到地面。

全場只剩下陌生人和城主還站著。城主手臂上的手巾翻到黑色面。

易羅用眼角瞄著兩人。空氣裡緊張的氣氛讓人毛髮直豎。

陌生人沒有退縮的樣子。

垂在身側的右手比了個手勢，像是在轉動一個看不見的盤子，斗篷的布料輕輕晃動。易羅雖然看不見他的臉，卻感覺的到一股不友善的……顏色……對，就是顏色正在那人的周圍盤旋。

霎時間，城主好像看見害蟲似的，往後踉蹌一步。「呃！」他喉中喊道。

衛兵們見狀，立刻降下槍尖指著帳篷另一側的陌生人。

「哼，你的把戲沒有用。」城主嘶啞地道：「你沒有資格、沒有立場這樣做！」

易羅看見了——像是幻覺的事情，旁邊高大的、跪著的格林特的好像也瞄見了；只見斗篷的顏色突然間開始轉深。那布料的色彩被火把的火光照亮，卻反射出很濃、很深沉、很厚實的海藍色。陌生人站在那股藍色中間就像是站在……沒有星星的晴天夜晚，廣袤無邊。那濃重的顏色不像是有人用染料浸染了布、不像是有人用畫筆塗上了漆，反倒像是「真實」的。好像那人將晚空的無邊、沉穩、冷清、肅靜全都穿戴在身上。

易羅幾乎覺得自己在作夢，或是瘋了。冷汗從額頭上、沿著側臉留下；兩排牙齒磨打著，雙手因為緊張而緊緊握拳。

這是幻覺。他在內心對自己重複道。

那股藍色在「強迫」易羅安靜下來，彷彿有人將一整池的冰冷井水灌倒在腦中。安穩。海藍色帶來無垠的安穩、無限的深沉不斷的讓人思緒下沉，在這裡沒有憤怒、沒有痛苦、沒有壯志、沒有哀傷，只有能裝載全世界的廣大平靜。所有情緒的波瀾到了此刻都已經被壓成扁平狀，人在這個時刻只剩下冷靜、冷清的理性。絕對沒有任何火紅的情緒能夠燃起。

——城主的衛兵們，原本個個表情凶神惡煞、餓虎撲羊，現在卻全都抿嘴皺眉，呆站原地、一句話也說不出來！

「城主。」看著整排鋒利的槍尖，海藍色斗篷的陌生人軟下態度：「您說的……沒錯。院長會派我來是為了監督儀式的進行，並沒有要阻撓的意思。即使是學院，也沒有辦法阻止城市的進步。學院的格言一向皆是『眼見為憑』。」

方才還十分激昂的昂格・輝黃好像被打了一巴掌；他富貴的圓臉上同樣佈滿冷汗。沉默籠罩。

易羅開始估算，斗篷厚重的「藍色」對上鋼鐵製的槍頭，還會不會有威嚇的作用。

過了像是一整天那麼久的十數秒，城主終於開口，嘴裡說的卻跟剛才完全不一。

「……我想，這些年輕人也等不及要獲得家族的肯定了。」城主臉色陰沉地說道。

「他們想必迫不及待。」陌生人半恭敬地道。陌生人的右手終於放下，那股藍色帶給腦海的沖刷壓迫感，慢慢褪去。

「只要有這些新人加入，所有營運將恢復正常。轉告你的主子放開他的利齒，別再咬著不放！」城主憤恨地道。

「我會原話轉告。」

城主憤怒地轉身，黃色的披風和衣衫閃過眾人的眼睛。「在等什麼呢？」他怒喝催促著身旁的護衛，眼睛不再直視那名陌生人：「隊長，通知教士讓儀式開始！」

「是……是！」衛兵隊長回過神、領命離去，手裡的長槍差點掉落地上。

昂格・輝黃並沒有要與年輕人談話的意思，來到帳篷只是他展示影響力的一次實驗；展示著只要他在場，誰也不能不跪下；展示他能夠指揮整座城市、除去任何阻攔者。

但是還有一個年輕人決定說話。

「城……城主大人！」

驚魂未定的易羅幾乎被嚇得幾乎停止心跳。只見跪在最前方的桑德・昏黃被弟弟拉著衣襬，卻還是執意的站起身來。

正要離開的城主沒有轉過身，只是回頭瞥了一眼：「嗯？」

桑德咽了口氣，道：「這次的儀式，昏黃家絕對不會讓您失望的！」

「昏黃？」城主吊著眉毛問。他終於注意到桑德胸前的暗黃色家徽。輝黃城主輕蔑的道：「你真應該希望父親能有你一半的骨氣，要是他在重要場合敢站起來替自己說話，也就不會讓你們家淪到今日的慘狀。」他說著便拂袖離去，身後跟隨兩列整齊衛兵，留下桑德臉色刷白的站在原地。

不久後，帳篷外響起陣陣鼓聲，所有人頓時一起擠向門口查看。越過數千攢動的人潮，可以看見廣場的中央終於開始進行儀式。人群和空氣一起鼓譟著，吶喊助威的民眾發出比鼓聲還要吵鬧的聲響；坐在搭架起的木台和涼棚下的貴族也都將目光轉向廣場中央的色環。

選彩儀式在太陽達日正中央時開始。

城主來訪的整個過程，易羅幾乎一語不發，隱藏在最不起眼的地方；但是他全身的黑色在人群中其實甚為顯眼。至少，有人一直將眼神關注在易羅身上。易羅感到悚然，刺骨的視線彷彿有冰塊滑下背脊，但也不知道究竟是誰在暗處看著。

＊※＊

「紅色家族者，請列隊等待指示。」傳令兵扯開了嗓子喊道。

選彩儀式有個很精彩——同時也很傷人——的傳統；每一個參加者都是單獨離開等待區走向廣場。換句話說，每個人都會被群眾的眼光凝視一遍。然後單獨站在色環的中間，做出選擇。這種當眾處刑的景象，才會引來那麼多的群眾聚集觀看。

人數最多的紅色家族總是排在選彩儀式的一開始；格林特拋下易羅離開已經是一個多小時以前的事了，在紅色之後還有幾十位的青年男女走出去，一個個被唱名。

過了像是數個漫長小時那麼久，傳令兵又掀開布門，往裏頭喊：「黃色家族，請準備入場。」

易羅看見桑德和托斯兩人從長椅上站起，理了衣袖頭髮後往帳篷外走去。桑德的眼神像是受了極大的打擊，落寞不堪，看來城主的一句話就將桑德對自己家族的信心打落谷底。易羅一邊想著這個死對頭的經歷，一邊看著那五、六個即將成年的黃衣人離開。雖然早就已經有心理準備，但當易羅發現自己是帳篷裡唯一剩下的人時，也還是有種不得不苦笑的感覺。即便再無奈，他都只能呆坐在長椅上等待傳令兵來呼喚今年的「受選者」入場。

「……伊登城的城主是怎麼樣的人？」有人突然道。

易羅快速轉過身。在桑德那群人離開後，一個人從門口走入。是那名穿斗篷的奇異陌生人。斗篷並不是像純彩教的教士一樣灰僕僕的舊衣，而是一種說不出粗細的布料嚴謹的縫紉而成，但最奇怪的是，易羅說不出那斗篷的顏色，這令人害怕。剛才的「變色」真的是一場幻覺？那人又道，口氣像是命令又像詢問。

易羅不太自在地聳聳肩，道：「像個標準的貴族。」

「標準？」陌生人語帶輕蔑的反問。「這個詞本身難道具有意義嗎？」

易羅有些心懷不甘，陌生人和城主勢不兩立，所以才有先前那陣威嚇。易羅誠然道：「會說標準是因為每個人對於一件事物都會有不一樣的看法。在我看來是標準、在我眼裡他就像每一個我見過的貴族，散發著一樣的特質。他……知道自己的地位有多高，也知道要如何鞏固那份地位，不容任何人進犯。像是……太陽光不准星輝出現在白天那樣。」

「第二個問題。」陌生人又道，完全沒有回應：「為什麼將你排在黃色家族的後面？你。一個受選者。」

雖然這些問題有點沒頭緒，但易羅還是想了想：「因為……」他猶豫要不要實話實說，「他們比我重要。」

「這沒有回答我的問題。」陌生人道。

「但是能夠間接解釋。」

「請解釋。」

「我……」易羅總覺得像是回到昨晚，正被院長盤問訓話，「聽著，我不知道你是誰。」

陌生人再次無視易羅，固執地道：「最後一個問題。」

易羅感到有點惱怒；他甚至想要衝上前掀開這個人的兜帽，看看他的真面目。

但他能做任何事之前，陌生人像變戲法一樣從衣袖裡拿出了兩個布條，分別拿在兩隻手上。

「你知道該怎麼做。」躲在兜帽底下，事不關己的問著奇怪的問題。易羅心裡竟有點擔心那件斗篷再次變色。他不發一語地看著那兩塊一紅一藍的布條垂掛著；藍與紅、理論與實務，他總覺得自己應該要被這兩個顏色勾起某種情緒，卻沒有。即使自由已然難以搆及，他也應該要擇一，然後走下去。這樣簡單的一句，搭載了過濃的重量。

「拿掉兜帽。」易羅要求道。

「我是誰和你的回答沒有關係。」

「和我願不願意回答有關係。」易羅說。

陌生人沉默了一陣後又道：「時間無多。」他揭掉頭上的兜帽。

易羅對陌生人長相的第一印象來自疤痕；一道由頸部右方橫跨到左耳下方的疤痕約有巴掌寬；傷口癒合的很好，看來已經是多年前留下的舊傷，此時只剩下淡粉紅色鋪蓋在深麥色的皮膚上，但是看不出是割傷、燒傷、或是其他種傷口。第二則是眼睛；陌生人的雙眼利如鷹隼，好像要將人看穿一樣，臉上沒有皺紋且表情冷靜，看不出實際年紀，但絕不超過五十歲。他給人的感覺像是海洋，那傷疤像是阻攔海水灌上岸的礁石；總有一種摸不透的藍、見不著底的深在這個人的身旁排徊。

「這有改變你的答案嗎？」露出真面目的陌生人緩緩問道。

「不知道。」易羅思忖片刻後道。

「很多選擇，都不如想像的那樣自由。」

「我不明白在這裡跟你說我的答案，會有什麼實際幫助。」易羅道。陌生人就是陌生人。從小在街頭長大的易羅，絕對不會因為眼前的人對抗城主、因為他的話一針見血而放下警備。

「回答也是種自由的錯覺。」陌生人的話到現在還在挑怒易羅：「你該自問，顏色和圖案為什麼能定義我們的世界？只不過是白光的色散，便能將人和社會分成好幾個部分嗎？」

「你是學院的人。」易羅突然道。

陌生人的嘴角揚起，道：「很遺憾，不是。」

「但是城主說……」

「你我都不喜歡昂格的作風，不要假裝了。」陌生人打斷道：「大人物總是會將意見導向對自己有利之處。」他啐了一口，「政治家。」

「我只想有個地方回去。」易羅說。

「那就更不必在乎我眼裡的世界了。」陌生人作勢要離去，「或許我在『邀請』你質疑的是整個色彩系統屹立不搖的原因。你現在不回答的問題，站到廣場中間還是得選擇。」

帳篷外響起熱烈蒸騰、爆裂的歡呼聲。一定是黃色家族精彩的選彩完美落幕了。

「你那位赫紅家的朋友，」陌生人增強音量才不會被歡呼聲蓋過，「非常有意思，當燈師太可惜了。你要跟著他踏入紅色家族、執行城市的勞務嗎？還是想辦法進入學院，在散落的書軸中弄清那些你不明白的事情？選擇吧，易羅。」他旋即離開。

易羅瞪大了眼，不敢相信陌生人會知道他的名字。他從長椅上站起、跨出大步追出帳篷要攔住陌生人。雖然都沒有得到直接的答案，但尚有太多事情沒有問，而這個人好像隱瞞著不少答案。

「等等！」易羅喊道，一邊追著那個往廣場邁步的斗篷身形。

準備帳篷外群眾的聲音更加吵雜、混濁。聚集的人群此時已經沒有辦法全部站在廣場上，有人站到了馬路和人行道上；原本拿來做為通行用的通道，從帳篷一路延伸到貴族圍繞的廣場和色環，但是此時也都被男女老少給佔去。

易羅竄過中午休息的馬路工人、一群聊著八卦的三姑六婆、兩個因為看不到而吵著要爸爸背的孩子……紅衣背心、褐衣麻衫、嫩綠長裙……許許多多顏色刷過易羅的雙眼，但是那件分不清顏色的斗篷似乎越離越遠。

「借過、借過！」易羅想辦法讓腳步輕靈點，不想撞倒人。

就在他從泥土道路踏上人行道、正要進入廣場的同時，一雙強而有力的臂膀從背後扯住易羅。他踉蹌了兩步，差點以顏面撞地。

「啊！」易羅本有些驚喜，這麼強的臂力肯定來自高大的好友格林特・赫紅，但是當他轉過身來才發現，擒住他的人穿著城鎮保安的暗紅色制服，是個衛兵。

「喂，受選的。」衛兵粗魯的扯住易羅的衣襟，他肥大的前臂幾乎和易羅的脖子一樣粗，「想臨陣脫逃，哈？」他的臉貼近到易羅能聞見汗味，「隊長要我看好你，果然是想逃走。」

「我沒有要臨陣脫逃！」易羅狠道；他有什麼立場逃走？「只是要問那個人幾個……問題……」他伸出了手指著廣場的方向，但是錯愕的發現茫茫人海早已將斗篷身影活埋。

易羅還來不及說出心裡最大的問號：

為什麼是我？

「少狡辯了，小子。」另一個高瘦扁癟的衛兵從旁道，他的下巴留著一綹可笑的鬍鬚：「想害咱倆去了飯碗？」他粗魯的頂了易羅一把。

「等那倆黃毛渾小子吃夠了掌聲、坐著抬轎離開，就換你上了。」肥壯的衛兵又道，他的另一隻手很得意地持著一支短棍，雖然不是利器卻比手無寸鐵好的多；提醒著易羅別打歪主意。

兩名衛兵粗魯的推著易羅往廣場前進，沿途不吝嗇的用短棍推開擋著去路的男女老少。眾人被這突然的外力給惹得一陣不滿。而在這怪異三人組的正中間三人，易羅越是想要好好的自己走路、越是被身後的手掌擰了又推。兩個衛兵正把易羅當作遊街的囚犯，而他們是擒獲犯人的功臣，想要讓所有人都看個夠。

太好了，讓所有人都知道孤兒來了。易羅暗忖。

經過舉步維艱的一小段路後，三人終於來到廣場邊緣，那一胖一瘦的衛兵才把易羅推給維持秩序的衛兵。

「嘿，小子，你知道為什麼廣場要做成圓的嗎？」胖子在易羅的身後笑著補充道，然後大力地推了他最後一把。

那高瘦子幾乎憋著笑說：「這樣臭雞蛋才會從四面八方來啊！哈哈！」兩人頓時捧腹大笑。

易羅轉過身無視那粗淺的嘲諷、拋下背後那整排擋住人群的衛兵，然後步上廣場石地。

從鞋底傳來踏實而穩定的陽光餘熱，但是行走的人卻被其他聲音搞得暈頭轉向。那聲音由過百上千的人組成，像是眾人一齊拿起鍬鏟錘棍敲打著易羅的耳膜、重擊他的腦袋——「黑色……無家可歸……孤兒——漆黑……選擇……拒絕……」耳語醞釀成議論，「……親友……未來——受選者……」易羅恨不得摀住耳朵，但他知道那也於事無補。

易羅拿出大衣口袋裡的畫筆握著，尋求一種熟悉的安穩。那畫筆不比掌長，深棕色的木質筆幹恰好符合易羅的愛好，他也精挑細選過鵝毛的軟硬，作畫時才沒有彆扭感。手握畫筆是他穩定自己心情的秘訣。

「易羅！」

他努力隔絕所有呢喃和議論。廣場四周不見任何剛選完彩的年輕人，想必是已經全部投入工作了；連格林特也沒有留下來觀看。

「易羅哥哥！」

終於，一個幼小的聲音擄獲易羅的注意力。轉過頭查看，在人群的最邊緣有個垂髫女孩正努力揮著手。她穿著孤兒院過大的灰色布衣，四肢瘦弱但是臉上朝氣十足、兩眼欣喜萬分；兩隻腳丫踩在中老年的院工阿百的肩膀上，高過周遭的所有人。雖然被衛兵隔在廣場外，但是女孩的聲音卻尖銳而高亢地讓易羅聽到了。

「樂蒂？」易羅愣道。

女孩一見易羅注意到自己，興奮的手舞足蹈起來。

「阿百阿百！再往前一點啊！」她壓著院工稀疏的頭髮大聲道。

易羅靜靜地揮了揮手向樂蒂和阿百打招呼。院長也站在那。高瘦的孤兒院大家長抿著嘴不作聲勢，好像是被迫站在人群的最前排一樣，表情仍舊冷靜漠然。最疼愛的後輩、照顧自己長大的院工、訓斥管教自己長大的院長。一想到再過十分鐘，自己就再也不是孤兒院的一份子了，心裡竟然有種酸澀的針氈感，像是要被丟出鳥巢、第一次展翅的燕鴿。

易羅決定擱置所有雜緒。他微微欠身朝院長的方向鞠躬。

院長似乎點了頭，但是陽光太刺眼看不清楚。易羅只能繼續往廣場中心走。

「自由的選取者——」

祭司的聲音讓人昏昏欲睡，尤其是在那漫長的五分鐘佈道之後，「在色環、先知、彩神的傳承循環之中，你將被賦予歸屬以及……」他仍舊在陽光下朗誦著誓詞。

易羅轉頭看見北邊，黃色貴族觀賞台的最中央，有個金黃發亮的微胖身軀正接受僕人的服侍、搧風、倒茶，但舉目不見那名陌生人的身影。別再想了，不是現在，易羅對自己說，雖然事實是所有他認識的人都離了一個廣場那麼遠；易羅感覺自己被孤立在這。

東南方的紅色區塊人滿為患；工人、士兵、建築師、工匠、學徒等。

西南方的藍色區塊罕無人跡；寥寥幾位學院的低階學生，衣著樸素不起眼。

東邊的橘色區塊有商人、銀行家、店主和許多僕役；西方的綠色塊則是一群手腳還沾著土壤的農夫、牧者、醫師和幫傭。

不分男女，人們都站或坐在自己所屬的方位，使一切顯得很有秩序；但又失衡。易羅慘澹的發現此時廣場安靜的異常，彷彿連根針掉在地上都能聽見。

「最後，請示任何願意容納此位選取者的家族。」祭司的朗誦聲將易羅拉回現實，「想必即使不是土生土長的家族成員，也能假以時日地適應純彩神所賦予的職責。

「若是有家族願意接納今年的自由選取者，請出聲。」祭司老翁的聲音木然而無調，而且沒有人回應。

易羅感覺自己正被各色塊的人掃視，像是被鑑定著。

家族勢力處在一種很奇怪、很弔詭的平衡。他想起院長昨晚的話，沒有人想招攬沒有所屬顏色的人，以免引起風波打破這個平衡。手中握著畫筆都快捏斷了，也無法平定那種快速累積的焦慮。在陌生懼怕、孤立無援的廣場中間，易羅試著找尋任何令自己感到熟悉的感覺。他垂下眼任由思緒遨遊，落在任何不是此時此刻的地方。

「根據律法，」祭司的聲音再次上揚，他看著一只古舊的捲軸，嘴裡唸著與往年都不一樣台詞：「在此若是沒有家族自願收留，則……由選取者自行選彩！」群眾裡傳來一陣騷動不安，眾人皆感到有些不自在，就連貴族也正議論紛紛，好像青少年的。

最熟悉的只有拿起畫筆，描摹著這個世界、捕捉住一個瞬間的感覺；在他筆下一個畫面能被創建、能被賦予顏色、能夠獲得生命。那種實在、確切、滿足的心情恰好與易羅此時相反，也正是他需要的。頓時間，在易羅眼裡，伊登市的中央廣場只是一塊畫布，彩色的、鼓譟的群眾吆喝著；華麗的、斑斕的貴族不耐煩地等候著；而易羅所面臨的問題繫關自由：站在畫布中間的空白自己，該添上何種顏色？

畫圖的敏銳、上色的直覺在此時此刻告訴易羅，那片人型的空白不是紅也不是藍，他的願望不只是陌生人手上的兩個布條；既不想要溺於「實用」也不願沉浸「理論」。此時此刻該塗上的顏色，也許正是他在成年後步入社會之前所准許，最後一次的任性。

易羅轉向祭司，道：「那個……我決定好了。」

那年老的純彩教祭司不禁一楞。

「是嘛，還以為今年要把孤兒發配給奴隸營了。」祭司慨然道，「那麼你就自己走出去吧。不過，年輕人，你要是被拒絕、被逮捕了，教堂可不負責，你明白嗎？」

「我明白。」易羅淡然回道。

顏色填補了腦中那片空白。

「易羅……」他深吸一口氣，把音量盡可能放大，使所有人都聽得到他；廣場有一瞬只有他的聲音。

「易羅・莫浮（Iryl Mauve[6]）！」他支聲喊道，聲音不大卻鳴如鐘響。

騷動煽動了此起彼落的爭議，他的臉脹得燙疼。

色環上唯一不被提起的空缺，就在紅與藍之間；色盤上一處優雅、深沉而富有靈性的顏色，但它也是三原色所融合成的異類；紅色所代表的實體和藍色所代表的知性，兩者之間的摩擦與對立，無論在家族政府、學院師生、各路士農工商裡都十分明顯。

「他憑什麼？只是個孤兒。」人們開始評論。

「黑衣服的怎麼能自己選彩，家族們在想什麼？」「他們一定有共謀！」

「這是在藐視制度啊！」有個婦人喊道。

「站住！年輕人，以先知之名義！」老邁的祭司嘶聲道，他看似沒有氣力追逐活拉扯，只能任憑易羅走開。易羅往來時的方向快走，正南方是紅與藍之間的空格。他既沒有回頭看祭司們、貴族看台、或議論紛紛的群眾，也沒有那個膽子回頭。

「莫浮是紫色嗎？他難道想被兩大家族合手滅口？」說話聲繼續著。

「我看他是濁色的瘋了！」「或許只是傻子。」

---

[6] Mauve: Pale purple color named after mallow flower, “mauve” in French.

一個站在易羅身後不遠處的年輕女祭司從隊伍裡衝出，喊道：「不許賤視色環，這是藐視先知！」她朝群眾控訴、鼓舞著。

「是阿，怎麼能讓他想走就走！」「他的自由是假的。」群眾中飄出抗爭聲。

「誰快去阻止他離開！」年輕女祭司喊道。

易羅百口莫辯之際，於女祭司的眼裡看到一股瘋狂；對於顏色的熟悉瘋狂。

甩開剛才執行儀式的年老祭司，易羅開始往廣場的南邊唯一開口快走。人們雖然伸手想要攔阻他，卻被維持秩序的衛兵給擋下；外圍的衛兵們不知道是否該攔下易羅，全場亂成一團。易羅只能拚命往前走，才終於從兩個色塊中間擠出去；在他發現之前，就已經在奔跑了，努力奔出廣場，卻不知道該往哪裡去。正式進如無家可歸的狀態也是他一直以來恐懼的。沒想到那幾句「孤兒、藐視、瘋子、傻子……」切得比想像中還深。現在他惹怒了教堂的人，市民也視他做眼中釘。

他無法冷靜下來，心理夾雜著反叛的辛辣興奮、濃厚徬徨和苦澀後悔。易羅倚靠著一根街燈柱休息，決定去躲一陣子等風頭過去。

一切都變調太快。

開始西斜的太陽在房屋間忽隱忽現，石板路因而斑斕。

席維太太經營的「麥者」酒館（The Wheater）在城東離廣場不遠的地方。到了傍晚，此處不乏放風的城鎮衛兵，也多的是參加完儀式的男男女女，佔據大小桌子在喝酒、吃飯和聊天，人聲鼎沸著。雖然不是一間低俗的酒館，卻也算是龍蛇混雜，市井小民也會光顧。

廚房裡緩緩飄出晚餐的香味挑逗著人們的胃口；經過炎熱、漫長的一天，再也沒有什麼比的上飽餐一頓和飯後的蜜酒。

「再給我一份燉菜！」女侍忙著服侍客人，「那桌沒酒了。」

「自己找空位隨便坐啊。」

「下一輪我請！」

看著客人進出，今晚興隆的生意讓坐在櫃檯後面的席維太太很是滿意。

「選彩就是不一樣，大家都從家裡跑出來了。」她數著一疊疊硬幣說道。

席維「太太」是個寡婦，這點可以說是遠近馳名；顯然沒有女人能獨自開立這樣的酒館。她丈夫好幾年前過世之後她也膝下無子，於是就接過酒館繼續經營。年約五十的她臉上一條皺紋也見不到，面貌也算風韻猶存，頭髮綑成長馬尾顯得機警能幹；她火爆不輸男人的性格則讓誰也不敢把她當作玩弄對象。不論是來這裡喝酒的工人、來吃晚飯的城市衛兵都懂得讓她三分。

「那我有機會在這裡找工作嗎？」沮喪的易羅逃到麥者酒館後，已經進攻兩大杯蜜酒了。他躲在廚房與櫃檯之間最不起眼的角落，啜著第三杯，也一邊向老闆娘訴苦。

「受得了橘色的衣服嗎？」席維太太比了比自己工作用的橘色長裙。

「薪水夠好的話，要我穿綠衣戴綠帽都行。」易羅答道。

「哈哈，」席維豪邁的笑道：「倒挺機靈，不像你那個大個子的朋友。今晚怎麼不見他？或是黃毛和那群跟班？」

「家裡忙不過來吧。」易羅猜道。

「那個紅髮的問題也不少啊。」席維太太沉吟了一陣，又把一張算清的帳單放回抽屜。她問道：「所以……『莫浮』算哪門子名字？」

他想了想。「當下跟著直覺走，沒有多想。」易羅聳肩誠然道。

「唉，」席維太太嘆道，一邊快速在算盤上撥弄著，「太有想法也不見得是好事。」

「我沒有理清來龍去脈。只是當時要是不做點什麼，現在就在去奴隸營的路上了。」易羅不禁打了冷顫。

「跟你說吧。」她道：「大人物啊，不管貴族或祭司，就是負責讓制度運作下去。對他們來說能操縱的事情不論公平與否，能控制的，就要握在手掌心裡。如果沒了制度，就全沒了。」

「所以妳覺得我該回去？」易羅問。

「當然不是。但是你今天這樣做就跟拿石頭砸腳沒兩樣，是在找自己麻煩。直覺是個很麻煩的東西，太相信它只會落得被人牽著鼻走。」她開始把點清的硬幣掃進一個厚實的木盒裡

易羅又道：「選紅、選藍，這不也是被牽著走嗎？」

「至少能混口飯吃。」席維太太收好了木盒，又坐回櫃檯後面。

一批新的客人此時推開了酒館大門走入，頓時又熱鬧起來。

「對了。」她又對易羅說：「前兩天那活做得怎麼樣？沒得罪人吧。」

「軍官的制服畫起來千篇一律。」易羅不太樂意的想起穆索：「而且那人是個勢利眼，難以溝通。」

席維太太「嘿」了一聲，奇道：「還不是你跟赫紅兩個不務正業的，在那抱怨缺錢，我才沒有找畫室的人來幹這份活。」

「是了，多謝老闆娘。」易羅為了格林特的糗事舉杯示意：「但是那錢也是因為要參加選彩才缺的。」

「哈，結果選出這樣的結果，值得嗎？」席維太太笑道。

易羅苦笑道：「的確跟當初預期的不太一樣。」他挪動了椅子以免擋到女侍進出廚房的路。

老闆娘又道：「那個軍官……叫穆索是吧？他也是這的常客了，每四、五天就會來喝個一杯。」

「是嘛。」易羅沒有情緒的回答。

隔壁的大桌子有一群穿褐色衣服的工人突然爆出歡呼聲，眾人一齊舉杯快樂地喝著，女侍則在旁端菜、上酒。

「欸，對了，老闆娘。」易羅轉而道。

「嗯，幹嘛？你知道我不會給年輕人超過三杯的。」

「不是那個……」易羅尷尬的說：「我是想問妳，有沒有見過一面黑一面白的手巾？」易羅發覺已然擱置這問題兩天了。

「手巾？」席維太太奇道：「手巾不就白的嘛，哪來的一黑一白。」

「我也是這樣以為，」易羅說：「但光這兩天就看見有兩個人手上披著這種布，所以才會好奇。」

「多半又是哪門子貴族的時尚流行吧。」老闆娘道。易羅總覺得事情沒有那麼單純。每一次手巾由黑翻到白、或白到黑，都有人臉色為之一變。不管是穆索還是輝黃城主都一樣奇怪的習慣。他正要開口追問時，一位頭髮橘紅的女侍快步走到櫃檯旁，遞給易羅一張字條。

「給你的。」女侍一邊擦著汗道。

「謝謝。」易羅接過字條、小心翼翼地攤開。

他原以為這是格林特送來酒館尋人的訊息，但是字條上只有一句潦草的筆跡，幾乎看不清楚；——湊近看，上頭寫著：「理論造就實務。」

易羅緊張地從椅子上站起。他攔住女侍的肩膀，問道：「這字條是誰給你的？」

「我……我又不是傳令小妹。」她有點臉紅地甩開易羅的手：「他付了錢、叫我把字條給穿黑衣服的，之後就走了。」她往門口一指。

是他，剛剛還在這裡！易羅吃驚的想著。那個用……用幻術使斗篷變色的人，那個握有很多解答的人、卻問盡奇怪問題的人。

好奇心膨脹著，易羅當下決定追出去。

他轉頭對席維太太道：「老闆娘，我的帳先賒著。格林特如果來了，跟他說畫架再借我幾天。」

席維太太揮了揮手像是在趕易羅走：「在外頭小心點，莫浮小子。」

「看來還是叫易羅就好。」他尷尬的笑道，然後扛起背袋、跑出酒店門口。

在酒館裡下肚的糖分、酒精，再加上晚風一吹，讓易羅頓時有點頭暈。

他拉緊了大衣往十字路口小跑，努力尋找穿斗篷的身影。

「請問剛才有沒有一個穿斗篷的男人經過這裡？」易羅向一個木工小販問道。

「斗篷？沒印象。」小販說。易羅總覺得，這個人就算曾看到也需要付錢才會開口說。於是他又連續問了幾個人，但是沒一個有見過。

「請問，妳剛才有看到一個穿斗篷的人嗎？」他攔路問一個穿著綠色長裙的婦人。

「什麼顏色的斗篷？」她提著菜籃問。

「這……褐色的……吧。」易羅被反問的有些手足無措。

「我只見到一個灰色罩袍的教士往那邊走了。」婦人指著西邊的大街，但她打量著易羅又問：「咦，你這大衣的顏色……？」

易羅愣了一陣才想起黑色的大衣在民眾眼裡仍舊十分敏感，全都歸功於今天的選彩。

「失陪了。」易羅冷道，便又火速離開。

他原本很喜歡伊登市的一排排街燈，但是現在卻偏好躲在燈光照不到的地方。只要沒有光，就無法分辨顏色，人們也就不會用異樣的眼光看著他。可是，沒有顏色的斗篷卻也因為這種特徵成為無法找到的目標。他繞著燈光的外圍搜索著，直到一個燈柱吸引了他的目光；

——上頭綁著布條；一紅一藍的兩個布條。

易羅走上前檢視。摸起來只是平常的織布，沒有什麼奇怪的染劑或氣味。

「但是……會變色。」他喃喃自語著。這顯而易見的標記一定就是陌生人留下的。他一邊將布條從燈柱解下，一邊思索著有沒有其他線索。如果陌生人真的不想要被易羅追問的話，那麼就算苦苦搜索也不會有結果；他仍舊相信這個陌生人跟畫室脫不了干係，說不定明天可以去問問那裏的人。

思索下一步之際，突然有人從背後用布蒙住了他的眼睛。

失去視覺，無疑是易羅最大的恐懼。他猛然地掙扎，想要推開這個不速之客，但是對方的力氣很大，像是有五個人同時在制服易羅。

「你是誰？放開！」他怒吼道。蓋住眼和鼻子的布條散發的淡淡甜味，他逐漸失去氣力。

四肢軟下的同時，意識也模糊起來。完了，是那群祭司……易羅昏沉地想著。好像這樣還不夠似的，背後的人又用硬物「碰」地在易羅的頸後敲了一下。他悶哼一聲，倒下。在落入昏迷前，心中和眼前都只有漆黑一片。

三、兵卒初動 Pawn to King-four[7]

伊登市的北面臨著一座矮山；地界在當初建設時是圓形，以色環為雛形一環又一環的往外規畫街道、劃設區域。在山坡的底部是貴族居住的地區，像是用金錢堆砌而成的坡道；越往北走、建築物就越加華貴。在城市的北緣則是城主居所；一座沿山而建的城堡以華麗的黃色石磚雕砌而成、金碧輝煌；尖塔雖不致高聳入雲，卻也因為在山坡側而成為全伊登市最高的建築物。

整座城堡的黃色色調深淺不一，華麗貴美；但是，看久了總有一種刺眼的感覺，就和黃色本身一樣，只有暫且的興奮高昂。

住在城堡裡的人，整日醒來周遭都是鮮豔的色彩，也不知會是興奮還是反胃。

一圈又一圈；其他建築物也像蛛網一樣蔓延，張羅住整座城市。

在另一座宅邸裡，玻璃窗戶外的遠處能望的見城堡尖塔。空寂的走廊，隔著門扉能聽見兩個人正在對話。

「他們走了嗎？」一個男人的聲音道。

「已經趁夜離開了。」另一個較為蒼老的男性聲音道。

[7] A common offensing first move in chess, often mirrored by the opponent.

「房子呢？那裡也不安全。」男人擔憂著。

「老朽最後一次查看，裡裡外外都已經空了。」老人語帶欣慰地道。「惟須安排無誤，萊索城邦會有人在城南接應他們。」

「我擔心的不是空房，是那地方爬滿士兵。」男人悻悻然道，「日日夜夜為這件事煩憂，到頭來卻還是只能任由命運操縱結果，真是可笑。」

「不是命運，是祂不可見的影響。」

「噢，老朋友，我無意冒犯你的信仰。在這種地方打滾久了，任誰都會對天上的存在少幾份信心的。」

易羅從昏迷中清醒。

他聽見兩人談話的聲音，頭還隱約嗡嗡地響著。

門外的老人又乾笑一點，道：「他離開前要我帶話給你：別忘記你的使命。」

男人靜靜地說：「臨走前倒是不忘說教。下一次見面也不知何年何月了。」

「會找到他們的。」老人語重心長道，「要有耐心。」

「我知道。我擔心的是，還有更多人會遭遇這種事，畫師的命運已經足夠坎坷了……」男人嘆了一口氣，「你先去忙吧。」

「願聖彩照耀你的容顏，席安。」

那人遲疑了一陣，回道：「……願先知指引你的道路，老友。」

說話聲停止，走廊回歸安靜。

易羅不知道身在何處。

在他睜眼前，腦中已經閃過好幾種不同的下場；每一個都不是好的。

他觀望房間的擺設；簡單的床鋪、乾淨的床單、純素的床頭櫃、一副簡單桌椅，這房間像是一座打掃維持得很好的，牢房。

吃力的從床上站起身，走到窗戶旁，房間也就這麼大了。「這是哪……？」他扶著額頭自問。

窗沿上積了一層灰塵。

老舊窗戶的玻璃被風吹的喀喀搖晃，模糊的揭露外頭的景色；晨曦的初溫蒸昇起霧氣，像團鬆垮的棉花包覆、瀰漫著大街小巷，只有夠高的樓層才能刺出到白色棉花之外，連對街的建築物都看不清楚。原本應該迷濛、浪漫的畫面，卻因為在未知的地域而引發一絲恐慌。易羅只知道自己身在約二樓高的一個房間裡。

他正要研究能不能將窗戶撬開時，身後的門打開了。門根本沒有鎖上。

步入房間的是個身披墨綠袍子的老翁，衣襬及地、袖子垂下像是個修道士；頭頂光禿的一絲頭髮也沒有、但有綹白山羊鬍整齊的梳在下巴、臉上有許多皺紋，尤其在眼角的部分明顯，兩眼眼袋有些下垂，但是目光仍舊健康有神。他的步伐輕而緩慢，可是姿勢仍舊挺拔如故，手上穩穩地端著一個鐵製的托盤走進房內。

「啊，你醒了，先知保佑。」老人緩緩開口道，一聽便是方才門外對話的人：「你想必有很多問題吧。」

易羅先遲疑了一陣是否要開口，最後清了清喉嚨道：「而你會回答它們……額，先生？」

老人佈滿皺紋的顏面露出的笑容，能看見他缺了幾顆牙；他說：「老朽無法保證答案會讓你滿意。早飯能等。跟老朽來。」他將托盤放在床頭櫃之後，回頭走出房門。易羅亦步亦趨的跟了出去。

天色開始濛亮。這是一棟不小的樓，比孤兒院還要寬敞，走廊上看似有其他不少房間之外，也偶有其他人走動，每個人看起來都像是要往某個地方走去，忙碌著。易羅的第一印象是這裡的人大多數穿著綠衣，而且凡是見到前方這名老人都會點頭致意，看來他是某個重要的人物；「日安，先生。」一個穿綠袍的女士屈膝道。老人點頭回禮。一名像是書記的年輕人在樓梯處看見老人，連忙上前說道：

「先生，他們又遣人來督促進度了。」他低頭念著一張摺皺的信紙向老人匯報著，「信差說，五天後是最後期限，再等下去他們就沒辦法坐視不管。可是扣掉來回路程的話，只剩……」

老人伸手打斷年輕的書記說話，冷靜的道：

「告訴信差東西會準時送達的。還有，讓那騎了兩天馬的可憐傢伙好好吃頓熱的。」

「是，先生。」書記連忙匆匆離去，一眼也沒有注意老人身後的易羅。

易羅尾隨在老人身後繼續走著。這裡的牆壁也都漆成墨綠色，空氣中則瀰漫一種悶煮的苦澀氣味。

「這裡是……診療院嗎？」易羅向老人問道。

「很抱歉你得看到這地方如此沉鬱的早晨，這棟樓通常要到了日正當中，才會開始熱鬧。」老人邊走邊道。易羅不禁想著，一間診療所熱鬧擁擠究竟是不是好事。

「但……我為什麼會在這裡？」易羅又問。他總覺得這身黑衣和這裡的氣氛仍舊格格不入。

「因為有人把你打昏了在東邊的大街上。希望這部分你還記得。」老人道。

持續鳴響的頭痛確實提醒著易羅這點，但是他仍舊很難相信，有人會蓄意傷害他。

「是誰救了我？」易羅問，「是你嗎？」

「我？先知啊，你竟覺得老朽拖的動一個昏迷的人，老朽真是受寵若驚。」老人格格笑道，「但是『救』這個字恐怕不大對，因為就是把你擊暈的人將你送來的。」

「是純彩神的祭司。」易羅漠然道。

老人突然駐足，易羅連忙停下腳步以免迎面撞倒他。老人抬起那雙深沉滿布皺紋的眼，看著易羅道：「不要隨便確立敵人，尤其是投身於宗教的祭司。有的時候敵意只是煙霧、只是自作多情的假意。」他的語調有點虔誠、有點捍衛，像是在說教。「把你打昏的人也是為你好，不管你願不願意相信。」他又繼續往前邁步。

老人終於領著易羅走到一間房，是在一樓最邊緣的角落位置。他打開沒鎖上的房門，示意易羅進去。他說：「正午請來貨倉。若是不知道在哪，隨便問一個醫生或護士就可以。」

易羅緊張地道，「我還沒請教您的名字。」

「啊，」老人笑道，「年紀大了，有時連基本禮貌都會忘記。老朽名叫休・克洛福（Hue Clover），稱呼休就可以了。」他朝易羅點頭致意，又指了指房門，然後緩步拖著身軀離開。好奇心終究是勝過警戒心。易羅深呼吸一次後，推開房門走入。

這間病房和易羅剛才待過的別無二致；擺設、門窗、牆壁顏色都相同。唯一不同的只有在這裡頭的人，是真的需要治療。格林特・赫紅的右臂用繃帶掛住脖子並用板架固定著。易羅走入時，他正在空著的手用螺絲起子分解一副簡易的齒輪鐘，把每個零件都拆解後散落在桌子上；只需要其中一支而靈巧的雙手就能抓住小齒輪，對他來說簡直易如反掌。木桌上還有一個托盤，和吃剩的午餐。

易羅沒有錯失機會。他放低聲音走到正專注於「維修」時鐘的好友身後，然後二話不說一掌拍在他的背上。「碰！」

「啊！」格林特嚇得連手上的螺絲起子都掉了，差點跌坐在地上。

格林特轉過身來。他花了三秒鐘才確人自己沒有看錯，來者真是易羅沒錯。

「嗯？」他簡直不敢相信自己的眼睛。

易羅在床單上揀了個位置坐下，道：「嘿，大個子。」

格林特大笑兩聲道：「哈！易羅！我以為你濁色的被抓了！」他朝易羅的敲了一拳，差點讓那邊肩膀脫臼。

「我也這樣以為，所以還在『麥者』躲了半個晚上。」易羅揉著肩膀道。「先不說我了，反正我也弄不清。你那手是怎麼了？」指著格林特包著繃帶和固定架的右手。

格林特抓抓頭，語帶尷尬，「慶功宴的意外。」

「讓我猜猜，意外包含不少酒精和酒後的大話？」易羅笑問。

「沒有你想像的多，我沒法忍受幾個表哥挑釁打賭的話，你懂的。」

「真希望我能不懂。」易羅苦笑道。

「我以為多幾吋身高就能比較站得住腳。」格林特憨笑著解說，「寡不敵眾。弟弟就是弟弟。」

「你爸應該氣炸了？」易羅問。

格林特挺胸、板住臉模仿道：「『一群成年人還這樣？我看你們幾個兔崽子是活膩了！』」易羅跟著笑了；這也是兩天以來他第一次覺得稍微放鬆。其實長久以來，易羅和格林特兩個沉默的年輕人都只有在熟人附近才會多話起來。

格林特像是突然想起什麼，道：「逃避追捕，怎麼會到診療所？」

易羅盡量平靜地道：「我在酒館外頭的街上被人打昏，醒來就在二樓的一間病房了。剛才有個老人領我到這，他說是把我打昏的人送我來這裡的……你有聽過『席安』這個名字嗎？或是休・克洛福？這裡好像是那位老人的診療所，每個人都對他恭恭敬敬的。」

「我只來這一晚。」格林特搖搖頭誠然道，「見到一個醫師、幾個護士。他們只討論今天在城南的事。」

「城南？」易羅奇道。

「比較像流言吧。」格林特解釋道，「聽表哥說的。城主命人加強城市倉庫的戒備，居民卻起來抵抗。」

「抵抗戒備……」易羅思索著，「所以他們是能從開倉獲得利益的人，或著是急需開倉的人。」

「易羅？你都自顧不暇了。」格林特不禁說，他的手開始拿起時鐘的小零件把玩。

「醒來的時候聽門外有人和那名老人對話，我覺得應該是選彩時和城主對峙的那個男人。」

易羅的話，不禁讓格林特停下手上的工作，只因為他也忍不住對那名穿斗篷的陌生人又害怕、又好奇。

於是，易羅將選彩時在帳篷單獨遇到的事告訴格林特，包括那些像是老師質問學生的奇怪問題，全盤托出。易羅唯一保留的只有關於「理論」和「實用」的最後問題，因為他隱約覺得，這件事要等到他自己找到解答再說出來比較好。

他最後收尾道：「叫席安的人與老人談話，自稱為『畫師』。他們也有提到城南的事情，還有一群離開伊登市逃難的人，詳細內容我聽得不是很清楚。」

「所以……穿斗篷的是學院的人員。」聽完後，格林特說道。他的手停不下來，又開始拚裝零件、齒輪和發條，「但是我還是不懂老人怎麼會帶你來這，還有『席安』是誰。」

「……對！他會知道我認識你，本身就很奇怪。」易羅奇道，「除非……昨天在準備區的帳棚裡，他們就在觀察了。」

光想到自己成為某種計畫裡的渺小棋子、甚至是某種實驗對象，易羅心裡就掃過一陣寒風。

「他們？」

「雖然他否認，但城主也說他為院長工作、還有那件藍色的袍子壓根是學院人員的穿著；最後就是他知道很多城主不願公諸於世的祕密。」易羅努力保持冷靜的分析著。

「我……我不懂了。」格林特百思不得起解的問，「那些……大人物的糾葛，怎麼會跟你有關？」

「我想要的是……」易羅皺眉想著最適合的字眼，「答案。我不想要被當作棋子、或是家族明爭暗鬥的籌碼。」他又道：「你懂嗎？我想要有自己的空間、時間，好找到我想做什麼，可是他……那個人卻在昨天找上我，突兀地問了一堆問題、引起更多的好奇心，他的語氣就像是……」他盡力清楚地解釋，「就像在說，我想要的、對於未來的答案，會因為我是『孤兒』而永遠沒有下落。我必須找到他，因為世界太大，而我沒有時間找到第二個有答案的人。」

「嗯……」格林特若有所思地聽著易羅的自白，不知不覺間已經把時鐘的零件一個個拼湊回原來的位置，恢復原樣。像是從來沒有被分解過。

「走吧。」格林特突然起身，將時鐘擺回牆上，開始收拾東西。

「啊……？」易羅錯愕的道，「你能出院了？去哪？」

「受傷也不是一次兩次了，尤其在家裡工作室的時候。」格林特篤定十分地道，「我不懂……那些大道理，只知道你聽起來需要一個夥伴，來找到那個人。倉庫那邊瞧瞧、打聽一下、看看熱鬧，說不定會有那個『斗篷人』的蹤跡。快走吧，好像要下雨了。」

格林特幾乎是單手將易羅從床上「拎」起來、又推出門外。

易羅總是很佩服這個大個子的行動力。格林特總是說一不二、寡言多做，也不太做白日夢。他也不禁感到有些感動，回頭問：「你不覺得我在編故事？」

「不覺得。」格林特搖搖寬大的頭。

「或者，你只是在找藉口不回家面對你爸。」易羅頓悟後說道。

「……或許吧。」

天色暗濛、雲層是塊髒灰的抹布；雨滴彷彿隨時會掙脫雲朵最後的綁縛，往地面賽跑。

伊登市的倉庫由寬大的紅磚大房子連成一排，坐落在城南的某條街尾，是十分重要的城市命脈。紅磚外牆的倉庫，裏頭存放的多半是一袋又一袋應急的儲備糧食，但也有匯兌用的金銀、軍糧、紡織布料、銅鐵等冶煉原料、甚至是軍備武器。正因為這裡維繫著貿易和基本的城市底線運作物資，每一個家族都需要仰賴這些倉庫，因此長期都有衛兵駐守，絲毫不敢任外人闖入。水溝蓋下因空氣潮濕而飄散對感官具有傷害的氣味；平房的磚牆原本漆著深綠色的油漆，如今也已斑駁，露出底下紅鏽色的磚牆。整個地方散發著陳舊的氣息。

門口如今站滿兩排整齊的衛兵，比起平常戒備森嚴數倍。他們臉色凝重地維護著門口，手中的短棍長槍林立，格住任何出入的可能。而衛兵之外則聚集著一群不小的群眾。這些人沒有正面衝突的野心，也沒有舉布抗議、或吶喊任何口號，只是群聚在門口，散發著十分不滿的高漲情緒。相較於衛兵的武裝，這些人的人數顯得單薄，有如一隻螻蟻對抗著一隻甲蟲。

「窮人。」格林特對易羅說。

兩人正站在離倉庫區半條街外的地方觀察著。他們躲在一台賣首飾的攤販車後頭當作掩護。攤販老闆滿是鄙視地看著兩個根本沒有要消費的年輕人，有苦說不出。

易羅此時假裝翻看著一對耳環，眼神不住地往倉庫的方向觀看也道：「不只，他們的衣服……」他用手指示意，「紅、綠、橙……那還有個藍色——是學院的人，各種顏色的人都夾雜在裡面，情況不對勁。」很多都只是主婦、老人甚或是小孩。他們雖然看起來完全不富裕，但是灰土的穿著還是由各自的顏色點綴著；婦人穿著紅色的罩袍、小孩的衣衫紅橙藍綠都有。

「沒有男人。奴隸？」格林特問，他沒受傷的那隻大手把弄項鍊的樣子可謂滑稽。

「奴隸是聚集不起來的。而且這裡大多都是老弱婦孺，我們走近點看看吧……欸！鍊子要斷了！」易羅連忙伸手阻止連項鍊都想要「肢解」的格林特，把項鍊放回攤位上。

「斷了就得買下啊！」攤販老闆緊張地道。

「不好意思。」易羅對老闆表達歉意，然後拖著好友離開，「這個你也想拆？」

「裝相片的項鍊竟然還能這樣用彈簧設計……」格林特的表情彷彿正在腦海中抄寫著筆記。

易羅無奈地道：「根本沒在聽我說話吧。」

一邊走著易羅想到，每次到了手工藝店格林特總是會逗留很久，有時甚至在衝動中買下不必要的東西，像是稀有木材、電線或工藝器具。尤其是那個精緻的畫架，正是格林特親手在家裡的工坊、花了一個多月製成的驕傲之作——上頭甚至還有電路燈，能照亮架上的畫紙——當然，在那之前已經不知道犧牲了多少個失敗品。

「等等。」易羅突然停下腳步。

「怎麼？」格林特回神問道。

「畫架！還……還有我的行李！」易羅慌亂地拍拍身子，但是他身上只有昏迷時就背著的背袋。行囊全部都留置在孤兒院了。

格林特問：「你沒有帶到診療所嗎？」

「怎麼可能會有……我是一路被追過去的阿。」易羅幾乎想要掩面哀嘆。他突然只覺得自己是個身無分文的大傻瓜，竟然連自己所剩無幾的所有物都能忘記。

格林特突然「呵呵」兩聲，道：「結果你不知道追來的是誰，就昏了。」

易羅沮喪地道：「這有什麼好笑的，你的畫架說不定也不見了。」

「別怕，多半還在孤兒院。」格林特聳肩道，「畫架沒了，再做一個就好。」

「身上沒有畫具，總覺渾身不對勁。」易羅無奈地道。

兩人繼續從人行道要穿過馬路，一個快步行走的身影突然與格林特高大的肩膀相撞。

「啊！」那個身影叫了一聲；因為速度極快，被撞到時手臂抱著的一疊紙張，竟全都飛散在地上。

「抱歉！」格林特喊道，他受傷的手臂好像不痛不癢。他彎下身幫那人收拾紙張；易羅見狀也動手幫忙撿拾。

「對不起！我……我來就好！」那人慌張地說。

他幾近無禮的一把將紙張從易羅和格林特手中奪回去。

這人深棕色的頭髮整齊、臉上沾著一些城南空氣裡的煤灰，但是雙手乾淨而平穩，想是個長期握筆、接觸紙張的人。他穿的青藍色罩袍幾乎像是從沒有洗過，上頭沾滿泥土、邊緣還有不少脫落的線頭。

「堆……對不起！」他慌亂而口吃地低頭說道，馬上轉身想走。

易羅快速地竄到那人面前，張開雙手說道：「學士先生！不好意思，你能告訴我倉庫發生什麼事嗎？」

「我不是學……學士！之……只是學生！」他驚慌失措的看著易羅還有格林特，兩手想要揮動拒絕，卻差點又將紙張灑落。

易羅發現這男子不比自己大上幾歲，約二十出頭；四肢比自己還要瘦弱，眼睛裡有種清晰的鑑識力，只是因為緊張害怕而一時看不出來。

「我只想請教這件事的來由，你能告訴我們嗎？」易羅問。

「這……我……我知道的不多。」他遲疑地道。

「你為什麼會在這，一個學生？」格林特問。

男子似乎被格林特粗獷的身形嚇到，有些畏畏縮縮的回道：「我……是機……紀錄員。」

「紀錄員。」易羅重複道：「所以你是專程來這裡挖故事的。」——然後寫成報導給所有家族們傳閱。

「他們，不讓……我獲取報導。」年輕男子伸手指向倉庫前面的一大排衛兵，「嚴禁……任何問題。他們知道的……很少，只是來執行命令。」

紅色的布甲雖然不如盔甲，但是林立的武器卻能傳達十分明確的訊息。

「呃……黑衣服的。」格林特避開易羅的名字，「他們好像還有其他意見。」他語帶不安地道。

「嗯？」易羅轉頭查看。

只見衛兵之中有幾個人正交頭接耳——不久之後，便有五個人一致點頭，提著武器往這邊走來。他們的表情滿是明顯的驚恐、緊張和莫名怒火，粗暴地推開抗議的民眾後，筆直穿過馬路，接著乾脆跑了起來、直直拿起武器對著三人喊道：

「站住！嘿，那邊的！」

「異端！」一個衛兵高舉長槍喊著，「別讓他動手！」

易羅與口吃的男子對看了一眼，兩人面面相覷。

他不禁覺得奇怪；*為什麼會假定我就是要跑呢？不然怎麼會說「站住」這種話？*身體已經自動後退、轉身、然後跑了起來。*感覺這兩天我總是在跑啊。*

格林特伸出沒有繃帶的那隻手臂，扯著那年輕男子的藍色衣領。三人開始逃脫。

「往……往何處逃跑才是！？」口吃男子慌亂的喊道，懷裡還抱著那疊紙。

「原路！」易羅朝夥伴喊道，兩人有默契的一起前進。

衛兵在後頭追逐，易羅和格林特兩人下意識地往來時的方向跑去，以診療所為目標。經過剛才的街角，賣首飾的攤販旁邊。身穿橘衣的老闆滿臉驚恐地看著三個年輕人從攤販前面竄過；他們後頭數十步則跟著五個手持長槍衛兵。

「小心我的寶貝啊！」首飾攤老闆撲身保護著商品。

易羅當機立斷的往人潮較為密集的集市方向跑去；黑色覆蓋的身軀健步如飛，在其他二人前面領著路。

前面是一個熟悉的轉角。暗紅色的棚子底下有個橘紅衣商人正照料擦拭著一罐罐七彩的顏料，材料罐、粉末、顏料液體都排列整齊在木架上展示給路過的客人看。這間易羅時常光顧的顏料店，店主是個紅色家族的老實好人。跑過顏料店時，易羅煞住腳步對著紅衣商人道：

「大叔，幫我一個忙！」

臉上兩撇八字鬍的橘衣商人看見往這裡來的衛兵，馬上會過意，一句話也沒說的點頭。

易羅憑直覺從架上罐裡抓走一把顏料粉末，塞進口袋裡，繼續逃跑。

進入集市後，一切就變得簡單多了。易羅專門挑很多攤販聚集的小巷跑去；七彩的帆布、隔間用的木板、撐起空間的木棍、琳瑯滿目的商品櫃和行人全都形成最佳的掩護。奇妙的是，身形幾乎有兩個人寬、而且手臂有傷的格林特也展現矯健的身手、東竄西跑，像是個久經市井追逐的人物。三人的後頭始終緊緊跟著那五個衛兵，長槍的尖頭差一點就能碰到後背；僅僅只有數步之遙。

突然拐彎，一條窄巷中間推了兩個大木箱，衛兵們的長槍太大而停下腳步、亂成一團想要從縫隙間擠過。

易羅抓緊機會。他腳跟一停、回過身、從大衣的口袋抓出一把顏料粉末、全力甩出！

「嘩」地一聲。握慣畫筆的易羅很清楚顏料的比重，熟稔的修長手指間一股朱紅色的煙塵如爆破般散出，其形狀堪稱絢麗，有如砲管在砲擊後的殘餘煙塵。

「小心！」站在最前頭的衛兵嘶聲喊道，「別吸入，會被下咒的！快躲開！！」眼看易羅手裏一陣紅色的粉霧飛出，衛兵們突然像是見到了魑魅魍魎，紛紛抱住了頭和臉部、左閃右躲。

果然沒錯，衛兵們都認為學院的人有某種「巫術」，避之唯恐不及。易羅心想。雖然他自己不相信謠傳，但仍慶幸有這種迷思的存在。

此時，五名衛兵手忙腳亂的拍落身上的顏料、一邊此起彼落的大聲咒罵著「濁色的」、「巫術」。

——只在這慌亂的一晌之間，前頭的三個年輕人，甚至是身材高大的格林特，都消失在視線、人群和熙攘聲中。

奔不出幾條街，易羅逐漸感到氣喘吁吁。背袋因為奔跑而不斷撞擊著背部，幾乎跟心跳同調。他慶幸平常都沒有鍛鍊體能，但還能應付這種小家子氣、莫名其妙的追逐。

「呼……」易羅平順呼吸後道，「他們應該不會追來了。」

易羅轉過身看著那名男子扶著牆壁、猛烈地喘著氣、幾乎要癱坐在地上。

「重新自我介紹一次吧。」易羅苦笑道，他拍乾淨手上的粉末，友善的向對方伸出手，「你好，我叫易羅……」

「莫浮！我……我知道。」男子握住易羅的手搖動著，難掩語氣裡的興奮，「昨天重……中午，我就在廣場的……外圍。」

「嗯？」易羅總覺得肩膀一沉，「是嘛……有人把那寫成報導了。」

男子搖了搖頭道：「不，我的作品……向來乏人問津，你大可放……心。」他雖然口吃，講出來的話卻像個書生。

「我是學院的……二年資歷生，維米利昂（Vermillion）。」他一邊抹著汗、一邊靦露笑容道，「叫我……維米即可。」

「我叫格林特・赫紅。」紅髮如火的大個子爽朗地道，「抱歉，讓你跟著一起逃跑。」

易羅原本要跟著道歉。維米利昂卻說：「兩位誤會……了，他們的目標，恐怕……是我。」

「你？」

維米的目光在易羅和格林特兩人之間游移，好像不太確定這是個好主意。易羅觀察著維米的眼神；夾雜表現自我的興奮和自卑的畏縮，兩股勢力在他眼裡征戰，就好像……他很迫切地自己想要開口，卻忌憚著說話的後果。

終於，維米從學院袍的裏層口袋裡拿出一張紮起來的羊皮紙，可以看出這張紙比他懷裡揣著的那疊還重要許多。

「獻醜了。這……這是我的研究報告的題材，如果能……能通過審核的話，我就能進……進入大學堂。」他掩不住興奮地道，「我到……到倉庫採集資料的時候不幸被衛兵撞見。」

易羅看著那張攤開的羊皮紙，吃力的想要讀懂上面潦草的字：「色……《色環原型和畫師染力的利害關係及歷史》（On the Proto-Circle, the pros and cons of Color Masters' Dyramity and its History）」

「這是你寫的？」格林特滿臉困惑道，「衛兵叫你『異端』，就是因為這份東西嗎？」

「是……是的。他們深信我的研究會干擾城市的秩序，會……會汙染思想。」

所以我不是他們眼中的異端？

易羅突然插嘴問道：「『染力』是什麼？」

維米肩膀一縮，「染力是學……學院對於色環力量的稱呼，與平……平民的不同。我不……不能透露太多研究的內容。

「但，二位解救我於危難，在此我會告知有關於倉庫調查的成果，希……希望能幫的上二位的忙。其實在剛才訪問過的民眾裡，全部都有一個最大的共通點。我正要深入探查的時候就被衛兵發現、趕走了。」他先環顧四周，確認行人沒有在偷聽。

「什麼？家族嗎？」易羅問。

「不。」維米搖頭道，「真相只要三……三思過後就能釐清，我也是遲遲沒有發現……」

「他們……那些人……沒有被驅趕。」他一字字的說。

易羅好像隱約明白了什麼，可是腦中的混亂沒有辦法理清頭緒。

維米緊接著道：「不論如何。我……我希望，這點資訊可以達成我們之……之間的保密協議。」他嶄露淺淺的笑容。

「協議？」格林特不禁好奇道。

維米臉上的笑容擴大：「甚是簡單。二……二位不向學院或衛兵隊洩漏我……我的研究調查、我則不……不對任何人提起被祭……祭司通緝的『莫浮』在這附近出……出現。」

雖然講話口吃但城府甚深的學院學生，終於透出一絲慧黠。

「你……！」

格林特舉起手要動粗，易羅差點來不及阻止。

「服輸吧，大個子。」易羅淺笑著拍拍夥伴的肩膀：「這不也挺有趣的嗎？」

「他騙了我們！」

「沒有看穿才會被擺了一道。其實能夠在倉庫那裏遇見也是種機緣嘛。」易羅朝維米點點頭：「大家各取所需。而且我們剛才要是接近衛兵的話，恐怕早就被抓了。」

「呵哈，絕……絕不是有意要欺……欺瞞二位。」維米利昂搔著頭道：「不過，關……關於我的研究報告的事情，都是千……千真萬確的。」

站在熙來攘往的大街上，易羅也不打算逼問。他說道：「看天色好像快下雨了。隔壁就是城區的診療所；你想要的話，可以在這裡躲一陣子。」他指著一旁的深綠色樓房。

維米四處觀看，好像還是害怕有衛兵在後頭追趕；「不了，容……容我拒……拒絕二位的好意。」他將紙張重新摺好、收回上衣口袋，「我必須返……回學院。兩位也請多多保……保重，如……如果有關於倉庫抗議的其……其他消息，請務必寫信告……告知我。日安。」

維米朝易羅和格林特微躬行禮、然後快步沿著人行道走開。學院袍穿在他身上像一件過大的被子在頭上；好多行人差點被他撞倒，抱怨連連。

易羅看著差點踩到自己的學院袍跌倒的維米漸行漸遠，有些佩服這個學生敢勇闖險境的勇氣。

「其實學院的學生，沒有那麼討人厭啊。」易羅淺笑著道。

「跟誰比？桑德和托斯？」格林特反問。

「這麼說來，桑德和托斯只是在畫室上課而已，不是真的學院學生。」易羅道。

「他騙了我們。」格林特重複道，臉上表情複雜。

易羅嘆道：「不如這樣想：你寧願有人像維米利昂一樣，以等價交換的情報競爭、欺瞞你；還是像穆索、或城主一樣，以地位無條件的壓迫你？」

格林特哼了一聲，決定轉移話題：「反正倉庫的事，果然還是……嗯？」

大個子說道一半便停住，。一個身穿淺綠色衣袍的年輕人從敞開的診療所大門內快步走出，他的鞋子叩叩地敲擊地面，腳步含怒。在診療所門外，排隊的患者有的包著繃帶、有的身上還有待處理的大小傷口。剛走出大門的年輕人手裡有個寫字板，他的綠袍子在腳踝處束起，似乎是為了行走方便綁成褲管。

那人火速開始大聲指揮著人群：「你，手指割傷還來這裡做什麼？買個酒精繃帶然後回家！」淺綠色衣袍的醫護士對排隊的病患頤指氣使叫道，每個人都畢恭畢敬地聽從他，「後面的人！外傷領紅單、疾病領綠單，依照叫到的號碼進去……你！為什麼沒有領單？腿骨折？站的那麼筆挺怎麼會是骨折，扭傷就先冰敷再來！喂，你們兩個！」

易羅愣站在牆壁邊，過了兩秒才指著自己回道：「我……我？」

太好了，我也開始口吃了。

年輕的醫護士喝斥道：「先生不是說了嗎？叫你正午前到貨倉找他，還不快去！這都幾點了。」

易羅此時才想起和綠衣老人的約定。

「我見過他，是休・克洛福的書記。」易羅邊走邊對格林特解釋：「剛才還對休小聲說話、畢恭畢敬的，沒想到工作時這麼有架式。」

「老人的地位很高。」格林特簡短的說，「找你做什麼？」

「不知道。」易羅誠然道：「不過，他如果也有關於『斗篷人』的消息，就值得一問。」格林特忍不住對「斗篷人」這個綽號發笑。

於是他們兩人在大廳的一角坐著等待那名盛氣凌人的書記。接待處不大，兩側都有布簾的通道連接著內部。櫃檯旁排著各種傷患，從老到小、內傷到外傷、舊疾復發到新病萌芽，每個人身上都有一種「愁」的顏色；流鼻水的小孩害怕苦澀難以下嚥的藥草、撫著胸口的老婦人害怕嚴重難以康復的痼疾、黝黑的工人害怕鈍傷後難以復原的臂膀……。易羅對於這些末節的表情變化，全都觀察入微；要說畫圖維生這幾年來最大的長進，莫過於觀察，而不只是一味地模仿。譬如坐在櫃檯後面接待的醫護士；他雖然賠笑著請病患稍坐等候，緊繃的臉部肌肉、不斷翻弄衣領的左手卻都顯示這人隨時會有情緒潰堤的一刻。

易羅津津有味地觀察著四周，然後拿出紙張和炭筆，亂塗亂畫。格林特則用單手拆解了懷錶兩次。

終於，另一名女性醫護士示意兩人可以進入後面。

走入所內後，伊登城鎮街道的水溝氣味被藥草的乾苦氣味蓋過，刺鼻地混著酒精和隱約的血味。易羅連續拐過幾個走道，推開一扇沉重的木門，來到診療所後面的貨倉。陳舊堅硬的木地板和水泥牆壁、牆上幾盞油燈現在沒被點亮；牆壁旁邊堆滿大大小小的包裹，大部分看起來都是用油紙包覆的藥材，還有一綑又一捆的繃帶和紗布。貨倉的後方完全敞開可以直接看到後街對面的建築，有個淺淺的坡道和旁邊的短階梯下到地面，方便進出後院的幾輛馬車卸貨、取貨。幾名書記和醫護士在貨倉裡整理貨物。

卸貨木台的一端，休・克洛福正和一個女人對話。

或者說，只有她綁成馬尾的及肩棕髮能用來判斷性別。她的表情堅毅理智帶著股英氣，年約半甲子，骨架上比起男性較為纖細，但是卻身著方便行動的褐色褲裝；目光與休的老練銳眼正好相反，帶著天真率直的瞳色。易羅和格林特走近時，女人正說道：

「這路程，快馬加鞭也要兩天半。休，你也太抬舉我了。」

「抬舉人是老朽的毛病。」老人笑道，眼裡閃過狡黠的光：「這趟活很重要，我只能交給信任的人……。啊，兩位年輕人來的正是時候。」

休不在意易羅的遲到；他抬起手，向易羅和格林特說道：「容老朽介紹伊登市的『橙色之花』。」

「都是別人給的稱號，別聽這老頭的。」女人回道，表情上卻沒有否認的意思。

她伸出戴著深橘色手套的右手與易羅和格林特握過，爽朗的自我介紹：「安柏・奧本（Amber Auburn[8]），這是我的商隊。」她指著後院裏頭的幾輛正在裝卸的大馬車。

「格林特・赫紅。」紅髮如火的大個子手置胸口道。

「易羅。」易羅輕輕點頭。他發現安柏的眼神非常純粹，很讓人安心。

安柏嘴角揚起，又道：「我聽過不少你的事吶。昨天的儀式很……有意思，真希望我提早一日進城觀看選彩儀式。」

休說道：「昨天天氣真是燜熱，不但讓老朽腰病復發、藥材也都差點烤壞了。」

「是嘛。」安柏抬頭看了兩眼天空，「才一天就轉成灰濛的雨天了。伊登市的附近的天氣變化太快，得趕在藥材發霉之前出發。」

休同意的點點頭。

「你對他們說過了嗎？」安柏接著問。

「正要。」休道。

---

8 Of orange-ish color. Auburn is a mixture of orange and brown.

「早點說吧。咱們越早走、越不會被大雨攔截。」安柏說。

率直的格林特打斷兩人問：「說什麼？」他很討厭置身無知，易羅也是。

休捋著下巴的白色鬍子、心平氣和地道：「自從昨天二位接續來到這間診療所，」他指著易羅和格林特，「我和我的雇主便想藉此機會聘用你們兩位，送一趟貨物。一方面是我們人手不足、一方面也因為……你需要避避風頭。」休這次只針對易羅。

「所以你才會帶我到格林特的病房。」易羅道：「但是為什麼要幫我們？」

「把這想成是一場交易。」安柏說：「你得到出城的機會……和工資。」她不甘願的補上最後一段。

「而你們，得到利用我做某個勾當的機會。」易羅平鋪直敘。

「這件事勢在必行。老朽只能擔保它對你有一定的幫助。」休道。

「我們……可以相信你？」格林特代替易羅問。

「你不用。你得賭一把。」老人泰然說。

易羅感到胃一糾。休．克洛福這老人，比想像的還要嘴尖舌快，一切的話在他嘴裡都有一種刺人的鋒利，像是一把直進直出的手術刀，不留情面的切除不必要的息肉，但是又巧妙的避開會引來災難的要害。這種鑽刺感……與老人的外觀、形象、甚至顏色都全然不同。真是一隻老狐狸。正因為老而且安住在綠林，而讓人誤有無害的感覺，簡直比「斗篷人」的怪問題還要惱人。

易羅突然笑了，結合苦笑和歡笑的感到樂了。其他三人都用奇怪的眼神側目他。他笑著道：「這個嘛……你其實沒有給我很多選擇吧？你和你的『雇主』。」他看了安柏一眼，「你們知道我想要離開，所以給了一個不能拒絕的條件，卻裝作好像有得選擇，就像……那些人，每一年在廣場上都掌控所有人的選擇。」他前踏了一步。

「易羅……」格林特出聲制止。

易羅不顧好友的勸阻，又對著老人道：「我願意接受。我沒有其他去路。」

「看啊。」休突然淺淺一笑道：「俗話說的好，『時間褪去頑顏』。」

易羅決定他不喜歡這個老人。不論這老人是否收留了被擊昏在街頭的易羅。在場的四個人裡，只有休・克洛福才是真正的「商人」，一切事情對他都是一場交易、一樁買賣，僅只於利益輸送的天秤關係。

下雨了。午後時分，天空中的水分與土壤結合散發一種特殊的氣味，以自然的手段向嗅覺暗示到來。雨絲刺在鼻頭、臉頰、眉間、頭髮、肩膀和指尖上，留下冰涼的印記。

貨倉裡的搬運工人突然陷入手忙腳亂，忙來奔去的為所有藥材貨物蓋上帆布。

憂心著商隊貨物的安柏說道：「既然都接受了，就快點幫忙裝貨！大個子，你單手也能搬貨吧？幫忙。」說著走下斜坡。

正當安柏指揮著可憐的格林特和車夫們時，休將易羅留在屋簷下。

「去過城南倉庫了？」獨處後，老人拿出菸斗、點著、吸了一口菸草、吐出灰白的煙霧。

「你怎麼會知道？」易羅徒勞的問。他把手指伸出屋簷外，感受著冰涼的水滴刺在指尖。

「今晨你一定是聽到老朽在走廊講話了。老朽認識你要找的人、知道你手中的線索，當然就知道你的下一步。」休緩緩的道。

易羅知道自己鬥不過老狐狸，設法緊握手上僅有的情報優勢思考下一步棋。

「先生！」

一個車夫兩肩上扛著枕頭那麼大的麻布袋，爬上斜坡小跑到休和易羅旁邊。車夫將兩個麻布袋卸下，放到地上，抹著額頭的汗水和雨水對休問道：「克……克洛福先生！這袋癒傷草放在倉庫裡邊的角落整整兩周，大半都發臭了，該怎麼辦？」

易羅見過這種藥草。深棕黃的癒傷草植物在藥材店裡絕對是高級的商品，醫師只有在撕裂傷勢嚴重時才會將這種草施加在傷口的周圍，它多半能馬上止住傷勢附近的流血、且能大幅減緩疼痛，但是也因為稀有而價值連城；如果易羅沒記錯的話，癒傷草製成的一條藥膏能在市場叫賣到兩個金幣以上的價錢。

休從麻布袋裡抓起一搓深黃色的草藥，用鼻子嗅了兩口。

從易羅的角度看，已經能判斷那兩袋的癒傷草大半已經從棕黃變成不健康的枯黃，像泡到爛掉的茶葉躺在麻布袋裡。一車這種藥草能買下一棟房子了。究竟是要送去給誰的？

「的確不堪用了。」休皺皺眉，對著車夫道，「你先去忙吧。老朽會請這位年輕人換袋新的。」

「好……好的。」車夫轉身離去繼續幫忙裝貨。

休看著車伕們忙進忙出，卻一步也不動。

他又從菸斗裡深吸一口、吐氣；

那陣灰白的煙霧往貨倉外上浮，在越來越大的雨勢裡飄散、如石沉大海。

「你想要的答案，老朽能給的不多。」休緩緩道，「聽聽老人的勸言——不要輕易確立你的敵人，否則你的情緒和判斷力就會像這袋癒傷草一樣腐壞、失去價值。你覺得純彩教、伊登貴族都與你勢不兩立，但你卻錯估了自己的重要性。」

易羅喉頭一緊。他知道老人接下來要說的話。

「沒錯，易羅。你不重要，是可以犧牲的棋子。他們既然沒辦法將你拉攏到任何勢力裡，就想必會果斷的捨卒，這是任何有頭腦的人都會做的事，而貴族跟祭司都不是笨蛋。你不能因為他們合理的作為，而讓自己失去理性。衡量利害、捨近保遠、孤注一擲……什麼都好，現在你只要能將自己重新放回棋盤上。」休堅定的說，「重新獲取價值、身分，加入這場遊戲，你才有機會找到自己。這就是我們想要給你的機會。」

「你……們？」易羅遲疑的道。他不覺得率真的安柏有著能與休匹敵的算計心。

老人突然倒掉菸斗裡的草灰，提升音量喊道：

「先生！你要老朽說的，就這些了吧？」老人的宏大音量不禁讓易羅轉身察看。只見在診療所的後方、易羅剛剛走進的門旁，有個人倚靠在木門柱邊。

——那個身影穿著斗篷；分不清顏色的斗篷。

易羅不知道究竟該感驚訝、憤怒、還是恐懼。

休用手背敲了易羅的肚子，道：「冷靜點，年輕人。難道你忘了老朽剛說的話嗎？」

穿著斗篷的陌生人朝這裡走來，道：「老友，你的演說果真十分有說服力。」他兜帽下的臉上有一抹笑容，還有那一大片疤痕。休和斗篷男子握手致意。

「要是說不通，老朽正打算身教呢。」休指著那個裝癒傷草的麻布袋說。

斗篷人轉頭看見麻布袋裡的東西，笑容突然一塌。

「這是癒傷草？」他蹲下來檢視布袋、緊張地問道。

「是阿。晚了兩周就壞掉大半，真是傷腦筋。」休抓著光禿的頭頂道：「再加上這陰濕的天氣，送到時恐怕早壞光了，送去的藥草不能治病豈不是白送一趟。」

斗篷男子在原地思忖了數秒，然後嘆氣說道：「好吧，老友。眼下的時間點，買不到、也買不起第二批癒傷草……

「麻煩你了。」他站起身、退後一步。

易羅的後頸一涼，心中有種發麻的、似曾相似的感官。*斗篷人就站在我身後。*易羅盡量不動聲色地摸索著口袋裡的東西：銅幣、一張手帕、火柴、三支畫筆、一盒墨粉和一罐驅光水、兩截紅藍布條……沒有任何可以用的東西能夠解圍！易羅心理的直覺不斷告訴自己「快逃跑」，但是站在貨倉中間的他實在進退兩難，而且正在忙碌的格林特不但沒有看向這邊、手臂也受了傷，易羅絕對沒有辦法丟下格林特獨自離開。*跑不了。*

「看清楚了，易羅。」斗篷男子沉穩地說道：

「想知道顏色對這世界為何重要，這就是最好的說明方式。」

易羅知道這兩個人站在同一邊。他也知道這兩個人想要展示某件事情。但是易羅害怕那人身上的深藍色「壓迫」會侵入耳朵，只想摀住雙耳。*衛兵們會害怕學院的人，果然是對的！*

休‧克洛福將菸斗收回深綠色的袍子裡，哀嘆道：「老朽實在年紀大了，最討厭這個部分。」

他確認沒有車夫在偷看後，彎下腰、伸出衰老而佈滿老人斑的右手，懸在麻布袋的開口上空、握拳。

易羅隱約知道接下來要發生的事，不禁緊張地咽了口水，兩眼目不轉睛的看著麻布袋和老人的拳頭。

空氣似乎凝滯了兩秒。

老人口中沒有呢喃咒語、沒有比劃奇怪的手勢、更沒有兩眼翻白。

一切就在休鬆開緊握的拳頭時發生。

又來了，就像那時在帳篷裡。從那枯老的掌心中央為圓心，隱約散出一種看不見、摸不著的能量——這次卻全然不同；這種力量給人的感覺是春天、是溫暖、是藍季的雪融化時從土壤裡迸出的第一枝苗芽。老人的深綠色袍子沒有改變顏色、他的氣勢也沒有讓易羅想要下跪或發抖——易羅只覺得全身有種溫柔、欣然、再生的感官，像是植物包覆老舊建築、藤蔓爬上牆壁屋簷、花朵相繼盛開、大地重回初春、重新被給予生命力一樣！而站在樹林正中央照顧花草樹木、孕育保護生命的，就是這個穿著診療袍的老人。休仍舊站在診療所後方的貨倉平台上，但是卻同時身處樹林中央；他掌心流洩出的力量——易羅幾乎確定那是綠色煦光——似乎全數滲流進身前的麻布袋裡面。那陣光，很溫暖、很安全。

光芒退去後，休不禁腳步搖晃。易羅快步衝上前，攙扶老人的肩膀。

「先生…休！你沒事吧？」易羅不敢大喊，怕引來車伕的注意。

「無恙、老……朽無恙，只要休息片刻即可。」老人衰弱的說。他的聲音裡少了剛才的銳利感，似乎也力竭。易羅發現老人的眼睛似乎又增加不少倦容、似乎隨時都會闔眼睡去。休找了一個舊木箱坐下，整理他的袍子、用袖子抹著汗水。

突然，旁觀已久的斗篷男子又開口道：「看吧。這就是全伊登最好的『原春』（Printemps），果然寶刀未老。」

「春……什麼春？」易羅錯愕的問，「你到底在說什麼？」

「原春。這是學院的書蟲們用來稱呼對於『綠色』有特別敏銳感觀的人。」老人的兩手發麻、互相搓揉，「每個人都有最親近熟悉的顏色、就像每個家族都有代表色一樣的道理；進而，有些人對於這些親近熟悉的顏色產生操縱使用的能力；就像老朽這樣，在幾十年的綠色中摸透了這個。先知保佑。」

易羅不是一個容易慌亂的人，但是就連他也不知道要怎麼回應這一灰一綠、一中一老、一搭一唱的對話。

「而我應該相信你剛才做的……變的戲法？」他問，他能聽到自己的聲音似乎尖銳了不少。

休手指著地上的兩個布袋，平靜地道：「一切都遵照祂的安排。」

於是易羅跪坐下來，將布袋裡的癒傷草幾乎全數傾倒出來、逐葉檢查。

*復原了，腐壞的草藥全部回復如初了。*易羅的肩膀一沉，氣餒地承認。草葉上的枯黃全部都被沖刷掉了，就像是時間從黯淡的秋天被倒轉回綺麗的春天。

「現在你知道了。」斗篷人眼看易羅坐在地上，接過話：「昨天在帳棚裡你看到的是我時常運用的『戲法』，」他語帶輕蔑，「但也只是小幅的調整光線、影響周遭人的情緒把戲罷了。能夠像老休這樣如此熟稔操作、甚至逆轉生命力走向的人，即使是找遍整個大陸也不多見。」

休沒有否認。他側過身，坐在乾而安全的木箱上指揮被雨淋濕的車伕們。

如果說世界上有什麼是易羅堅信不移的，就是色彩。他喜歡顏色；喜歡瞭解、揮灑它。他總是能將心中取笑的對象瞄準為這個縈繞著色彩的社會；暗自嘲笑著每一個在乎自己穿什麼顏色的衣服、戴什麼顏色的帽子的人。也因為這樣他總是能覺得自己因為「漠不關心」而稍微高人一等、與眾不同。直到這幾天為止，易羅從沒有想過自己同時取笑制度卻又無法從其掙脫，是件多麼無力而渺小的事情。但是，現在親眼目睹了兩個以雙手掌控顏色力量的人，易羅卻畏縮了。

要是真的有機會摸透顏色背後的意義、知曉了制度背後的關鍵，卻還是無能為力……

「易羅。」

有人呼喊他；但易羅只是呆坐在平台上，看著不遠處的車夫忙進忙出。我無從判定這些法術的真實。但事實就是，他們能操縱顏色。他用顏色影響人的情緒；他用顏色復原腐爛的草藥……

「易羅！」斗篷男子提高音量喊道，將易羅喚回現實。

「你到底是誰？」易羅抬頭問道。在這瞬間，他心中只有這個毫不相干的問題，憋在心裡已久卻怎麼樣都想要問出口。

終於在此時，斗篷人緩緩開口：「我從來都不想要隱藏身分，只是在此之前身分並不重要。」他伸出手與易羅交握並幫他站起身，接著坦然道：

「我叫席安・瑟列斯（Cyan Celeste[9]），伊登學院的……前任顧問。我覺得你很適合這份工作；所以姑且當作你已經通過試用期了。」他深邃的眼神輕描淡寫地看著易羅。

「席安…席安……。」易羅咀嚼著這個追蹤多日的名字，他並不驚訝斗篷男子就是在病房外跟休交談的人，但這代表著，不管是休或是席安都與城南倉庫之間的某件事情拖不了關係。

易羅嚥了口水，問道：「是什麼樣的工作？」

席安解釋道：「老休剛才已經說服你們兩個加入商隊了吧？就像剛才說的，僱用你和赫紅一兩個月。你們的主要工作將是幫忙商隊的事物，用盡一切方法讓這批貨物安全抵達目的地，不過必要的時候也能搭個手，年輕人能做的事……在路上當保鑣、車夫、保母、跑腿……或打雜的。」易羅幾乎被這多樣化的工作內

---

[9] Two shades of blue. One for the color of the sky (celeste); other for the ocean (cyan).

容嚇到。「不過，最重要的……易羅，」

斗篷人，不，席安退下斗篷兜帽正眼看著易羅，他的眼神轉為認真堅毅；覆蓋半張臉的疤痕如功勳。

「要當兵卒、還是棋手，抉擇在你。」

聽到席安的這句話，易羅放在口袋裡的右手緊緊握著那一紅一藍的布條，激動地發抖。

四、暴雨中的花瓣 Petal in the Tempest

傍晚雨勢漸大。伊登的高空被一席雨滴編織成的綢布覆蓋。

「在這等。」席安・瑟列斯說完後獨自走到橋的入口的警衛室。

易羅看著斗篷身形在大雨中行走；黑靴子踩過地面，在水灘上濺起水花。席安走到窗戶邊後從斗篷的袖子裡拿出一張陳舊的羊皮紙給衛兵盤查，並與衛兵竊竊私語了幾句話，期間朝易羅的方向瞄眼——然後在衛兵的手裡塞了幾枚硬幣。

從外頭看，簡單而堅固的石造小屋有上鎖的鐵門和一扇簡單窗戶，能讓衛兵探出頭查看來者的身分，警衛室的後頭有個絞盤操縱著一半的橋繩；另一副絞盤在吊橋的對面。易羅猜想著。防止外來者佔領衛兵處，聰明。走過半個城區的路程讓膝蓋發酸。易羅雖然試著站在乾燥處，但水滴仍由葉尖滲落，淋濕了全身。臉頰冰滑、原本就蓬亂的頭髮此時早已溼透，不透水的大衣也無法提供多少乾爽。

隔著雨幕，易羅終於有機會審視前方的大型建築物。吊橋就在身前數十步的地方，表面由堅硬黑木覆蓋、寬約五公尺、長則數十；吊橋的鎖鏈嵌在尾端和高處的滑輪處，由絞盤操縱。隱約能看見橋的另一端有相同的裝置，兩者同時啟動並在護城河的上方交合，形成一座大橋。大到足以同時通過好幾輛馬車。

過了一會，橋邊傳來「嘎」的聲響；久未上油的鋼鐵絞盤在大雨之中緩緩轉動，放鬆鐵鍊讓吊橋降下。

席安揮手示意易羅跟上，兩人走上橋。

踩著腳下的硬木板，易羅不禁往吊橋旁邊的河溝瞟了幾眼；雨水激烈的拍打著吊橋的木板地面、鐵錸，但是卻在落到河溝裡後消失無蹤。這條「護城河」約有幾公尺深，儼然隔絕著這棟建築物和城市的其他部分。

被深不見底的河溝劃分圍繞，城堡有如孤立高聳在一座島上。

「這裡的人打算參與圍城戰嗎？」易羅問道，他提高音量以蓋過雨聲。

席安將斗篷的兜帽拉得更緊：「這裡是學院。」

「這地方比城北那片華麗大房子還要……堅固許多。」易羅抬頭仰望著吊橋另一邊的建築。

它確實堅不可摧。學院占地廣大、外圍方正、拔地而起約有六七層樓高，易羅看的脖子都疼了。每個角落的最高樓都有凸出的碉堡和放箭的窗口（雖然那此時無人看守）。窗戶除了網狀的加固之外還有窗板能完全與外界隔離；城牆全由黑色的堅硬岩石覆蓋，增添了幾分嚴峻感。磚頭與磚頭之間不但沒有縫隙也沒有龜裂，顯見這裡並不是個荒廢的城堡。對易羅來說最壯觀的則是吊橋尾端的大門；堅硬的深銀色金屬，只要閉上就無法被攻破。這裡唯一與「學院」二字有掛勾的只有那股古老神祕的氛圍，就像平民心中崇高的禁忌，知識本身。深色堅木的拱梁寫著學院的格言：見所欲見（We see what we want）。

雖位置偏僻，但整個地方散發著古老的莊嚴、歷史的殘暴、卻又具備歷久彌新的吸引力。

——伊登城市裡最神祕的建築。易羅聽過鄉親父老將這裡稱為「湛城（Azure Citadel）」，而他也頗為喜歡這詩意的別號。

「這座學院和城市本身一樣古老。」席安邊走邊緩緩解釋道：「伊登當初開拓谷地的時候第一座興建的建築就是這裡。那是個單純的年代——盟友都在身邊、敵人來自別處，所以城堡必須建的足以抵禦外侮，或是在藍季容納農民。後來城市逐漸成長擴張，貴族興起、地域向外劃分；位居高層的人覺得自己應該住在能夠顯示地位的華麗住所裡。輝黃家首當其衝搬出了城堡，後來其他大大小小、紅橙黃綠的貴族也有樣學樣建起雕梁畫棟的家族大院。

這座城堡後來便不再屬於伊登城主、也早已不是城市的中心。現在這裡存放的東西……在某種意義上，比家族還要重要很多。」

易羅拉長臉：「書。」這個字有種既吸引又厭惡的矛盾感。

「學院同時也是核心藍色家族的住所。」席安指著不遠處的城堡，在那後面還有其他像教室的屋舍。

雨還在下。

易羅第一次這麼接近學院。身為孤兒的他，平時對學院絕不會多看一眼，甚至不怎麼喜歡經過這個區，也從沒有學院的人請他來畫肖像。這個地方恐怕在整座城市裡都不受歡迎、乏人問津。

席安領著易羅從城堡的側門進入。

學院的內部也是堅固而耐用的石造結構。雖是石牆，但內部照明充足且通風良好，竟沒有令人窒息的感覺。易羅很高興能進到屋內，躲避外頭猛烈的雨勢。更多的房間和更重的書頁味道；這裡竟有種類似孤兒院的既視感，讓易羅頗為安心。

兩人走上一層又一層的樓梯，最後到了五樓。

每隔幾公尺掛放著風景油畫，皆是寫實且色彩真切的簡單作品，有城市也有鄉間。

席安比著樓梯：「我必須去學院長那裏一趟。你沿著走廊走到底，有個雙扇門的大房間。到那裡幫我把商隊的事情告訴她。」

「好。」易羅淺淺地答應。他猜席安是要去跟院長報告選彩時與城主爭執那件事。

他正要走時，席安又按住易羅的肩膀：「別花太久。」

車隊裝貨完畢。席安對著易羅和格林特道：「去準備行李。商隊明日破曉出發。我還要去找一個人。」

坐在木箱旁觀的休顯得坐立難安：「你確定帶上她是明智之舉？」

「她能照顧自己。」席安道：「你仍舊把她當作小孩，休。」

「而你就是太寵她了。」休反駁道：「這次又是什麼理由說服你了？」

「最不能拒絕的理由。」席安回道。

安柏恰好經過，她面露驚奇：「她找到線索了？」

「在我看來還說不上是線索。但你知道她的性格。」席安解釋道：「一旦有跡可循，即使想攔也攔不住。」

「如果有誰能查出一些什麼，果然只有她了。」安柏道。

「老朽不贊成。」休提高音量。

「帶上這兩個也有風險。」安柏指著易羅和格林特：「但這是生意，本來就是有賺有賠。」

哇，那幾乎傷到我了。易羅想著。

「如果賠的機率高過賺呢？」休道：「妳不能凡事都以那種奧本家的利益心理看待。」

安柏似乎十分贊成且堅持帶上這個神祕的女人：「你要用綠色家族的『均衡』狗屁來評斷結果也是不變的，休。我們答應過會幫她這個忙，而現在就是最好的機會了。不是這樣嗎，席安？」

席安嘆了口氣，歉然對著休道：「安柏說話很衝，但她沒說錯，老休。這是千載難逢的機會。要是再拖延下去，不知會有什麼後果。」

「唉。」休道：「老朽是真的年紀大了，竟鬥不過鬧彆扭的小姐。」

安柏知道休指的是自己，俏皮地道：「看來在老狐狸的內心深處，仍舊想要讓雛鳥離巢而飛的。或許你不是年紀大了，只是心軟了。」

「大同小異。」休再次掏出菸斗、點燃。安柏則再次離開去處理商隊的事務。

席安環顧四週：「好，我會去學院帶人。車隊再點清一次貨物後休息，破曉出發。」

易羅不知道自己究竟是來找誰，但是他已經學會了，幫這些人做事時不要多問。

他很快地找到尾端的大房間，敲門後推開那兩扇實木。

「打擾了。」

門後的世界和外面嚴肅的城堡截然不同。

房間內擺設簡單而優雅，明亮的光線、寬廣的空間顯得與一切和諧。窗戶由白色簾子遮蓋而不是木板。紅木書桌上，紙張和書籍不多且擺放整齊；前方角落，靠近窗戶的那側有一張舒適的躺椅。牆邊的書櫃雖然並不特別巨大，但上面有貨真價實、琳瑯滿目的書；光這一個櫃子就比易羅讀過的所有書加起來還要多。這不是某個書蟲或蒐集狂的房間，每一本典籍都有被翻閱過的跡象。在這當中最令人興奮的是角落的畫架、白紙、顏料、筆架和調色盤，幾乎在呼叫著你的眼睛。

躺椅上臥坐著一個人。

易羅對她的第一印象很模糊，事後無論怎麼回想都不太能記起其中細節——也從那次開始他對她滿懷誤解。水藍色的輕柔衣料、水藍色的雙瞳、面無表情的玲瓏臉龐、不聽話的幾絡黑髮絲、抿著的嘴唇、手中的書本、還有……是手指嗎？很細很纖長的手指翻著舊書頁，有如打磨過的蛋白石。這些細節，都不是真正攫獲注意力的部分——是那雙眼睛。她注視著書頁，但是眼裡綿長的透明靈性讓易羅心頭發麻。很危險。他的第六感鳴著警鈴。

成熟和純真完美地結合。她知道自己想要什麼、該做什麼，而且將這一切都踩在腳跟之下，應聲粉碎；至於她還沒有見識過的東西，也遲早都會被那一掃而過的冰冷凍結。易羅以五官感受到這獨一無二、不講道理卻又風華絕代的……該說美感嗎？但它就是如此地吸引人，像是雨雪霜寒；一心不想要淌那份渾水，卻又怎麼樣都欣賞且喜歡著那種詩意之美。他隨即意識到，這樣的想法多少來自於出生那天即造就的不同。

她的確很美。易羅有股衝動想要到畫架前將這景象臨摹下來…或許該取名叫「湛城之花」。

「我認識你嗎？」女人突然開口打破沉默，眼睛仍盯著書頁。

「我……我不這麼認為。」易羅答道。或許該說女孩？對，就算她讀過很多書也不過才跟我差不多年紀。易羅多此一舉的亂想著。

「請問有事嗎？」女孩又問。

「席安說該出發了。」

她抬起眼看著易羅：「他……席安要讓我跟著？」那種表情可以說是驚喜雀躍、眼神亮如星辰。

「經過一些爭論之後，是的。」易羅點頭道。他突然覺得自己如此站在房間的中央十分突兀。

「爭論……看來你遇過克洛福叔叔了。」女孩表情一軟。

「他救了我一命。席安也是。」他解釋道。

「席安，救人？好難相信。」她嘴角揚起，闔上書。
「比較像是利益交換。」
她道：「這麼說來，安柏也到城裡了。」
「她在，主持著商隊。」
女孩快速站起身，將厚書闔上放回書桌。她坐著看書時，其實已經穿著適合出門的衣物了；合身的褲裝和藍色的輕飄罩衫——其實她早就在期待這個消息——女孩從桌子抽屜拿出一個囊袋，然後開始用衣服、雜物、文具和幾本書塞滿它。她興奮地道：「他們從來沒有這樣允許我跟著，我的證據終於說服他們了。」
易羅納悶道：「我以為車隊計畫是往北方送藥材，要證據做什麼？」
女孩停下手邊收拾的動作，看著易羅：「他們沒跟你說。」
「沒有。而且老實講，我快習慣了。」
「難以置信。」她將筆記本也塞到袋子裡，「我特別交代過要跟所有同行的人說明情況的！」
交代？她是以什麼身分命令那三個人？
女孩臉上一副「我不能讓你拖後腿」的表情，平靜地道：「別擔心，席安知道自己在做什麼。」
易羅忍不住問道：「容我冒昧，妳知道妳在做什麼嗎？」
女孩檢查著袋子裡的物品，懷著些許惱怒的回道：「什麼意思？」
「妳不明白外面的世界，」他指著剛才走入的門：「這裡的走廊布滿灰塵、門栓生鏽。妳應該不常出門吧？現在伊登很混亂；城主將選彩提早來掩蓋某種問題；抗議的民眾、貴族的鬥爭全部攪和在一起。」別忘了妳還要跟一個被祭司通緝的人同行，我。

「我能照顧自己。」她看似動搖。

「對不起，原來是我多心了。」易羅苦笑道。

女孩環顧四週、檢視房間裡的擺設：「我不是不想離開這裡，我也知道外面的世界繽紛，又危險。每個人都在跟我說市集裡有什麼新奇的事物、慶典上有什麼精彩的表演。我等待這樣出去看世界的機會，等好久了。這次卻是為了……。」水靈的雙眼視線停在畫架上。

易羅不太知道能接什麼話，只好沉默。他走到畫架前面研究著，用手指感覺著畫紙的細緻觸感。易羅很少看到如此珍貴高級的畫紙，白如珍珠。

「現在不同了。」女孩靜靜地說：「這次出城是我自己的決定。成功與否，都……」那眼神適合在高掛的空鳥籠裡。

「有人跟我說過：先將一切眼見為憑，再做決定也不遲。」易羅說。

她笑了笑：「聽起來是一個腳踏實地的人。」

「如果不是他，我現在不會在這裡。」易羅誠實地道。

「所以，你為什麼會加入他們呢？席安平常可不會這樣綁架人。」她問。

「席安還真是用盡方法想要誆騙我。」他苦笑著道：「直到剛剛，我費好大勁才說服他以一點學院裡的知識來交換；目前看來，他打算繼續隱瞞雇用的真相。」

女孩終於收拾完畢最後幾樣東西：畫筆和一疊白紙。她剩餘的行囊其實十分簡單；除了生活必需品之外只有幾本書和筆記、旅行衣物等。雖然出門的經驗不多，但是也不像是個嬌生慣養、需要別人勘照的人。也是到了此刻，易羅才明顯察覺自己正站在一個同齡女子的房間內。以前在孤兒院他頂多幫忙照顧幼童才會進到女性居住的環境。易羅突然意識到自己衣衫仍舊滴著水，全往地毯上滴落；他樸素的黑色衣物也與這房間優雅的氣質格格不入。

「你畫畫嗎？」女孩突然問。

「我……勉強會吧。」易羅道：「但是學院裡面教的那套……技術，我一概不通。」他伸出手，「搬運工也在我那一長串服務內容裡。」

「噢，謝謝你。」

她將大袋子交給易羅，最後一次環顧四周：「我不知道我準備好離開了沒。」語氣裡聽得出惶恐。女孩手扶著門，往內看著城堡裡舒適的房間，後頭就是外面的世界：「獨自闖蕩。」

易羅總覺心頭一揪。畢竟是突然要她離開這個地方，即使已經引頸期盼多時，也一定會感到徬徨的。他只能嘗試安慰對方：「妳知道，我也是昨天離開住了十幾年的……大房子，有個方法或許能讓妳好過點：把這裡的一切記在腦海中，然後找機會再畫在紙上。以……某種方式，它會將一個時間地點拓印在心裡，忘不掉的位置。」

「聽起來像是魔法。」她輕輕地笑了。

「是……是啊，有點像。」易羅結結巴巴地道。先知啊，不要看傻了，你這天才。

「謝謝你，我沒事的。走吧。」

門闔上。兩人並肩走在五樓的走廊裡，火把點亮著路。

她打破那十秒鐘的沉默：「可以問你的名字嗎？」她伸出素白的手。

易羅遲鈍僵硬的與女孩握了手：「啊，我都忘了。我叫易羅……易羅•莫浮。」打從選彩儀式以來他第一次正式說出自己全新的姓氏。今天遇見的幾個人物——休、維米利昂、安柏和席安，不論哪個都讓易羅有種提起戒備心的反應。但是這女孩沒有。

「請問……小……小姐芳名？」明明是個再正常不過的問題，他總覺得舌頭打結，非常不舒服的笨拙。

「你來找我，卻不知道我是誰？」她淺笑著問。易羅也不是沒有見過酒館的仕女顰笑，但是在這個女孩面前卻盡是不自在的笨拙感，讓人很不甘心。

「我叫伊蕾露（Elleilou），然後……」

易羅彷彿看見她的眼睛瞟向走廊窗戶外面，濛濛的大雨。

「姑且說我姓暴風（Tempest）吧。」她聳聳肩彷彿這不太重要；又繼續輕快地往前走。

「我不相信這是妳真正的姓氏。」他不禁回應。

伊蕾露在易羅前方停下腳步，回頭看著他。這名神祕少女仍舊淺淺地笑著，嘴角呈現迷人的仰角，成熟而純真；雙眸在火把的照耀下，有一瞬間彷彿閃耀著湛青的光：

「眼見為憑，不是嗎？」

＊※＊

——「易羅哥哥。城市外面是什麼樣子？」

「嗯……想像很多樹、沒有電路燈的長長泥土路，遠方一座又一座的山峰。」他把袋子裡的書本交給女孩，得到一句簡單的「謝謝」。

「哥哥你有出去過嗎？」

「有，不少次呢。但都沒走遠。」

「儀式過後呢？」

「或許……還會有機會去更遠的地方吧。」——

凌晨時太陽將雨雲擊散，城門大開車隊便已出城。

郊外的丘陵起伏不大，但是剛下完的大雨使道路泥濘不堪，車隊無法快速移動。隨著與伊登的距離拉大，道路兩邊漸漸以「自然」景觀替換「人造」建築，路面不知從什麼時候開始從石板路換成泥土。城市的灰，漸漸被原野的綠擊退。

易羅坐在馬車的後頭突出的木板上、兩腳懸空搖晃。車隊共有八輛馬車，每一輛皆由兩匹馱馬負責拉運；堅固的木製底座、輪軸和馬轡，上方用油紙或麻袋覆蓋緊密。除了押隊的補給車之外每一台馬車都裝載著麻布袋包裝的貨物；多半是藥草，種類多到認不清。

「離開伊登了。」易羅自言自語道。

「會回來的。」紅髮如火的大個子說道。

「我知道……」易羅說：「只是一切變調太快，讓人反應不過來。你有向家人交代要離開嗎？」

格林特拿出懷錶，熟練地打開背面開始拆解：「委託席維太太傳話了。光是想像我爸的臭臉就不想回去。」

「是嘛。」易羅道：「喔對了，謝啦，昨天替我到孤兒院拿行李。」

格林特嘟囔了一聲當作回應，似乎不是很願意提起這件事。

大個子問：「昨晚在湛城，發生什麼事？你直到三更半夜才回來。」

「當了一下門房小弟，幫人提行李。」易羅嘴角揚起：「有看到前面幾輛車的那個女孩嗎？現在跟安柏待在一起的那位。」

「貴族？」

易羅搖頭：「看不出來……不太像。」

「席安帶來的人，該不會跟老頭子一樣吧……」格林特皺眉道。

易羅輕笑：「你不相信休的『事蹟』？」

「我不喜歡看不到的東西，易羅。」格林特聳肩：「色環我看的見。工具、零件、齒輪、轉軸都看的見。但……讓斗篷變色、讓衛兵丟下武器、讓腐爛的植物重新健康的魔法，就算真實，也會讓我很不舒服。」

易羅點點頭，沒有反對。

「你呢？相信嗎？」格林特接著問。

「我……」易羅思索著要說什麼：「你還記得維米利昂嗎？」

「記得書。什麼……染力、畫師、歷史的。」

「對。不論我相不相信那些魔法，學院的畫師因為對於顏色的了解十分透徹，而有操縱顏色的能力。就像藥店老闆對於花草的習性了然於心一樣。」易羅道。他眼睛轉向馬車後方不遠處，有一匹棕馬正緩緩跟著車隊前進：「了解他，就是了解畫師。想要搞懂他，就要弄清楚他組成這個商隊和雇用我們到底是為了什麼。」

「好計畫。」格林特打了個哈欠，繼續將他的懷錶拆解；搖晃的馬車對他來說也不是問題。

伊登之外的風光讓易羅目不暇給、東張西望了好幾天。

泥土是漂流木的顏色、石子在靴底摩擦，鋪成路延伸到眼界的盡頭。藍季尾端，空氣雖涼爽卻總有種山雨欲來的感覺，空氣總有種濕木頭的質樸氣味，偶爾匯成風，大得不讓人隻形單影地走在路中央。

易羅睡不好。將近一周來即使躺在營地裡，欲熄的營火在不遠處散發餘溫，但他的身體好像仍因白天搭馬車而跟著搖擺。安柏已經慣於使喚他和格林特了，兩人每天必須來回四分之一里長的車隊好幾趟，傳訊或是取物。商隊接受了幾個旅人壯大聲勢；包袱比人還重的商販、赤腳旅行的詩人、趕市集的農夫父子、甚至還有個想要遠赴北方的純彩教祭司……易羅盡量離他很遠。

伊蕾露起先話不多，放飯時她常待在馬車後緣靜靜地吃，易羅看著火光映照在她的側臉上，常會想這樣一個人幹麻執意要跟著商隊。她似乎只與安柏和席安說話，前者是真正的長談，後者則總是拿著手札一副與世隔絕的踐樣。很快地易羅與格林特二人發現他們和伊蕾露並無不同，三人對於市外的認識，加起來也寫不滿一頁羊皮紙。

在休息時三人不知不覺的聚在一塊，是一種由默契誕生的認識。

商隊的組成一旦複雜起來便有種走入月底集市的感覺，尤其是商販和農夫的馬車幾乎要成了食堂，雖沒有選彩時那般鼓譟，但也足以讓人在馬車與馬車間逛個大半天。他們從農夫那學會怎麼修復馬蹄鐵和辨認一些穀物的種子、從詩人那學到兩首詩謠和一套五巡歌、向商隊的幾個人問了能疊成山那麼多的問題，多半都和他們見識過的城市與地景有關。伊蕾露會將書上看過的東西提出來，與實務比較，而易羅自己也試著回饋一些什麼，分享自己知曉卻沒當作知識的東西：走在下城區，要將大部分的錢幣藏在靴裡，能被搶走又不被懷疑的數目則留在包裡。

那天月亮晝行，在淡粉紅的天邊被陽光霸凌，靜靜地等待屬於自己的漆黑舞台。

易羅跳下車緣與棕馬並行。泥濘的道路仍很難行。席安的棕馬血統優良沒有一絲雜毛、肌肉結實。他仍舊穿著那件斗篷，兜帽拉下露出泛灰的頭髮，專心讀著一本手札。

「打擾了。」易羅跟著棕馬的腳步：「只是好奇我們的目的地在哪。」

「北方。」席安讀著書，頭也沒抬。

易羅有些無言以對，只能說：「……好。不如這樣，我想出來幾個答案，你可以告訴我是否猜對了。」

席安輕嘆一口氣：「何以認為我會同意？」

「你當時說溜嘴的。你需要我。」「你不是我唯一的人選。」「伊蕾露也是嗎？」易羅抓住話柄問。

席安終於闔上書，收到袋子裡：「你們倒是混熟了。」

「你雇用我。我需要一些答案。」

「僱用是雙方同意的。」席安耐住性子說：「既然同意了就代表有相當的覺悟。難道你連問題也不清楚就想要答案？」我有的是問題，只是還沒一一說出來。易羅暗自想。我也不喜歡示弱。

「前任的學問顧問、商隊、和診療所合作。」易羅開始自顧自地說：「往北方送藥草，兩周內必須抵達。早上出城門的時候你又向衛兵隊長塞了一袋錢幣，就像在學院前……我想這個行動不能讓政府知道。」

席安沉住了臉，似乎沒想到易羅知道的這麼多。

易羅舉足跳過一個大泥坑，續道：「北方沒有大型交易城鎮，卻一直傳來越來越多的紛亂消息。城主會將選彩提前，多半也和這個有關；如果……北方真的爆發衝突或戰爭，就需要大量的資源、前線以及後勤人力。」

他停頓半秒：「成年的人力。」

說到這，即使是席安也無法坐視不管。他驅馬靠近易羅，問道：「你知道多少？」

「就這麼多。」易羅完全誠實道。他避開棕馬馬蹄濺起的泥巴。

「還有很多事情我摸不著頭緒。像是休做的那個……」易羅朝空中比劃了一下：「我應當永遠都無法弄明白是怎麼一回事。」我還有幾張底牌……不過，至少北方的事情引起你的興趣了。

「有一件事我能告訴你。」席安道：「老休不是畫家。他佬一輩子沒有摸過畫筆。我只能說想要成為那樣好的畫師，便要學會觀察。花上幾十年去學也一樣。」他的手朝周圍一比，「觀察這些顏色、觀察深淺分布、甚至是筆觸。在下筆之前就要決定好所有的事情。」

又是謎語，這些學院的人真會拐彎抹角。易羅想起上一次被席安盤問，其實就在選彩儀式。當時席安問了三個問題：關於城主、關於色環上諸多家族、以及理論和實務的選擇。易羅重新將這些資訊納入考量；如果席安當時是在考核能力，必定有其原因。

安柏・奧本，商隊的領頭，此時駕著一匹混種馬往這邊碎步過來。她俐落的穿著正好適合駕馬；騎乘坐騎的技術熟稔，看得出來是長年馭馬的好手。她直截的道：「席安，已經過了鐵鍬鎮，馬上就要到拜隆河了。過河後才能紮營休息。我需要人手幫忙準備涉水的車輪。」

「叫上赫紅吧。」席安道：「他看起來正無聊，對器械又懂得比這裡誰都多。」

「行。」安柏點頭道：「莫浮，你也來。可不能讓馬車泡水了。」

「我們似乎沒辦法把這小子蒙在鼓裡。他不笨。」席安的語氣不知是褒是貶。

安柏的臉一亮：「哦？」

轉瞬間，易羅在心裡盤算著其中一項最有用的資訊——倉庫。

沒有財力，而且顏色混雜的群眾在倉庫前面抗議著。他們想要開倉、像是調壞的顏料四散在調色盤裡……那群老弱婦孺裡面幾乎沒有成年男人。穿著樸素老舊的衣服顯示其地位不高，但是衛兵卻不敢以武力驅趕那群人。最後，只要再混入一點點關於伊登市北方的消息……

「……眷屬。」他遲疑地攤出自己的其中一張底牌。

安柏在馬鞍上等著易羅解釋。他緊張地對著兩個騎馬的人說：

「軍隊駐紮在外、眷屬仍會居住在城市內。就是昨天在城南倉庫的那群人吧。我昨天看的不是很清楚，但能確定倉庫附近那群人來自各個顏色的家族；只有徵調年輕男人的軍隊才會分屬這麼多彩多姿的家族。而且，同樣隸屬於城市的衛兵隊絕對不敢擅自驅趕正式軍隊成員的家人。如果眷屬正在抗議要求城主開倉，最直接的解釋就是……北方的駐外軍隊缺乏糧食。」易羅看了旁邊的馬車一眼，「他們多半也缺乏其他補給品吧——像是藥品。」

席安的疤痕臉上閃過一絲讚許的神采，但易羅不敢確定是不是嘲弄。安柏則直接爽朗的大笑起來：

「哈！這小子真不簡單。明明什麼都沒有告訴他，卻自個都想出來了。你和休沒有看錯人啊，席安。我當時就說了，不應該向他們隱瞞這麼多事情，遲早紙包不住火。」

不需要刻意隱瞞，我仍舊推想不出魔法的真面目、或是伊蕾露為什麼要跟來。

席安望向車隊的最前方：「晚點再談。先過河。」

易羅於是小跑著跟上安柏的混種馬，也同時叫上了格林特。席安又再次拿出手札閱讀著。

※

車隊停在拜隆河前。這條維繫北方水源的重要河川，以先知的名諱命名。

泥土道路分向兩邊；一條往下游的四穀鎮而去，一條連到河面後消失了。

河面約有一百五十公尺寬，但水不深——約到成人的膝蓋高。最麻煩的是，在昨晚的大雨過後水流有些湍急；轟轟地快速流水沖打在突起的礁石上，白花花的水面讓人看不見底、也看不見石頭之間的縫隙。這裡因為地面還算平整，原本有條可以涉過的道路，但是現在已看不清了。

「頭兒。河水這麼急，我們還是繞道去下游的橋吧。」一個車夫對騎在馬上的安柏說。

安柏審視河面，又抬頭看看天色，灰色的烏雲仍舊盤踞在頭頂沒有散去，好像隨時會下雨的樣子。

她做出決定：「沒有時間能浪費了，我們從這裡渡河。馬車改裝後便不會打滑，但還是需要人在四周攙扶穩定。先讓馬匹過河。幾個人負責牽馬，其他的人跟我一起負責推送馬車還有保全貨物，別忘了安全優先，行動！」

車伕們接過領頭的命令，便立刻動作了起來。

易羅和格林特加入眾人的行列；先將馱馬的轡轡卸下、再在馬車的車輪外圍釘上特製的粗布防止打滑。

格林特的工業巧手此時派上用場，不論是修理輪軸或是釘製鉚釘都十分上手，而車伕們似乎對這種場合也有所準備，每一輛馬車都很順利的改裝完成。

備好措施後，車隊便涉川而過。

前面幾輛車通過時，雖然且走且停但是還算安全。涉水而過時，腳步若是不穩就只會被沖走，於是眾人都戰戰兢兢緊抓著馬車的邊緣。

格林特因為負責加裝每一台車的防水措施而留在此岸，打算最後才過河，而易羅也理所當然地留下來協助好友。一、二、三……第七輛車也安然通過，眾人又鬆了第七口氣。席安獨自騎著馬過河，安柏已在對岸指揮其他車輛，至於伊蕾露乘坐的馬車也早就通過了。拜隆河的這岸只剩下易羅、格林特和其他三位車夫。

「走吧。」易羅說。五人依照分配好的位置；兩個人分別在左右、三個人在馬車後頭推送。

河水給人的第一印象是冰冷，像是將雙腿伸進冰塊裡，連血管神經也要凍結，從哪裡開始是失去知覺已經無從得知。易羅在馬車的左後方以雙手推送，整個身體前傾以體重擠壓，但是腳下卻害怕濕滑的河底，步步維艱，彷彿走一步都需要好幾分鐘。

從什麼時候開始，人竟然想要挑戰自然的雄偉力量？

好像是為了解決這個問題，易羅先是感到脖子一涼，接著水滴在臉頰、手背、頭頂、鼻頭上。

雨神參戰，與河神吵了起來。

「噢，濁色的！」旁邊一臉鬍子的車伕咒罵道，他好像叫做賴斯……什麼的。

「下雨了，誰還管這該死的馬車！」另一位車伕拚命抵壓著馬車喊著。

易羅忍不住喊說：「丟下馬車我們也會被沖走！快推。」雨水模糊著視線。他壓根沒想著軍營裡那些受傷的士兵，他們在這種雨中固守著營區，期待著如期的收到城市的支援。藥草送到他們手中之後將能幫助傷勢、緩解疼痛。

暴雨快速增長了水勢，河對岸的人和馬匹都在叫嚷著。好不容易過了約一半的距離，水卻已經漲到鼠蹊部，強力的水流阻力簡直就像把雙腿浸在水泥裡面。岸上的人拋出繩索想要援救，但卻不夠長。很不巧地，大鬍子賴斯的位置最為危險，水流不斷從右邊的上游而來，從馬車車底撞擊著身軀。好不容易，馬車靠近河岸的沙洲地，岸上的人就快要搆的到最後一台馬車，希望乍現。

易羅心念一轉，瞄見右方上游的不祥景象。

從上游灰色水面一波水流急衝而下，夾帶著刷落的碎石和泥塊，如土石流朝馬車的方向襲來。那景象簡直就像是打翻的調色盤。

「危險！抓——」語句未結，易羅的身軀已經朝左前方跳出。

大鬍子賴斯一心急著上岸，鬆開手，往岸邊奔跑。

拜隆河的河水先發制人。

撞擊。馬車搖晃。

「啊！」賴斯應聲被浪頭撞擊，跌倒在白花花的水面下，一隻手絕望的往上伸出。

抓到了。易羅只能單手抓著水裡的人、另一手抓著馬車的木板。賴斯還在踢動著腳步想要站穩身子。易羅掛在車側，只覺得肌肉被扯動、骨頭幾乎要被打散。左手放開會死人、右手放開我也會變死人。他用盡每一絲手臂上的肌肉，想要讓雙手靠近，只要能拉出水面就好，但是水下好像有無數的惡鬼正在與他拔河角力。易羅只恨自己為什麼沒有格林特那種蠻力卻還想要逞英雄。

蠻力……力氣……力量。什麼都好。車子開始傾斜，沉重的藥草包負荷不了河水的撞擊，也將倒下。離岸邊還有十幾公尺，好像能聽見隱約的叫喊聲——但這對易羅來說都不甚重要。他的肢體已經到達負荷的極限，擠不出一絲多餘的力氣。

當下有一件事情或許能做——後來想想也只有蠢蛋才會這樣——他閉上眼。

就像在穆索宅邸中的畫室；如同在廣場色環的正中央；

他向內探索力量。清空畫布，找到最適合添上的顏色。半信半疑的力量，但是也只有這個了；不是祭司口中那套信仰學說，而是單純的線條、視深、光線、色調。這時候乾涸力乏的血管與肌肉裡只剩下心跳——緊張而不知所措、振奮卻要強壓而下的心臟律動。他曾經不止一次感受過相同的心境，就在作品將要完成的畫龍點睛那一刻、在做出重大抉擇而躊躇不前的那一刻。

一次心跳、兩次心跳。睜眼。

大衣的口袋有一股熾熱的能量穿過衣料、穿過冰冷的河水，幾乎能在側腹處感覺的到那股溫暖——它隨著心臟的輸送由內部向外傳導，如同蒸汽管線一樣滲入四肢。易羅感覺到自己的氣力恢復甚至增強，僵硬的四肢恢復反應、緊握的雙拳重獲力量、依著車側的雙腳也站穩、水中的隱形惡鬼遭驅散、賴斯的身體不再如鉛塊一樣。

易羅一用力。賴斯的臃腫身軀被提起；臉色慘白、四肢癱軟、全身滴著水沒有意識。但是最不可思議的，是那成年男人的巨大身軀竟然從衣領被輕易提起、劃過空中拋向岸邊、最後「磅」的一聲砸落在數公尺外的沙岸上。

將人拋擲到岸上後，增強的身體順勢晃到馬車內。隔著轟隆耳鳴的河水聲他還隱約能聽見後面的三個人在格林特的指揮之下推送著。有人叫喊著，但是他沒辦法聽見太久。車子已經離岸邊不遠，暴漲的水勢已經快要淹進車廂，而他的意識同樣隨著河浪的撞擊，像是被攻城槌敲搗的木板一樣，越發脆弱模糊——顏色開始消退。

某陣冰冷從四肢、五官、肩頸、胸腹抽出汲取著能量。剛才的一切似乎只是腎上腺素作祟。易羅感到全身透冷，刺心的寒冷由指尖、髮根、嘴唇、膝蓋等末節之處滲入，寒冷將所有組織停下、分子的顫動歸零、溫度也歸零，遭到結凍封鎖後沒有任何器官接受腦部的命令。

最後是心臟。它漏了一拍，好像暫時罷工的工人累癱在那——僅僅一拍後，它恢復律動。

穿著黑衣的身軀倒在帆布之上，全身濕透四肢垂放，終於昏去。

轟隆聲停下。

※

有些夢不是大不了的預言，只是自回憶生根——

「好了。」易羅闔起手上的書，輕笑著說：「全劇終。」

人們都說夢境由熟悉的地點展開，而對易羅來說，沒有比孤兒院還要更熟悉的地方了。他從小在這裡長大、奔跑玩耍、工作打掃；熟知這裡的每一個房間、每一條走道。他知道破舊閣樓的舊箱子裡面裝著什麼樣稀奇古怪的東西、他知道廚房裡飄出的香氣代表今天的晚餐吃哪幾道菜、他知道後院的哪裡埋著哪個孩子初掉的第一顆牙——他也知道是哪個院工夜裡拿著鐽子將牙齒挖出來，換上銅幣。他當然也知道每一個偷偷進出的側門和窗戶。

身為孤兒院裡最常在外工作的人，易羅總是會被要求，將聽說的故事帶回來給年紀較小的孩子。席地坐在走進大門後右手邊的小廳裡，孩子們以好奇的明亮眼神專注的看著他——易羅總是覺得要是這些孩子上課時也能這麼認真就好了。他盡力的敘述故事；有時候是酒館裡聽來的傳聞、有時候是街上流傳的鬼故事、或是書上抄來的歷史片段。這些往往沒有深厚的寓意，但每一段在他描繪下都比童話還要真實。孤兒要是抱著妄想長大，只怕沒有夢醒的那天。易羅深知這個道理。

「太短了！再一個、再一個！」幾個孩子齊聲喊著。

「書裡的故事說完了，今天先這樣吧。你們趕快學會念字，就不用我說故事啦。」易羅說。其中幾個小孩還真的用力點頭。只有幾個年紀稍大的孩子討厭上課、討厭念書學字，而在這之中只有樂蒂一個女孩看起來完全沒有被故事吸引，無動於衷。

易羅不禁問道：「樂蒂，聽過這個了嗎？」

她點點頭，沒有說話。

「好吧。」他在背袋裡翻找了一會，拿出一本封面和書背都起皺的舊書：「這本呢？」

樂蒂的雙眼瞬間如電燈般一亮，興奮地伸出雙手，卻不知道能不能拿。

「拿去吧。是書攤老闆清貨時送的。」易羅將書交給小女孩。她原先面無表情的臉染上笑靨；拿到書之後抱了易羅一下，然後回到位置上，如視珍寶的將書抱在胸前。封面上燙著金邊的字寫著：

《色環原型與畫師染力之利害關係及歷史》。維米利昂著。

此時，在孩子們另一番胡鬧之後，院工阿百拖著駝背的腳步跑到小廳裡，慌張地喊著：「孩子們，安靜一些。易羅啊，要是驚擾了院長就由你負責！」阿百似乎知道憑自己絕對制不住這群小鬼。

易羅愣然將頑皮的孩子們按回位置上：「好好好，我說就是了，都坐好。」

兩秒鐘之內，小廳恢復平靜。

他嘆了口氣，開始回憶起剛才交給樂蒂的那本書的內容：

「聽好囉。這個故事發生在幾年之前，就在湛藍城堡的廳堂裡面。」他將聲音放輕，深怕吵到樓上的黑袍老人……

「他們說，城市是從那時開始生亂的。

那是個……風很大的夜晚；不只是門縫……連窗戶都在哀鳴。一個穿著黃色袍子的瘦長身形走到學院長的房間外，敲了門。」易羅以指節輕扣椅子的側邊三下，「門開了。學院長請這個瘦瘦高高的人進去，然後把衛兵們都遣散了。這個人的黃衣服的衣襬還沾著泥巴、他的頭髮糾纏、幾乎要把表情都遮住了。兩個人坐在面對面的椅子上。高瘦的人首先開口……」在易羅的口中故事漸漸揭幕。他沒有凌厲的口才，但是卻用很真誠的方式描摹事物；孩子們各個聽得入迷不已，目不轉睛。有些加油添醋的細節書中當然沒提到，但他依據自己的想像說了出來。內容來自書上，究竟真實與否，已不可考——

深夜，黃衣男子拜訪知識淵博的學院長。

沒有人知道他是誰，只知道他想拜見學院長一人。書上對他唯一的描述只有「瘦長的身形、病黃色的髮」。

男子向學院長提出一番近乎無理取鬧的要求。

聽了這些荒唐的要求之後，即使是修養有術的學院之首，也到了發怒的邊緣。學院長憤而命令男子揭露身分，否則將以藐視之罪將他拘役。男子忽視了這個警告，只強調學院長應該贊助他的要求。他提議一場交易。以院長所握有的知識，換取偉大宏圖的成功。若是成功了，學院將在世界面前再次興盛、強大遠過從前。聽到這，學院長握著扶手的手掌發著抖。學院長拒絕了。這人提議的事情太過瘋狂，且不可能成功。

「放肆狂徒！」院長憤慨地喊著，「我待你為客，只因你宣稱的往日舊情。你卻在這所學院裡提出狂妄忤逆的要求。來人！將此人押給衛兵隊處置。」

黃衣男子站起身，客氣的道：「別怪我沒有警告你。此提議在五年之內隨時有效。然而，一旦超過時限……

屆時畫師群沒有加入我就會成為我的絆腳石。」他將手伸入口袋裡，「而絆腳石只會被剔除。」

房門大開，衛兵湧入書房。

易羅說到這，停頓了一下：「你們知道，後來發生什麼事嗎？」

孩子們全都用力地搖著頭：「快告訴我們啊，易羅！」

「高高瘦瘦的人舉起手，周遭的顏色開始改變。空氣都像抹布一樣被擰轉著。」易羅以手示意，孩子們面露驚恐，「衛兵們頭昏腦脹、視野一片漆黑模糊，就像有人將顏料撒在空氣中。突然之間！室內颳起一震強風，書本從架上飛出、桌椅紛紛移位，每個人都驚訝的抱頭鼠竄。不久之後當一切恢復正常的時候，衛兵們四下張望、分頭尋找，但是早就不見那個人的蹤影。

好多年來，都沒有人再次看見他……。」

孤兒院的小廳安靜了一會，接著孩子們突然開始議論紛紛：

「那個人好厲害！咻地就不見了！」「好恐怖。」

「我將來也要像他一樣！……」

樂蒂抱著書坐到角落，一頁又一頁的讀著。

＊※＊

馬車又經過水窪，晃動了一下。

易羅醒來。我還活著。孤兒院、湛城、學院長、樂蒂和阿百、故事……突然間一切都離的好遠。鼻腔裡盡是藥草味，易羅躺在好多麻布袋中間的小空地。格林特的聲音從車尾傳來：「萊索港是什麼樣的地方？」

後面那輛車的車伕是個中年男人，長著一臉整齊鬍子。他坐在駕駛座熟練的持著韁繩，操著南部的腔調說：「一樣糟糕的城市，只是長在海洋旁邊；更熱的天氣、更大的風、更糟的味道。」

「海的味道？」

「聞過水溝嗎？就那個，再加上濁色的鹹魚味。」車夫厭惡地說：「一生難忘。」

「人呢？」格林特興味十足的問。

車夫又說：「有的頑固、有的狡猾，還不就跟任何地方的人一個樣兒。只是萊邦那些傢伙成天出海捕魚，只能看天的臉色，全部都照三餐拜著純彩神。好笑極了。」

易羅吃力的撐起痠痛的身體，打算向格林特問話。

一隻溫柔的手將他按回木板上。「別動。」

易羅坐著轉頭一看。伊蕾露坐在麻布袋上，一手拿著筆記本閱讀。她的長髮梳理整齊，穿著優雅而合宜，舉手投足之間盡是非凡的氣質。易羅幾乎要跳起身來：「妳……妳怎麼會在這？」

「配藥。」她簡單的回答道。她身前的一個小木台上擺著幾罐液體，還有個小碗裡面裝著散發香味的粉末。

「我在……我不……那夢……」易羅忍著頭痛想要擠出話來。

「等等再說。」伊蕾露淡淡地說：「把這喝了。」加水後，她將小碗遞給易羅。

易羅扶額看著碗裡的藥水：「妳會毒我嗎？」

伊蕾露嘴角輕輕上揚：「只有一個方法能知道。」

他又想了一下，也就憋著氣將藥水一灌而下。

「咳咳……咳！」他用衣袖抹著嘴巴：「這是什麼……」

「是毒。」伊蕾露的笑容更自在了一點。

藥水的苦楚如泥巴，停留在口腔和食道裡久久未散去，易羅不斷咋舌想要甩去那味道。神奇的是，不久之後藥水便發揮了作用，頭痛竟很快退去：「謝謝妳。這毒藥很有效。」

「舉手之勞。」她將器材收到一個木盒裡。

「妳要找的東西有下落了嗎？」他隨口問道。

伊蕾露咬了下嘴唇，又說：「線索都指向一個地方，但是究竟在不在那……」她的聲音逐漸微小，果然沒什麼把握的樣子。易羅雖然很欽佩這個女孩的氣魄和見識，但也不禁感到擔心。

「這樣吧，我們談場交易。」易羅說：「妳現在救了我一命，我答應妳會幫妳找……管他是什麼。」

她抿嘴笑了笑：「這說不定不是在幫你呢。安柏說了，一旦你醒來馬上就回去補足工時。」

易羅在麻布袋旁邊找了個舒適的位置，打算多休息一陣子。

「妳怎麼會懂得配藥呢？」

「小時候我常常生病，當時休叔叔為了逗我開心就教我這個，而且不少書籍上也都有資料和紀錄。」她指著自己的筆記本：「你的內臟組織受凍，因為心悸而一度停擺，我只是重新讓血液舒暢使器官的暖化。」

易羅總覺得周遭的朋友總是有厲害的一技之長。

他突然問：「對了！那個車夫……賴斯他，還好嗎？」

「他沒事。」伊蕾露收拾完畢之後，一派輕鬆的坐在那，慢慢的說：「多虧某人，他只喝了幾口河水、多了幾塊瘀青，不久就醒了。」

「那就好。」易羅放心的靠坐回布袋旁。

伊蕾露似乎有些好奇：「易羅，你還記得昨天發生什麼事嗎？」

所以我睡了一整晚。易羅突然想起來在拜隆河邊時，溫暖的能量似乎是由口袋傳到身體。他伸手在大衣的口袋裡摸索；畫筆還在、火絨浸濕了——布條也還在，雖然沾了點水。

紅布褪色了——不是染料被水沖過後褪色。兩塊布中只有紅色「喪失」原先的色彩，變成灰塵般的死灰布料。

「我……記得我腦中的版本。」易羅誠實道，他手裡捏著那塊死灰的濕布條：「但不敢確定有多少是事實。」

伊蕾露淡淡的說：「多半都是呢。用各種方式訴諸理性。」

易羅說：「我當時只是想著需要力氣把人拉上來。」

「我知道。」

「然……接著就……」

「我知道。」她溫柔地說。

「這跟……這正常嗎？」易羅指著自己問。

她還未回答。

格林特搬著一箱貨物進來，他很高興的看到清醒的易羅：

「你很擅長讓人擔心啊。」他說。

「嗯，身體動的比腦筋還快，不聽使喚。」易羅對好友苦笑著說。

格林特拍了拍易羅的肩膀，沒有多說什麼。首先打破沉默的是伊蕾露，她直視著易羅說：「易羅，你會做出那樣的事情絕對與成年、或是你的家族無關，但是箇中原理必須請教席安才行，他懂得比誰都還多，他會告訴你事情的真相。」

易羅說：「我很願意相信席安，畢竟他曾救過我一次。他是否相信我，那便是另一回事了。」

「因為你不斷把席安想作敵人。」伊蕾露手撐著下巴：「就像森林裡的小動物遇到人類一樣，滿是戒備。」

他沒有否認。在這些學院的人面前易羅的確覺得自己有種野生的氣質，他是個街頭長大的小孩。

格林特原先沉默不語，此時竟開口：「我覺得你該學。」

易羅轉頭看著好友：「你知道我不是上課的料。」

格林特聳肩道：「我知道。但你該去。」他寬大的身體不自在的移動，車廂在他身下搖晃，「那天院長對你說的話沒有錯，易羅；處在事情的中心才可以站得穩，就像……貴族和政治、像昏黃家那樣——如果不是站在宮廷中間的人所談論的政治就只是無足輕重的流言，沒有意義。你喜歡畫畫、厭惡別人將顏色當作工具，那就只有成為做這件事的高手，說話才會有份量。在這個制度中就是如此，如果處在制度外面……

唔……」格林特臉色無比凝重。

「……夢想就只是夢。」伊蕾露接過話。格林特點點頭，又恢復沉默。

易羅看著寡言內向的格林特竟臉色凝重嚴肅，心中一凜。

「你們很擅長說服人。」易羅爬起身，他的腳步仍有一些不穩。

伊蕾露仍舊坐著：「別動得太劇烈，你的身體還沒完全恢復。」

「好……再次謝謝了。」易羅步下馬車，打算去找席安一問究竟。

太陽往天頂之西靠近，那方天空被照出階層的絢彩；由白、黃、橙、紅一路到紫，顏色和顏色間如光譜一樣沒有清楚分界，只有一輪熾白在山的頂端照耀。空氣微涼，而昨日凶暴的天氣消失無蹤，只留下條狀雲朵偶爾稀疏地撒在光柱和光柱之間，懶散到不想聚集起來。車隊前面遠處的北方山脈比昨天清楚許多，已經看的到頂端覆蓋的幾頂白帽。

易羅還沒走遠，聽見馬車上兩個人殘餘的對話：

「應該告訴他的。」格林特說。

「他大概已經察覺了。」女孩淡淡地回道。

車隊的雜務一直讓易羅忙到天黑。

連續前行兩日之後所有人都需要休息。安柏決定在離路邊不遠的林地間找了空地紮營過夜。

八輛馬車圍成兩個圓形，正好可以抵擋晚上的冷風，而構火則提供適當的溫暖和光亮。在這荒郊野外補給車成為一切慰藉的來源，從裡頭拿出簡單的帳篷還有食材。晚餐準備期間，營火就成了大夥聚集的地方。

席安坐在人群外的位置看著書，好像也不太在乎光亮不足。

他看見易羅靠近便說：「別問了，明天傍晚就會到目的地。」

「我錯了。」易羅堅定地打斷說：「我不是全世界最好的學生，在孤兒院裡我連一堂課也坐不住，就只想往外跑或做自己的事。賴以為生的技能是自己練習、自己學來的，但是昨天我感覺到了你和休說的不是江湖術士的戲法，而是實在的、熟能生巧的技術，就像畫畫一樣。底線是我不想貴族當道的時候，永遠被當作棋子。所以……」易羅深吸一口氣，「請教導我。」

席安聽完這段話，闔上手札，被兜帽遮蓋住的眼睛打量著易羅。

營火劈啪的作響，車伕們圍著火堆談天的聲音和夜色巧妙的混雜在一起。

良久，席安退下斗篷的兜帽。營火火光照亮他的傷疤。深色的瘡疤從脖子右方延伸到左耳，悚然之外卻也威嚴十足。

「你知道這個傷是怎麼得來的嗎？」席安緩緩地問。

易羅搖頭。

「我曾經也想學習，就像你現在這樣想要操縱染力。」席安的話讓易羅心中一凜：「天份使人超前，甚至很快的就超越了教導我的老師們。但是，過分的自信和高傲是緩慢的殺手；我不斷的向前精進學習，同時也忘了背後可能的威脅。我的能力引來他人的注目，而他們出招對付我的時候，我才知道自己的錯誤在於一直把雙眼放在前方。這個傷疤，就是一個喪心病狂的人所為。

——你不一樣，易羅。你必須跟我不一樣。」

易羅回想著在伊登廣場帳篷裡的對話。

當時席安沒有說明那些問題，而剛目睹了壓制衛兵的染力的易羅也是戰戰兢兢、帶著恐懼的回答了。

席安繼續說道：「你給的答案並沒有讓人滿意，我甚至一度想要放棄你。但是在廣場的中間，千萬人的注視之下你改變了我的主意。你證明了自己願意選擇不一樣的道路——雖然我不敢說這樣的道路一定美好或順遂。」

說到這，晚餐剛準備完；一大鍋燉煮的香氣在舟車勞頓之後十分誘人，尤其是對剛昏迷一整天的易羅。

「開飯了！」負責伙食的人下令，大家不禁歡聲雷動。

易羅萬萬沒想到安柏會帶著三份食物走過來，一份交給席安、一份給了易羅。

「謝……謝謝。」易羅接過木碗盛裝的燉菜和一大塊麵包。

「昨天的話題還沒結束阿，莫浮。」安柏在席安旁邊找了個位置，脫下橘色的手套，豪爽的席地而坐。

「妳來的正好，奧本。」席安撕下一塊麵包，指著易羅道：「我們正好要講到河岸旁的事情。」

安柏率真的眼神看著易羅。她將食物擱置一旁並說：「莫浮。我必須感謝你，你做了一件值得讚許的好事。」

易羅雙手各拿著食物，不知該如何接話，甚至連一句推辭都說不出口。對他來說昨日的事情偉大的性質是小、驚奇是大。

「我還是堅持那句話，席安，你們找對人了。」安柏說，又繼續進食。

「原本我認為妳是錯的。」席安說。

「我以為你不滿意我在選彩時的表現。」易羅質問。

席安點點頭：「那個部分始終差強人意。但是經驗不容忽視。」他指著易羅黑衣的口袋，褪色的紅布條收在那，「色彩術在河上幫了你。如果沒有正確的教師，它遲早只會因為使你成癮而喪心病狂。

「你有一種我沒有考慮過的特質，易羅，這或許能凌駕在你的觀察力之上。嗯……是什麼呢？」

安柏嚥下麵包，說：「同理心。」

「啊，對。同理心。在保持客觀的畫家身上，這是稀有的特質。」席安說：「稀有……但不見得是好的。」

「哼。你們兩個一定是把我當成別人了。」易羅埋首到木碗裡。我，一個孤兒，會同情憐憫？不可能。

燉菜的味道不算濃郁，但是熱得像是剛從鍋裡撈出來，燙口之餘也溫暖全身；搭配著乾燥堅硬、毫不蓬鬆的麵包讓人有一種札實的飽足感，易羅一口氣就以碗就口喝掉了大半碗湯、吃掉了半塊麵包。他此時才發現自已有多麼飢餓，已經昏迷了一個晚上沒有進食卻像是餓了一整個星期。

易羅抬頭。只見安柏和席安互看了一眼。席安說：「你覺得我們在開玩笑嗎，易羅？」

安柏冷靜地解釋著：「昨天在河上，其他四個人打算棄車而走時，只有你足夠理性指揮他們。賴斯那痞子衝出去的時候，你卻想都沒想就跳出去抓住他，你覺得那是染力幫你的嗎？」她指著易羅的手。

「我……」易羅總覺得這和伊蕾露在車上說的話不符：「我只是想著需要力氣……」

「沒錯，在那之前呢？」席安打斷道：「在你做了童話故事裡的魔法之前呢？你有想過自己會跟著被河水沖走嗎？」

易羅不禁語塞。

「你心裡想的，是救人，不是嗎？」

他不得不點頭。

「想一想。」席安繼續說：「如果這才是關鍵呢？」席安・瑟列斯站起身拿著晚餐和書本走回帳篷。他的斗篷仍然是那說不清的顏色。易羅今晚似乎看到了這個人的另一面——多話的一面。他曾經是、現在也還是一個天才。經過許多事之後，現在是什麼，已經模糊不清了。

「別在意他。反正他已經答應要教你了。你們這些拿畫筆的就是容易想太多。」安柏安慰著易羅：「你已經通過他的考驗了。」

「是嘛，選彩的時候，原來都只是考驗而已。」

「人不可能太過小心。席安的經歷讓他決定非要考驗你不可。」安柏用手示意席安頸部的傷疤：「否則到時候走偏了，就是他要承擔後果。」

「他到底是怎麼受那道傷的？」易羅問。

安柏笑了笑：「要說也不是由我說。我們橘衣做生意這行的，就應該知道保存籌碼。」

「妳也是……畫師嗎，安柏？」

「我，畫師？」她笑著搖搖頭：「我是北方人，邊境城出生長大的，直到十幾歲才跟著父親來到伊登、認識一群學院的……損友。那句校訓是什麼來著？……見所欲見？對，都是鬼扯。我早就決定做生意比較適合我。」

易羅說：「我認識一位經營酒館的寡婦，妳應該跟她很聊得來。」

「你是說麥者的席維？」她問。

他愣了一下，又笑著問：「妳也去過麥者嗎，安柏？」

「那兒的蜜酒用的麥子，就是這個商隊的糧票之一阿。」安柏回想著說：「席維和我也有好幾年的老交情了……那個女人的男人運差得要命，但是經營生意跟釀酒真的是夠厲害！濁色的，想的我都口渴了。」她站起身拍拍衣褲，「你也快去休息吧，莫浮。明天還有一大段路要走。」

「好的。晚安。」易羅說。

他第一次好好看著城市外的天空，沒有建築的遮蔽或城市的喧囂。

其實也沒有不同。只是在不一樣的地方看。在易羅眼裡，這麼大的一片空卻只有幾粒星光點飾，簡直是奢侈的浪費——但又和太陽高掛時的絢麗有著不一樣的美、獨特的寧靜。他正在想家。雖然孤兒院破舊又讓他巴不得離開，但是那場夢仍舊讓他回想起住在裡面的那些人。

帳篷的光一個個暗去。易羅看到營地另一頭伊蕾露和安柏的那座帳篷仍然亮著，想必是伊蕾露還在看書。

我答應幫她找到東西，是不是太魯莽了，就像在河上那樣?席安的話讓他思考。

「也許席安錯了。」易羅呢喃著。畢竟我不是像他一樣的憂國憂民。易羅連自己能否好好面對都不確定。不只是不確定，而是恐懼著學會之後仍舊成為喪心病狂的惡人、害怕著學會之後前方的道路，仍然模糊不清……仍然被暴風雨覆蓋。

有時候暴風雨已經結束，花瓣仍踏足搖晃的空氣之上。

五、疾雷迅電 Out of the Blue

你聞過雨水的味道嗎？像泥土、岩石和井水研磨浸泡後的佳釀，尤其在雨前雨後兩個時段最是明顯。幾天來樹木漸疏、野草雜生；有些雜青有些舊黃，生命力超級頑強的草類不論在地上或石頭縫之間都能看到。

同樣頑強的易羅，此時卻受挫的垂下肩膀。又畫歪了。坐在馬車上不斷移動時想要畫畫根本就不可能的；紙張不停地晃動，就算拿在手裡也不停的畫歪。雖然易羅用的只是最基本的炭筆，但是偏差的線條還是幾乎讓他抓狂。

「好……了。」易羅終於加上最後一筆，然後把紙張抖一抖弄去多餘的碳粉：「不要碰到水就行了。」

「謝謝你！年輕人。」落腮鬍車夫拿過肖像畫，向易羅道謝後便回去照料車子。他粗壯的手掌捏著白紙的樣子像是在端盤子般小心翼翼。

易羅將銅幣收到口袋裡，享受著重操舊業的感覺。

早上的課程已經結束，而易羅——另自己也驚訝的——竟然很快速的學習著色彩術，或稱為染力，其中的道理意外的簡單，甚至簡單到自己也驚訝平常人竟沒有偶然接觸。雖然他必須強記硬背許多陌生的學術名稱，但幸好敏銳的觀察力補足了某些欠缺教育的劣勢。「要學，就學能用上的東西」，席安是這樣說的。他只花費少許的時間指點易羅，畢竟那不是此行的主要目的。

當車隊越來越靠近北方的山地時，席安顯得倍加緊張而不斷埋首在書頁間。安柏派出會騎馬的人輪流到商隊的前方幾里巡視，除了探勘地形之外，也是不想誤入敵軍的陣地。

「慢點。吁。」紅髮如火的格林特練習著操作轠繩。這輛車的駕駛剛好出去巡邏了。他很快掌握了馬匹的個性，動作熟練了起來。他對著易羅說：「還差多少？」

易羅抬起頭：「我算算……加上今天的還差六銀五十銅，上次在市場的馬販最好別漲價。」

「萊索人信不得。不如拿那個錢去買工具。顏料、紙、或食物。」大個子摸著腹部。

「很高興它們分在同一類。」

「或是買蜜酒。」

易羅不禁笑了：「這主意總算比較符合你了，吾友。」

這時候安柏恰好騎馬經過。似乎只要和錢財有關的話題，便絕對逃不過那些橘衣人的耳朵。

「竟然在我的商隊裡賺外快，你的腦筋很適合我們家族啊。要存錢做什麼？」安柏問。

遲了幾秒後易羅回道：「以備不時之需。」

「嘖，不想說就罷了。」她隨即又扳回正臉：

「你們兩個罩子放亮一點，我們今天下午就會到達軍營了。這裡可不算是友方領地，先知才知道哪顆石頭躲著敵人的哨兵。如果遇到了，就算拿著商據也不一定有用。」

「商據？」格林特問。

「證明行商的文件。」安柏驕傲地指著馬鞍上的袋子：「可以准許商隊在兩國之間合法貿易，即使是戰爭時也一樣。整個國家裡只有十數個商隊具有這種權限。」

易羅聽得出來這種東西代表的權利，他問：「為什麼會沒用呢？」

「我們不是在進行貿易阿。這行為是私送物資給前線。不但幫助我們這邊的人、也沒經過伊登市的允許，對雙方都百分之百違法。」她說。

兩個朋友對看了一眼，心裡想的都差不多。為什麼要冒這麼大的風險私自運送？根據前面幾個巡邏的人的回報，軍隊應該是駐紮在山脈下的谷地附近。商隊前進的軌跡只需沿著矮山的峻脊之間，不出傍晚便會抵達。左右兩座光禿的矮山除了稜石之外只有幾株小樹和雜草，馬蹄和車輪扣打在石頭路上的聲音格外嘹亮，好像迴盪在山丘之間；人們不自覺的沉默下來，連談天的聲音都消失了。

馬匹不安的嘶鳴著、拽著韁繩，好像被周遭的安靜鞭打似的。

「聽話，乖女孩。」格林特安撫著馱馬。

易羅從座位上站起身，倚著馬車的頂部觀看四周的情形。他們是第三輛車子，伊蕾露似乎在第七輛，就在補給車的前面。隨著越來越接近山脈，兩側矮山的距離也在向內靠攏，墨綠的灌木叢則不時出現在石頭與石頭之間，而有樹幹的樹木在山丘附近已經寥寥無幾。易羅注意到馬蹄和輪子除了製造頗大的聲響之外也揚起了不小的塵土，紅黃如淡淡硝煙，簡直是在宣告商隊的到來。可是轉念一想，運送這麼多藥草的馬車行走時不可能不沉。

如此的窒礙環境又持續了個把鐘頭，都沒有人說話。

無聊之際易羅慢慢的試著回想一些席安指點的事情、也試著回想在河邊所掌控的那種感覺。當時抓著賴斯、吊在馬車邊緣的時候好像是心跳在引領易羅動作的節奏，他現在知道力量來自於周遭事物色彩裡的……某種東西，但是究竟是什麼事情成為染力的導火線呢？

「是心跳嗎？」易羅摸著胸口，喃喃自語的問道。

格林特緊張的顫了一下：「什麼？」

「沒事。」

大個子持著轡繩的雙手捏得特別的緊：「別嚇我，馬很不安。」

易羅看著這對馱馬；牠們不斷的甩動腦袋想擺脫轡頭，似乎一旦掙脫轡繩就會急衝而跑。動物的直覺告訴牠們這個地方充滿了危險，馬匹雖然無法幫忙搜尋附近的外人，但是直覺卻不像是在騙人。牠們的腳步也顯得紊亂，不願意往前繼續前進，只有馬鞭還能使牠們聽話。

本來百般無聊的易羅想到了安柏剛才的警告，於是收起輕鬆的心態，聚精會神的觀察著。眼睛在必要時利如獵鷹，而且他知道視野當中何處該看、何處只是混淆。

比方說……左前方山丘上的巨石。

商隊中的每個人都看著神殿般巍峨的玄武岩，和它投射的陰影，深怕陰影後方藏著的人或哨兵正虎視眈眈，但是易羅只盯著巨石對角方向的山脊。那裡才是應該埋伏觀察的地方，因為那裡不但背向陽光方便觀察，也沒有灌木叢擋住視線，而且最重要的是那裡方便往後方撤退。

我如果是哨兵，一定從山脊後盯哨。易羅想著。

不等他沉思完，只聽見砰隆的一聲！樹木轟然倒下的聲音從後方傳來，響徹整座小山谷。

他快速看向後方。

只見商隊剛才經過的一顆幾乎枯毀的樹木朝內側倒下，最後面的補給車再晚個幾尺就遭殃了。粗大的樹幹正好壓斷在靠近根部，倒在路的正中間，揚起不少沙塵也阻斷了整個商隊的後方。

樹倒。轟然的巨響成為信號——

商隊前方鬼魅幢幢的灌木叢樹葉紛飛跳出了幾個人、山脊那頭也有好幾個身影衝下，轉眼間包圍住了車隊和他們逃脫的路線。這些人各個手持武器，但絕對不是士兵；粗製的獵刀、伐木用的斧頭、打獵用的弓箭。他們身穿某種粗製濫造的皮甲看不出屬於那些家族，面目猙獰、肌黃枯瘦，如同久未接觸文明的野蠻人包圍住整個商隊。

既然不是士兵，商據恐怕淪為廢紙。

「盜賊。」格林特以氣音害怕地說。他已經放下韁繩、兩手握拳，顯見無比惶恐。包圍者此時持著武器小心的慢慢靠近，想要阻斷所有逃脫的可能，每一匹馬兒都不斷的攪晃韁繩，似乎被刀光和盜匪的目光給嚇壞了。

易羅深深的呼吸了兩次，強迫自己冷靜下來。他對小聲對格林特說：「商隊沒有武力能抵抗，安柏一定會試著談判。你去幫她，我去後面找席安和伊蕾露。」

紅髮如火的大個子用力點點頭，便靈活地溜開駕駛座，兩人丟下馬車各自行動。

往後方移動時易羅必須承認自己萬分害怕。商隊平常走的都是官方道路所以並沒有配置衛兵。粗估盜匪們總共約有五十多人，已經占據了每一個逃脫的角度。他們拿著武器、擺出凶神惡煞的表情，但是卻只是站在原地沒有前進；盜匪們仍對商隊常配置的保鑣有所忌憚，畢竟他們的武器比較像是農具、防具則都只是粗皮，如果對上專業的打鬥者想必會互有傷亡。

易羅趁著盜匪們還未靠近也還未撬開馬車貨櫃，快速的往後方跑去。

有幾個車伕從馬車裡拿出棍棒，神色緊張蓄勢待發。

他衝到第七輛車時，簾子稍稍掀開，伊蕾露默默的看著外頭的情形。易羅先是試著安撫了馬匹，隨即說：

「妳對伊登外面的第一印象，恐怕要越來越糟了。」

她被易羅逗笑了一點：「你又打算逞英雄了嗎？」

「這個……除非話語真的能傷人，暴力真的不是我的專長。」易羅歉然道：「只能希望盜賊也是有某種組織的。安柏才能開啟談判。」

此時一匹棕馬靠近馬車，斗篷環顧四週山坡上的盜匪，總有種陷入困獸之鬥的掙扎表情。

席安說：「這些人的目標不是藥草。」

「不是嗎？」伊蕾露起身爬出車廂，易羅幫著她下了車並查看盜匪動向。

「軍隊就在前面山腳下駐紮，不可能有盜賊在這裡據山為寇。」席安說：「搶奪軍隊資源可不只是下牢獄這麼簡單的懲罰，是要上絞刑台的。」

兩個年輕人早已意識到事情的走向。易羅確實感到十分奇怪；這些盜賊從現身到現在都還未出聲說話。

「不管了，先跑再說吧。」易羅說。

「你對問題的第一個反應都是如此嗎？」席安問。

「一般當『問題』拿著獵刀包圍我的時候，是的。」易羅回道。

席安舉起手指著前方山腳：「他們人員最多的地方剛好是最安全的方向。」

易羅看著一旁的伊蕾露和騎馬的席安——她顯得異常冷靜、而他則一副「交給你了」的表情。

「安柏會需要我們。」席安緩緩地說。

「我……」

「易羅。」伊蕾露說：「不是要催促你，可是他們好像不打算談判。」

一聲高亢的吆喝，盜匪們一聽，紛紛開始靠近馬車，他們眼看這個商隊沒有保鑣護送，都大膽了不少往車子張牙舞爪的靠近。

不是劫車、不是搶藥草，這個商隊只剩還有人！

易羅念及此處，二話不說地抓住伊蕾露的手就往前方衝去。

「他們、沒有馬匹……如果、能聯絡到軍隊……」他一邊跑一邊說著。

伊蕾露聽懂了易羅的想法，並努力跟上腳步——席安的棕馬很快的超越了徒步奔跑的兩個人。易羅幾乎想要叫席安帶著伊蕾露先走，但是身穿斗篷的身形已經往吆喝聲傳來之處馳去，馬蹄所經之處濺起了土塵。

賊匪們看到有人拋下馬車離開，有如聞到了勝利的氣味，鬣犬般地一擁而上。

商隊的車伕們試著提起棍棒反抗，但是威脅卻從左右兩側同時靠近。多數人經過搏鬥後都被驅趕下車。

易羅和伊蕾露經過第三輛馬車時，已經有其他六七個商隊的人跟在一旁，賴斯也跟在行列後頭，每個人都想要到商隊的最前方尋求庇護。呼喊聲由多個方向傳來，棍子和粗鐵交集的聲音浮現。

易羅向來只旁觀過街頭的鬥毆，此時只是不斷想著避戰；插在車輪上的箭矢也沒有讓他慢下腳步。

一名盜匪最先抵達車輛旁，橫然擋在眾人前方。他穿著破爛的皮背心，手上的獵刀非但沒有金屬光芒還佈滿鏽痕。盜匪將刀子橫掃半圈，一口氣擋下了眾人的前進。他的一名夥伴身材魁梧許多且拿著一柄伐木斧站在右邊；斧頭毫無鋒利度可言且斧柄上面有兩個清楚的磨損處，看來是長年握著用來伐木的工具，卻未曾染血。

持刀的盜匪的第二次劈砍被一柄木棍勉強擊偏到泥土裡時，那名強壯的夥伴見狀便雙手掄起斧頭，由頭頂晃下。「砰」地一聲粗重的撞擊，斧頭揮空卡在土壤裡。

跑在最前端的易羅連續躲過刀子和準頭極差的斧頭，卻說什麼也不想再以身嘗試第三次威脅，尤其是當伊蕾露還在旁邊的時候打鬥只會徒增受傷的風險。他想要探取口袋裡的雜物——或許在街頭管用的紅色粉末還有剩下——但是很快地被打消了主意；這名盜匪雖然瞄不準斧頭的方向卻有足夠的力氣輕易將斧頭拔起準備第二次攻擊。

這時，一個衝刺的身影撞在盜匪的懷裡！

——賴斯靠著出奇不意撲襲成功。衝撞之後盜匪手中的斧頭應聲落地，而雙方則紛紛倒滾在兩旁。持刀的盜匪看見強壯的夥伴失去武器倒在地上，頓時失去攻擊之意往車隊後面跑去。

其他車夫幫忙攙扶賴斯站起身來。易羅看見他們已經離商隊的最前方不遠。

有的人按著身上還留著血的大小傷口，兩個年輕人看了既同情卻又懼怕——這和診療所的血腥是不同的恐怖——但是現在不是停下來為傷患包紮的時候。

眾人又往前跑了一段後終於在第一輛馬車前與剩下的商隊成員會合。

安柏穩健地騎在馬上、勒著韁繩讓馬兒待在原地，棕馬的前兩腿不斷抬起到空中，逼退了幾個想要前進的山賊，但是手無寸鐵的安柏能夠做到的只有待在馬車旁邊。隨著越來越多盜賊往前方聚集，為數較少的商隊只能形成一個半圓相互緊靠。雖然有易羅等八個人加入，但商隊仍舊只有十數個人而盜賊則有將近兩倍。安柏努力鎮定地待在最前方。

易羅看見格林特高大的身形正持著長棍將試圖往前的盜賊逼退；兩公尺長的木棍在他的手裡使起來較為順手，但是仍舊不像是能夠抵擋刀鋒多次的揮砍。他繼續舉目搜尋席安的身影，卻始終沒有下落。

反倒是前方窄路的正中間，有個盜賊騎著一匹瘦馬。

那人的身形適中、短髮深棕，身上的麻布衣物俐落而整齊、皮革沒有破痕，反倒不像是個落魄的山賊，腰上的長劍則是他唯一醒目的配件。他的穩固騎姿像是銅像壓在馬匹上，讓可憐的瘦馬就算在打鬥的當下也不敢亂動——山坡上的盯哨、倒下的樹幹想必都是這個人的傑作。

不需要是個戰略天才也能看出那個人就是盜賊的統領，但是他和商隊之間隔著二十個持兵器的手下——安柏恐怕是連想談判的意圖都沒有說出來就已經被包圍了。

易羅感覺有人拉了拉衣角，轉頭卻見伊蕾露說：

「沒有時間了，幫我。」她因為剛才一段奔跑而喘著氣，不時瞄向盜賊的方向。

雖然不知道她想要怎麼做，但是待在原地就只有慢慢被包圍削弱的份。易羅問：「怎麼幫？」

伊蕾露咬了咬下唇，認真地看著他：「不要讓人打斷我。」

易羅點頭的同時卻也困惑著。她要做什麼？點狼煙嗎？

深呼吸後，伊蕾露倏地跪坐下來。

狹小的空地裡裙角散落在周圍。她緩緩將左右手交疊，放在胸前；有點像是在禱告——或是獻祭。

商隊的成員全都面向外面，以棍棒、馬鞭或是手腳共同護衛著彼此，而在他們的正中間則是跪坐的伊蕾露和不知所措的易羅。他頓時覺得自己手上連個像樣的防身物品都沒有。難道要用色彩術嗎？他能怎麼辦，扔出一個敵人之後昏過去？

此時女孩的雙眸已經閉上；她稍稍抬起頭，不是在遠觀而像是在聆聽。她的長髮盤在頭上、纖細的白色頸部暴露在空氣中如蛋白石般美麗。

當伊蕾露周遭的顏色突然改變的時候，易羅並不能說自己十分驚訝。

——那改變只有短短一瞬，在場的人除了易羅之外似乎都忙於打鬥而沒有看見。

她想做什麼？跟席安一樣把敵人的敵意鎮壓下來、還是像休把車伕們的傷勢都復原？不管是什麼，易羅只能警覺的看著四周，確保沒有人打斷。

吵雜空氣裡充滿吶喊聲、打擊聲，現在又多了一種靜電般的刺麻感。易羅首先感覺到是在耳膜上的鑽刺感，接著那股電流彷彿連接竄到頭皮底下，就像他和格林特小時候因為好玩而敲開一盞電路燈最後觸電時的感覺一樣。

安柏環顧著四周，看見伊蕾露跪在地上。

「保護女孩！她需要時間。」安柏對一旁的人說。

易羅來不及思考伊蕾露的作為，外面的情況已經突然改變。

前方，安柏的棕馬意外的被盜賊的刀子橫然劃傷，頓時大驚，揚起前蹄嘶鳴著；牠強壯的馬足向前踩踏、撞開了眼前的三個盜賊，他們幾乎是被馬蹄踩過。棕馬這猛烈一衝恰好突破了盜匪團防線的一角，但是安柏也突然前進到了敵人的後方。

其他盜匪們看到三個夥伴倒下、又看到商隊頭領孤立無援，馬上就想要一擁而上將馬匹和其主人砍殺。他們好像終於因人數而長出了戰鬥的膽量，安柏周遭轉瞬間便有五個敵人靠近。

格林特原先一直站在安柏的旁邊，此時眼見她深陷危地便提起長棍往前。

高大的身形在賊匪之中突然不那麼嚇人了；格林特蠻力十足地一舉將一個盜賊撞倒、用棍子重擊在第二個人的手上使其獵刀脫手、但是到了第三個盜賊的時候，那人手起刀落便將格林特的木棍砍斷，「啪」地一聲木屑紛飛，而格林特在情急之下只能用雙手分別抓住那個盜賊的手腕。盜賊與格林特兩個壯漢奮力扭打；

一個人想要奪取獵刀、一個想要用獵刀全力攻擊。

賴斯和另一個車伕也上前助陣，與另外兩個盜賊扭打了起來。

陣線應聲崩解。

商隊的人再也沒辦法維持半圓相互掩護，各自在空地裡行動。

一股不祥的預感令易羅轉頭。在散落的人群當中易羅看見厄運降臨的畫面：

隨著陣線瓦解，盜賊首領終於瞧見商隊正中央的伊蕾露——她跪坐在地上成祈禱的姿勢，雙眼緊閉與不存在的東西溝通著——首領銳利的獵人雙眼大睜，剎那間充滿仇恨和敵意；他好像也感覺到了空氣中多出的那股靜電，狂怒的眼光在人群之中鎖定了無助的伊蕾露。他知道這次劫車最大的障礙和變數，絕對是這個女孩。不論她在做什麼。會全力拿下她！易羅意識到這事；雖不能全盤了解伊蕾露的行為，但是危險的迫在眉睫。

盜賊首領舉起馬鞭用力揮打催促，瘦馬拔腿便往商隊的正中央前進，隨著塵土從疾奔的馬蹄下揚起，盜賊首領「鏘」地將長劍拔出。鋼鐵的堅硬外表在午後熙陽下反射優雅而致命的弧光。那匹馬看似飢腸轆轆但策馬狂奔之際仍以難以置信的速度逼近著。

盜賊首領與無助的伊蕾露之間，只有易羅一人手無寸鐵的站著。

來不及多想，易羅當下慌亂地回想起學習的內容。

——馬蹄狂響、嘶鳴聲靠近。

假想的色環在他腦中轉動，上方的指針檢視著每個顏色的功能。紅、藍、綠、黃……

「我一定是瘋了。」易羅喃喃自語著。

他閉上雙眼。

——首領駕著馬閃過兩個正扭打的人，直直往跪坐的女孩逼近。

一次心跳、二次心跳。睜眼。

——首領將雙手都放到劍柄上，高舉著長劍。

「現在。」後方傳來伊蕾露溫柔的嗓音。

易羅緊扣時間，並在最佳時刻將力量釋放。

從指尖投出無形的染力——黃色暗示心靈自信及情緒波谷。適當的黃色帶給內心自信及自尊；過多的黃色即如日輝，使人心神慌亂、手足無措。

此時瞄準的不是被憤怒沖昏頭的盜賊首領，而是他的座騎。

瘦馬的心，透過視覺被染力擊中。

牠突然像是踩到了無數的芒刺，前腳飛快地抬起、馬身惶恐地揚起、停在原地充滿恐懼地掙扎著。首領「哇」地叫了一聲。他持著長劍而無法握住韁繩，馬兒猛然煞車後劇烈晃動的馬身左右甩動著騎士的身體，他的雙腳無法繼續夾住馬身、整個人摔落瘦馬後放、墜落地面揚起了更多的塵土。

可憐的馬匹將主人甩落之後，隨即往反方向奔走。

易羅成功使盜賊首領墜馬之後無法沾沾自喜，一來是因為他必須聚精會神不讓自己昏倒、二來則因為倒地的首領很快地便爬起身來，而他的手裡仍舊握著長劍。

「臭小子，畫師不會害我二次！」首領穩住腳步，再次舉起長劍：「該死的巫術！！」

他喊著，隨即往易羅的方向衝來。

所以才說我不擅長暴力！別昏倒、別昏倒！易羅往瀕臨昏迷的大腦不斷投射這個訊息，但四肢卻比鉛塊還要沉重。只要抱住那把劍，其他人就有空檔將他制服。

易羅抱著這個想法準備迎接鋼鐵的制裁。首領離他只有數步之遙，易羅再也沒有力氣使出任何花招。敵人的眼神放出憤怒的火光，他對色彩術、對畫師似乎有無盡的恨。盜賊首領與畫師的血海深仇全部都寫在臉上。純粹的恨意、狂熱的使命感驅使他攻擊。

——「磅！」

巨響轟然地蓋過了在場所有的打鬥聲和喊叫聲。

電光石火之間，鋼鐵的制裁確實降臨。

易羅眼睛大睜，看著兩步之外的賊匪頭子。那拿著長劍的身形突然停下、然後倒下。血泊緩緩地從盜賊的身體裡擴大，染紅了一片泥土。胸口有一個血跡暈開在麻布衫上，從後背貫穿胸腔。他張嘴想要呼吸或說話，卻只有鮮紅從嘴裡流出，只能發出「格格」的喉音。

易羅看著一個人血流滿地地倒在自己兩步之前，不知所措地呆站著。

這突然的變故讓在場的所有人一同轉頭，盜匪們看見首領被看不見的敵人攻擊然後倒下，而商隊的車夫們則看見敵人的頭領倒在血泊之中、易羅傻傻地站在原地。

「老大死了！」本來就是一群烏合之眾的盜匪們開始打退堂鼓。他們的腳步發軟、節節敗退、手裡拿不住那些充當武器的農具。當第一個人開始往山坡上頭逃去，其他人便紛紛跟上，而沿路不斷地有車伕們用棍棒或拳腳身體攔住他們。潰敗的盜匪們丟下武器、留下滿載的馬車、遺落他們的首領往矮山的另一頭跑著。

「伊蕾、莫浮！」安柏騎著馬趕到兩個年輕人旁：「還好嗎？」

易羅感覺耳膜還因剛才的巨響而鳴叫著。

倒下的盜賊首領仍舊留著最後一口氣，動彈不得地倒在自己的血泊之中。

「我們沒事。」伊蕾露替兩人說。

「剛……剛才那是什麼？」好不容易甩脫了耳鳴之後易羅問。

安柏的腿上有幾道血痕、可憐的棕馬身上則有更多的口子，腳步蹣緩。她吃力地從馬鞍上滑下，撫著受傷的左手簡短地回答：「鎗銃。」

易羅從沒聽過這種東西。

能夠如此驟然擊殺敵人的武器，使恐懼深達他的內心；他覺得害怕、覺得噁心反胃。

「他……他死了嗎？」易羅努力處理著腦海中的資訊。

「恐怕是。」安柏承認道：「別想多了，如果他沒有中彈倒下，現在就是劍插在你的屍首上。」

此時伊蕾露站起身來，走到易羅旁邊，她看到黃土上的屍體時，同樣臉色發青。

好不容易，伊蕾露緩住氣說：「他來了，安柏。」

安柏看著受驚嚇恐懼的伊蕾露，說：「做的好，辛苦妳了。」她伸手抱住像個小動物般發抖的伊蕾露。她乖乖地依偎在安柏的肩上。

「妳們說的是誰？」易羅問：「究竟是誰用了鎗銃？」

安柏環顧著四周的矮山和散落的人，解釋著：「等著看吧。他喜歡暗處傷人、又喜歡隆重登場。」

這時候，矮山的面對軍營的那一端山坡，傳來一男人悠揚的歌聲；彷彿來自另一個世界，單獨、溫順、而宏亮，緩緩說著故事：

「時間如輪盤，起始同終點，
樹芽結花果，只為多繁衍。
人生何其短，我求短暫留，
剎那間輝煌，問我復何求？

一日秋當行，獸眠樹葉黃，
商隊將北進，山賊突阻擋，
橙花領眾人，力抗窮農幫，
女孩求於我，軍隊裝聾盲。
電光石火間，鎗銃貫鋒芒，
俗話說的好，擒賊先擒王！

人生何其短，我求短暫留，
剎那間輝煌，問我復何求？——」[10]

---

10 The entirety of the tale recorded in The Songs of Ittenian Bards, by Noemen Wright.

民謠般的歌謠輕描淡寫地描摹著故事；灌木叢間，一個身形緩緩地靠近。來者的衣著說不盡的詭異，與他音調詭譎的歌曲十分相符。他的身形矮小卻穿著厚底的靴子墊高身高、深色的衣褲外面罩著一件櫻桃色的披風。披風乍看之下如水果本身般彩麗，其實卻是由很多不同紅色的鮮艷碎布塊拼湊成的雜紅色——易羅很欣賞這樣的風格。這樣的披風讓人想到城裡的乞丐的充滿補丁的爛布衣物，只是加上了一股鮮豔吸引力。男子年紀應該將近四十，可是因為春光滿面而無法確認。他臉色開朗，似乎永遠掛著光鮮亮麗的笑容、露出整齊的兩排牙齒。頭髮棕黑，尾端帶著一絲紅色並綁成短馬尾。易羅注意到男子的腰間掛著一個拐狀的物品，約比手掌大一點，除了握把為木製外其餘皆為鋼鐵，外型簡約且前端是個短圓的管狀鐵。那就是鎗銃嗎？

「各位受驚的鳥兒，無須害怕，救星來了！」男子張開雙臂歡迎著他自己，披風飛揚。他看著周遭掛彩的車夫、受損的車子、被繩索綁住的盜賊和倒在血泊裡的首領，卻一點同情的表情都沒有。而眾人則以懷疑、鄙夷、好奇的眼光檢視著這個從山坡上出現的怪人。

「一聲槍響！可怕的搶劫行動便嘎然而止，美妙，不是嗎？」男子高聲詰問道。易羅總覺得他正看著自己，空氣裡有一種燃燒過的氣味像火災一樣。

「這一定會寫入我的歌謠裡。」男子說。

易羅張嘴想說話，卻先被一隻強壯的手按在原地。易羅很高興地看到好友身上只有瘀青和擦傷。

令人驚訝的是伊蕾露首先站出人群發話：「我向整個軍營發出傳喚，為什麼只有你前來？」她質問男子。

男子快速轉過頭看著伊蕾露，像個靈活的舞台劇表演者，說：「這隻出眾美麗的鳥兒的意思是我不該來嗎？」

「我的意思是我不相信你。」伊蕾露柳眉輕皺地說。

「歐，歐。」男子撫著胸口想像的傷口：「這真令我心碎。您的安全和肯定我是如此的渴求。不過，會在這裡見到您還真是出乎我的預料，上次見到您已經是……」

「別再廢話了。」伊蕾露伸手制止：「交代原因。」

男子稍微停下做作的反應，說：「就我淺薄的認知，我的上級似乎認為這裡有瑟列斯大人全權處理，無須派人多加相助。」

伊蕾露抿著嘴，說道：「他們難道不需要保全藥草的安危嗎？」

「我是個表演者，不懂的讀軍官們的心。」男子華麗的聳肩：「容我冒昧的問，瑟列斯大人究竟在哪？」

「他覺得盜賊的頭領有詐，去追線索了。」伊蕾露簡短地解釋道：「不需要向你回報。」

「哈！當然是這樣。」男子似乎隱含一絲不滿，但是很快便掩蓋過去：「今天真是美好的一天，我們抵抗並擊退了邪惡的山賊，保住了整個軍隊的資源，實是值得吟遊詩人傳唱的佳話！」眼看男子站在一群負傷的人中間說這種話，實在與現況相去甚遠。剛才與眾車伕一起共患難、抵抗攻擊的格林特，此時聽到這種幸災樂禍的話實在沉不住氣。

格林特忍不住問：「你是誰？」

「我是誰！」男子聽到大個子的問題，一副一直等人詢問的興奮表情。他華麗的展開櫻桃色的披風，語調如歌唱般地說：「這位紅髮似火焰的雀鳥問的真好，真不愧是來自與我同色塊的年輕人。」他撫著自己帶著紅色的黑髮。「我。是吟遊詩人、是旅行者、是智者也是愚者、是畫師也是軍人、是貴族也是平民、是藝術家也是實業家……我有很多名字——大部分都是我自己取的——但不論如何我追求的就是人生最顛峰的那短暫一刻。當然，各位如果想要的話，我很樂意訴說這雙眼睛有幸目睹的眾多故事。許許多多的故事裡面，我有許許多多不一樣的名字，」他瞟了易羅一眼，「但是在一切開始之前，我從親愛的家族那裡獲得一個甩不掉、撇不清的名字，各位也可以這樣稱呼我：

「薩方・殷紅（Savant Ardent），為您服務。」男子優雅地鞠躬。

易羅滿臉狐疑的看著格林特，卻只換來一個聳肩。

「那串名號後面還要加上『天大的騙子』。」安柏此時找了塊灰色的帆布蓋在盜賊首領的屍體上面，她站起身對薩方說：「『詐欺師』、『臨陣脫逃者』，還要我繼續說嗎，薩方？」與薩方疑似是舊識的安柏打斷了他的自我介紹，走到旁邊奪過他腰間的槍銃檢視著。

「你怎麼會有這濁色的東西？」安柏問。

薩方——出乎所有人意外——竟沒有說話回應。

「要不是以染力傳喚你，你會來嗎？」安柏接著問：「還是你寧願等待你所謂的榮耀？」

薩方沉吟了一會，定神說：

「如果及早知道這個商隊的頭領是妳，我的橙花，就算手中只有一隻縫衣針我也會隻身前來搭救。」

奇怪的是，他的表情如此誠摯，聽起來絕不像是開玩笑。

安柏抬起臉看著薩方。過了一秒她便回神將鎗銃塞回他的手裡。「在軍令之外蓄意殺人，回去之後你會受應得的懲罰的。現在快帶路吧，沒有人想要繼續待在這個地方。」安柏轉身往自己的棕馬走去，背對所有人。她抬起音量下令：「我們就快到了。受傷的人先行包紮，行動不便者坐到車廂裡，一刻鐘後商隊往軍營出發。行動！」

幾個車夫間的竊竊私語也很快的被打散，驚魂未定的眾人準備收拾殘局。

最麻煩的部分莫過於「俘虜」，更準確地來說是搶劫後被同伴丟下的、被打昏的盜賊們。按照律法應該要將他們交由軍方處置，但是商隊要運送這將近十個俘虜實為難事。安柏最後決定用繩索綁住他們的手腳、連在一起之後拖在馬車的後面，而盜賊們在受俘之後也沒有再反抗的跡象。

紫霞浮現。疲憊不堪的商隊終於來到山腳下，而在那裡等待他們的是軍隊的紀律和有關盜匪的謎團。

＊※＊

當城主想要調回軍隊的時候，首先反對的就是將軍。

有一群人畢生身為軍人；紀律對他們來說就是一切。紀律令他們摸透了敵軍的習性，長年在北方駐紮防守，保持著互不相讓、互不侵犯的矛盾姿態，未料兩國情勢升溫之時，城主下的命令竟是「調回邊防、防守都城」，這些軍人理所當然地起身反對。他們為了國土、為了尊嚴而堅守原地的同時，其實正在違抗著城主和貴族共同下達的決策。軍隊與貴族的隔閡逐漸擴大，從中獲利者又是誰呢？

在升溫的戰況中兩國並沒有正式宣戰的舉動，但是雙方每次派出的巡邏隊都比前一次還要大規模，兩方像是相互演武的孩子，在最危險的棋盤上威脅對方。當輝黃城主決定斷絕軍隊援助的時候，將軍被迫向各方討糧，最後拿到了私自運送的幾筆資源，包括安柏的商隊的藥草。

易羅和其他人在軍隊裡並沒有受任何招待。

將軍聽說商隊遭到盜賊襲擊時似乎一點反應也沒有，只是允許他們在軍營休養幾天、將盜賊丟入奴隸營，接著便撒手不管。於是車夫和工人們在軍營的角落搭起帳棚和營火，盡量遠離軍人的寢區避免騷擾。

幸好此行並不缺乏藥草，伊蕾露在易羅和格林特的幫忙下設立了小小的醫護站，替車伕們處理大大小小的傷口。傷口都上藥包紮好之後商隊也沒有其他事務，只能等待安柏與將軍談事完畢。

第二天下午，席安騎著馬風塵僕僕地回到軍營，他首先就把易羅和伊蕾露叫過去問話。

兩人將商隊受襲的過程告訴席安，但是卻沒有問他究竟丟下他們去了哪裡。席安稱讚了伊蕾露發出傳喚討救兵的機智舉動——易羅現在知道那是以橙色染力傳訊的色彩術——而對於易羅以色彩術攻擊馬匹席安則有不一樣的批評：

「動物的心智的確比較薄弱，但是正因為薄弱，想要用染力去驚嚇牠，失敗的風險則越高。」席安是這樣說的：「而且只是嚇跑一匹馬後竟然就力竭了，昏倒之後任人宰割。」易羅欣然接受了這些訓斥；他心裡只想著當時那柄長劍如果沒有停下，會是什麼下場。於是易羅向席安請教如何讓染力不要消耗過多的精力。

席安無奈地舉了一個例子說給易羅聽：「染力不是魔法，而是將色彩轉化為力量。色彩的來源有二：一是物品本來就有的顏色，從中『汲取』，就像你在河上從紅色的布條汲取一樣；第二則是腦海中對於顏色的認知，也就是想像的結果。不論畫師想要汲取物品本身的顏色或是運用自己的想像力操作色彩，都會需要用到這裡。」他敲了敲腦袋，「還有這裡。」他手掌蓋著左胸。「無論是哪一個方法，想要進步都只有觀察、練習這條途徑。」

丟出長篇大論之後，席安便丟下茫然無知的易羅回到帳篷。

那天下午，薩方・殷紅不請自來地出現在商隊的營地裡。

他在營火餘燼旁邊的位置悠閒而舒適地坐下，櫻桃色的披風散落在後方，腰間的槍銃不見蹤影。他拿出一個酒囊和幾個杯子請大家喝酒，但是卻沒有人接過那些酒杯，於是薩方一個人自顧自地喝了起來。薩方拿出一枝木笛吹著小調，在營火邊自娛娛樂。一首鄉間小調在前不著村後不著店的軍營裏面聽起來詼諧而引人愁緒。

薩方引發的小小騷動最後讓席安探出帳篷，他看見薩方之後便默默地走到營火旁邊：

「他們跟我說這支軍隊的隨行畫師是你的時候，我還不太相信。」

「怎麼了？迷路的鳥兒難道不能安棲在軍營之中嗎？」薩方笑著問席安。「陪朋友喝一杯？」

「不用了，謝謝。」席安挑了個位置坐下。

「怎麼沒有看到老狐狸呢？」薩方問。

「他留在伊登的診療所，抽不開身。」

「原來是這樣……不過我很驚訝女孩會出現在這裡。」薩方興趣昂然地看著伊蕾露。她坐在一張木椅上頭看著書聽兩個人的對話，其他人則各自散落在營地的周圍。

「她有自己的理由。」席安說。

「誰沒有呢？」

席安沉默了一會兒，問道：「盜賊出沒在距離軍營這麼近的地方，你知道些什麼？」

「這個嘛……」薩方故作煩惱地抓了抓頭：「我只是軍中隨行的畫師，軍官們當我是一位藝人而沒有告訴我太多祕密。我只知道那個死掉的頭領，」他用手指抹過自己的頸部，「原本來自北邊，似乎是被流放或是逃跑到這些山裡面，淪為匪寇。」

「這是他們告訴你的？」席安問。

「我能打聽到的就這些了。現在子彈奪命、死無對證。」薩方又喝了一口酒。「你覺得軍官隱瞞了什麼嗎？」

「人人都會隱瞞。」席安說：「只是有些人還會加上撒謊成性。」

易羅一直在旁邊聽著，此時終於忍不住打斷：「那個首領……他，也是軍人。」

薩方轉過頭來，嘖嘴笑了笑：「親愛的少年，你出現了。我一直想要與你敘話。」

「……我叫易羅。」

「噢，何必拘泥於這些世俗的自我介紹，我就叫你少年好了。」薩方攬過易羅的肩膀：「聽著，昨天在山坡上我看到了你的……事蹟。」他笑了笑，「那還真是了不起！你知道，我在你這個年紀時連哪個顏色代表哪一種力量都記不明白。什麼赤啊、黃啊、綠啊，複雜極了。」

「你也是畫師？」易羅問。

「拜隆河以北最好的畫師。」薩方指著自己說。席安笑了一聲。易羅的眼神不禁瞟向薩方腰間的鎗銃。

「可別拆我的台。」薩方對席安說。

「但是，」易羅繼續說：「那個人提著劍就往伊蕾露衝過來，好像一眼就看出她……」

席安打斷他說：「易羅，他是軍人，而且曾是個高級軍官。他劍上的刻印在敵國代表騎士的榮譽；熟稔戰場的戰士對於畫師的重要性瞭若指掌，所以才會拚命要拿下她。那個人身為叛逃者，最後被迫往南逃到了山區當盜賊。令我們不明所以的是為什麼會有盜賊愚蠢到劫軍隊的物資，究竟是不是受人指使。」

易羅意識到自己不全的見解，於是心虛地點點頭不再接話。

在尷尬的處境中，薩方的眼睛轉了轉，問道：「我剛剛沒有聽清楚，易羅什麼？」

他瞟了紅黑髮的畫師一眼，說：「莫浮。」

「莫浮、莫浮……」薩方咀嚼了這姓氏幾遍：「好名字，獨一無二。你學畫畫多久了？」他舉起酒杯喝了一大口。

「這樣的『畫畫』嗎？」易羅說：「兩三周。」

薩方吃驚地從嘴裡「噗」地噴了一大口酒霧，他抹著嘴角問：「兩……兩三周？少年你難道是天才？」

易羅正要大力否認，席安便說：「不是，他只是基礎沒有被破壞，加上資質不壞。」

薩方沉吟了一會：「就算是這樣，能夠拿下那隻拿劍的瘋狂鳥兒，肯定不是個笨蛋。少年若是不介意，得空時我可以教你兩手。」

這似乎是某種讚美，易羅卻聽不太出其中褒意。

「……薩方，這裡的人有很好的理由討厭你，但事實是你開槍救了我一命，謝謝。」易羅誠摯地說。

薩方優雅地低頭行禮。他說：「不足掛齒。僅追求吾之榮耀。」

他仰頭盡囊，站起身。

「酒香甜、音樂美，然而宴席不長久。我來到這小小營地只是要告知你，席安，軍官中有人知道你是學院的，他們的警覺心非常高，尤其是在戰爭爆發的邊緣。橙花用盡手段才從將軍手裡拿到微薄的報酬，但即使微薄也足以令窮苦的軍官感到眼紅。我如果是你們就不會久留。戰爭實在太近。」薩方說。

席安說：「多謝提醒。」

火光映在櫻桃色的披風上鮮豔赤紅。薩方對易羅點頭致意：「莫浮少年。」接著便離開營地，他嘴裡仍哼唱著：「人生何其短，我求短暫留，到了傍晚，安柏與將軍商談完畢，回到營地時不悅全寫在她臉上。身為商隊的領導人卻低聲下氣地去請求將軍付款，簡直令她難以忍受；再想想，軍隊此番購買糧食幾乎等同是「請求」城市的幫助，卻對遠從伊登趕路而來的商隊置之不理，豈不令人怒火中燒。

易羅和格林特決定到營地外閒晃。他們邀請伊蕾露一起出去，卻發現她不在帳篷裡，兩人也就沒有多問女孩去了哪。

營地外沒有耀眼營火而是每個幾步路立著一支火把，燃燒的火焰赤紅，照亮軍營裡的道路。熟悉的色環不斷出現。軍營的西北側臨山，木圍籬由北方鬧門繞了一整圈，結實的包圍著整座營區。軍營內則又分北、東南、西南三座中型營區；如此劃分不但為了方便管理，也是區分各個色塊家族的唯一辦法。次等雜色的家族常將子弟送到軍區，不但減少家族負擔，若是建了功勞也能向上爬升。其實也有不少純正血統的貴族——多為紅色軍事家族——出現在營區內。世代為軍人的他們，其子弟多半立志成為騎士、將軍、戰場上的指揮者。

在軍營內，區分真正的貴族，和雜色的士官是很容易的；貴族的住所為木製的營房，有些甚至帶著華麗的雕飾。騎士穿戴代表家族的盔甲，腰間的長劍從不離身、侍從緊跟在後服侍生活起居。士兵則群體生活在帳篷區，食宿簡便、每日辛苦操練。軍區簡單地分為軍官和士兵兩個階層。

這座軍營仍舊比易羅想像的還要巨大。他曾問過其他人這座軍營裡究竟有多少人，有一些車夫聲稱這裡約有上萬兵馬駐紮，現在看起來多半是真的。易羅和格林特當然從來沒有來過這麼大的野外軍區，只見每一座帳篷間的距離都比街道還要井井有條——為了防範敵人火攻時火焰蔓延過快——而且每個大型路口都有衛兵在站崗。

下午的操練已經結束，士兵多半都回到各自的帳篷中用餐休息，聊天聲、碗盤敲擊、偶爾地笑聲流連在營區裡面。易羅兩人又遊走了一小段路，看見一個連隊的士兵正圍在營火旁邊用餐。他們的糧食極為簡陋而且份量少的可憐，連半個盤子都盛不滿，更別說填飽肚子，再加上每天固定的操練，想必生活苦不堪言。易羅看見這裡大多數的士兵營養不良、骨瘦嶙峋、眼神透露厭倦生存之意，他明白這種人若是步上戰場只有尋死一途。他們不是世代為軍人的家族，只是幾千個默默無名的士卒裡的其中一個。

這才是多數軍人的生活。上萬兵馬，如果有一半以上處在這種匱乏環境裡，這支軍隊也只是外強中乾、一無是處。如果敵國真的發動攻擊，擋在前線並死在第一線的免不了是這些人，而軍隊將會潰敗的難以重整。

易羅感到同情、恐懼、憤怒等情緒夾雜於內心，無處宣洩。他強迫自己將思緒移動到商隊的事情上。他不得不承認，車隊這樣帶著一車又一車的藥草來到軍營，並沒有令自己覺得做了好事或是幫助了傷患士兵，反倒像是步入陷阱；像一隻野兔帶著珍藏的存糧，卻在半路遇見另一隻受困的兔子，野兔出手幫助的時候獵人悄悄接近，最後野兔、存糧和兔子全都進到獵人的袋子裡。

「糧食。」格林特隔著木圍籬看著營火邊的士兵：「還是不夠。」

「將軍的求援並沒有讓城南的倉庫門戶大開。」易羅咬著牙說。他心裡竄起一股好奇：藥草呢？如果糧食並沒有送達，那麼確實送達的藥草究竟有沒有抵達士兵的手裡、救助他們呢？「走。我們必須找出醫護區在哪。」易羅斷然邁步說。

格林特拉住了他：「唔……安柏已經交過貨，那些……不屬於商隊了。還是走吧。」

他說的是事實，卻沒辦法說服易羅。「當初的合約，就是確保藥草能抵達需要它們的人手裡。我必須確認。」易羅說完，甩開格林特的手便沿著小路前進。沒出幾步路，他便聽見格林特心不甘情不願的跟在後頭。

軍營的醫護區本身就像個將死之人。

這裡的氣味從遠處聞起來便糟糕透頂，如同腐土侵襲著鼻腔；藥苦、血腥、嘔酸和膿臭混在一起的惡毒之味讓人窒息。幾間老舊的營房裡擺著擔架、病床、劣質藥草；醫護士的低語聲、病人翻來覆去時的呢喃、手術時未麻醉的叫喊不絕於耳。即使現在戰爭還未爆發，受皮肉傷、傷筋斷骨在軍營裡仍是家常便飯，而且每天集體生活的士兵常有傳染病疫情傳出，小則精神不濟、大則發燒病危。

易羅摀著鼻子靠近醫護區的營房，掀開布簾一角查看。

角落的病床上，一個腰部纏滿繃帶的短髮年輕人躺坐著，他的傷口滲血透到了繃帶外頭似乎正在惡化，但是他只能咬牙苦撐。他的旁邊躺著一個發高燒的士兵，在病痛的睡夢中輾轉。其他病床上也紛紛有內外傷的病患佔據，醫護區人滿為患。

看見這番景象，易羅只能撇過頭。

這和伊登市的診療所完全不同，沒有哀怨著風濕痛的婦人、少了抱怨牙痛的孩子或是妙手回春的老人休。這裡只有回不了家的軍人、看似無禁的傷痛和實為無盡的戰爭。

他壓下噁心感，對好友說：「癒傷草。四處找找有沒有商隊的貨物，一兩袋也好。」

紅髮如火的大個子點點頭，與易羅分頭去尋找。

走過兩間營房之後，易羅稍微摸透了營房排列的模式。柵欄和圍籬區分營地，由東到西分別由小號碼到大。他研判每一間營房都只有幾個醫護士分頭照料，所以顯得人手不足，一個醫護士約需要照看五個病人。拐過一轉角，他險些被兩個巡視的醫護士看見。他們手裡拿著提燈、聊著今天送來的幾個新的傷患和他們的傷勢。

「……三號床上斷腿的那個新兵，看來是保不住左腿，明天之前就要截肢了。」一個醫護士感慨地說。

「那不是前幾天才選完彩、剛入營的年輕人嗎？唉，真可憐。」另一人說。

易羅躲在營房外頭的角落等兩個醫護士的提燈火光經過，然後往他們過來的方向走去。

終於，在一間看起來像是儲藏室的小房間裡，易羅翻到了約有半輛馬車的藥草。看見這幾袋癒傷草安然的送達，他不禁鬆了一口氣。至少商隊此行沒有白費。當易羅循著原路回到醫護區外圍時，正好瞧見格林特不安地來回踱步著。

「我在後頭的營房找到不少，可以放心了。」易羅小聲說，但大個子仍舊神色緊張。

易羅問：「你還好嗎？我知道這一切讓你想到……」

格林特猶豫了一下：「跟我無關，只是……你最好過來看看。」

大個子領著易羅來到西側的一間營房，看起來與其他幾間沒什麼不同。

兩人從角落窺視時，濃厚的血味撲鼻而來，易羅作嘔到剛才的晚餐幾乎吐了出來。他定神一看，這裡的病床上的人都包著繃帶是外傷病患。只見他們面色虛弱，幾乎無法自由移動四肢，看來是臥床多時且傷勢十分嚴重的傷患。有人的繃帶纏繞在手臂上、大腿、小腿、胸口、腹部甚至是頭上，即使是新換上的繃帶也都滲著血跡。他們的傷口集中、猛烈，如同被刺穿了身體，都是劇痛萬分且奪人性命的傷。

格林特指著營房另一頭，易羅沿著視線看去。只見十數個擔架並排著置放在地上，——擔架上的人，臉上均蓋著白布。「這……」看見如此景象，易羅努力不讓自己發抖，他問：「這麼多，簡直像是戰爭開打了一樣。怎麼會……？」

「不知道。」格林特面色凝重地搖搖頭，又指著一張病床說：「你看。」

易羅循著好友指的方向看去。

這病床上頭躺的並不是死人，但也相去不遠。

一名黑髮士兵的左上臂和上腹部都纏繞著厚實的繃帶，但是傷口直接穿透了他的胸腹和器官，包紮後仍有點點血跡透出。他的臉色死白、表情掙扎、呼吸短促，好像連呼吸都會牽動腹部的傷口。一副簡陋的鎖子甲擺放在病床旁邊，除了老舊和破損之外，鍊環之間斷裂帶著很明顯的破洞。床頭有一塊發霉的麵包和一小杯水，另外則是士兵配用的一柄短劍。床頭還有一只鐵碗——

碗裡放著一顆丸狀的鐵器，仍沾滿著血。

易羅瞪大了眼睛。他忽然意識到這個士兵的傷口為何如此熟悉。破洞的鎖子甲、繃帶上的紅點、刺穿身體的傷口和鐵器……

「鎗銃。」易羅皺著眉頭說出這個詞。他彷彿還能看見盜賊首領在他面前中彈倒下、胸膛遭鋼鐵穿孔、口吐鮮血的淒慘模樣，鼻腔中洗不淨的煙硝味。那不是能輕易忘記的噩夢。

「不是薩方的寶物，是新武器。」格林特沉重地說。

易羅還在腦中徒勞地處理著這種暴力凶器的出現，營房的木門就被打開了。

從門外走近兩個正在對話的男人，一個是醫護官打扮的瘦子，另一個則是棕紅色軍裝筆挺、胸配勳章、腰掛長劍的中年軍官。醫護官不斷低頭對軍官唯唯諾諾，口裡盡是道歉和奉承的話。那位階似乎不低的軍官一臉厭惡的環視著營房裡的景象，一副自己也不願在這裡的樣子。

易羅和格林特蹲在窗戶外聽著。

軍官開口問：「總共死傷？」

醫護官低著頭拿出一張羊皮紙：「啊，是，大人。步兵第六連隊共五十人，經過隘口的突襲後死者二十六人、重傷二十二、輕傷一人、失蹤一人。」

「失蹤？」軍官皺著眉問。

「是，副連長帕森中士，已遭敵軍俘虜。」醫護官照著紙上念道。

軍官啐了一口：「切。又一份報告要寫。幸好這連裡面都是一些混色的小家族成員阿。我就說這個任務不安全，但是偵查兵一概只說隘口需要協防。要是將軍加派第七到第十連隊進去，怎麼可能發生這種事情？」他越發不滿地抱怨著：「連長呢？別告訴我他也死了！」

醫護官畏縮著念表：「連長辛盧上……上士，輕傷。」

軍官一臉幸災樂禍地說：「避戰的鼠輩。我不管辛盧那黃衣的混帳在哪裡買醉，把他找出來，送到審問處。將軍在午夜之前就要聽到他的回報！」他因為找到代罪羔羊而鬆了口氣。

醫護官滿臉驚疑地聽著話，他納悶一屆醫護區的小小醫官要怎麼逮住貴族出身的上士，但是嘴上只能允諾：「遵命。」他等軍官拂袖而去之後才重新挺直了腰，好像剛才的卑躬屈膝都是為了生存而能忍受的屈辱。在他旁邊，一個個重傷的士兵垂死之態成了極諷刺的對比；他們的生死只是玩笑。

軍官走了。「審問處。哼，就算是審問處也不會對辛盧那種家族的人下重手的。」醫護官一邊發著牢騷一邊替換著傷患的繃帶：「我就濁色的會遇到這種倒楣差事……」

格林特轉頭說：「唔……易羅，能不能做點什麼？」他不斷看著那個腹部中彈的黑髮士兵，表情複雜。

坦白說，易羅也很想為那人做一點什麼，那怕是讓他從痛苦之中解脫也好。易羅不甚有把握地對好友說：「……我試試。」他以眼神示意窗戶內的矮櫃，「幫我？」

兩人討論了幾句。

格林特四處張望，然後伸進窗戶將矮櫃上面破洞的皮甲拿過穿上。他穿上士兵的皮背心之後從營房的門大方走入。

「醫……醫護官。」格林特的高大身形假扮為士兵正好，他進房便低聲說：「辛盧上士……正在東邊的營區喝酒、鬧事，那兒的人希望有人能在引來上級注意前制止他。」格林特裝作很困擾的解釋著。

醫護官表情一垮，無奈地說：「又來了？先知在上啊，那傢伙今天害死的人還不夠多嗎？」他氣沖沖的推開站在門邊格林特，往東邊快速走去。

易羅抓緊時間，爬進窗戶走到黑髮士兵的病床邊。

士兵的臉頰消瘦、嘴唇龜裂，他意識模糊而兩眼迷濛地注視著天花板。微張的嘴裡只能吐出乾涸的喉音，滿是繃帶的身體隨之顫抖。

床頭有個不起眼的銅製兵牌。

易羅拿起來檢視，上面只刻著一個認不得的家徽和士兵的名字：

「帕森、一等兵」。

帕森。他是那個被俘虜的中士的親人。好年輕……不知道是哪個家族？

「呀……啊……。」

姓帕森的黑髮士兵持續看著天花板，口中發出無法辨識的雜音，兩隻無力的手向前抓取空氣。他的眼神彷彿已經抽離了現實，迴盪在過去的某個時刻；在他胸腹中彈、腦部受到嚴重撞擊以前。

當時他還站在同一連的戰友旁邊行軍，前面領頭的是他的表兄弟，帕森中士……

——直到他們來到那座隘口。

現在帕森一等兵只能一次、一次、又一次的在靈魂最深處重演殘忍的一日。

易羅將耳朵貼到黑髮的帕森旁邊。終於，緩慢地拼湊出一句簡單的話：

「快逃。你們，快逃。」

黑髮士兵不斷的重複這句話，永遠深鎖在槍管下的回憶。

易羅心中掃過一陣蕭索的涼意。他無從得知這名士兵所經歷的事情究竟有多痛苦難忘，也不知道帕森中士究竟正在忍受怎麼樣的拷打折磨，易羅只知道同一個家族的兩個年輕人加入了戰場、被分派到同一連、被指派同一個未經大腦的任務、然後……

而那個軍官、那個醫護官、甚至是那個將軍，全都只在乎軍隊的損失和回報，沒有人關心陣亡的二十六人、重傷臨死的二十二人。「第六連」對他們來說只是表格上的一筆。

悲傷慢慢轉為悲憤；易羅覺得心中燃燒的那把火已經不是那麼容易熄滅。

「……放心吧。」易羅捏著雙拳說：「你……你沒有令家人失望，不需要再害怕了。我保證。」他將兵牌收進大衣的口袋裡。帕森一等兵聽見這句顯然的謊話，似乎對回憶也沒有咬著不放了。他闔上佈滿痛苦的雙眼，表情轉為柔和。

易羅五味雜陳的站在原地。

他舉起右手，懸放在黑髮士兵纏滿繃帶的的頭頂。

——藍色代表心靈的理性。適當的藍色帶給內心沉著和平靜。

易羅在心裡默數著：一次心跳、兩次心跳。睜眼。

染力釋放出去時，他感覺到一股冰冷由掌心流出。

它進入帕森的意識，使其平靜。當易羅放下右手時，帕森一等兵已經不再痛苦。

易羅將床單拉起，蓋住帕森的臉部。

悄悄溜出軍營的醫護區，易羅心裡知道自己做了正確的事，卻還是靜不下來。戰爭尚在爆發邊緣。空氣中的血腥味除了恐怖之外又添上一層哀傷；如果每一次衝突都會有如此慘重的傷亡和接近全廢的傷殘，當戰爭真的開始時將會有千萬人面臨相同的命運。

他循著原路往商隊的營地走去，腳步沉重，手不斷發抖。

槍林彈雨的戰場、原野上無人照料的屍體，最後一切將被到來的北方藍季白雪覆蓋。

六、剎那輝煌 Momentary Glory

他在商隊的營地裡翻來覆去睡不著。屢次起身都是不得不走到水溝旁邊嘔吐。對易羅來說生命不高貴，但不能缺少應有的尊嚴和價值。他一直相信著——或許是因為純彩教耳濡目染的宣傳——每個人活在世界上都有各自的使命，即使是孤兒都有可能因為一番努力而有作為。現在，他不知道那種相信是否成了無稽之談。

隔日，商隊總算接到通知，獲准離開——言下之意是軍隊想要在戰爭開打前，將閒雜人等全都趕走。早晨的營火邊，安柏拿到信使的消息便對席安說：「他還要我過去一次。」

「誰？」席安坐在營火餘燼邊的圓木上問。

「還會有誰？將軍。」安柏說。

席安沉吟了一會兒，說：「命令上有說為什麼嗎？」

安柏瞟了一眼信紙說：「匯報盜賊攔路的事。」

這時候，正在一旁啃著麵包的伊蕾露不禁問：「將軍怎麼會突然關心起這個呢？」

的確，兩天前商隊抵達軍營時，將軍知道他們遭到襲擊並沒有表示關切或在意，現在突然傳令讓商隊的頭領過去，顯得極為矛盾。其他車夫此時興高采烈的收拾著東西，準備離開這抑鬱寡歡的地方。卸下貨物的車廂比起來是空了不少，商隊無法從軍營裡帶太多商品回到伊登市再賺一筆，交易一詞少了平時交換利益之意。即使如此，車伕們的動作比起平常更加迅速，因為沒有人想要繼續待在這裡被營房包圍。

「只要做完這件事咱們就能回家了。」安柏的語氣裡聽得出輕鬆。

席安站起身拍落斗篷上的塵土，說：「妳留下來吧，車隊需要妳指揮才能確保隨時可以離開。」

「將軍那邊呢？」安柏挑起眉問。

席安輕嘆一口氣說：「我還是得去見他一面。他兩天前就知道我來到軍營裡了，卻遲遲沒有傳喚我，這點倒是令我意外。」

「哼，不是所有人都殷切的想要見到畫師。」安柏嘴角揚起說。

伊蕾露問：「你覺得他想要什麼？」

「不會是招攬我。營裡已經有薩方了。」席安說：「除非是逼不得已，軍人只想離畫師越遠越好。」他拿過安柏手裡的信件，收在斗篷的口袋裡。

安柏說：「你回來之前，我們就會準備好離開。」席安以點頭回應。

但是伊蕾露仍舊十分不確定。她說：「我跟你去見將軍吧，席安。」

「不行。現在軍營裡只有薩方知道妳跟著我們，我打算保持這樣。」席安平靜地回絕。

「可是，」伊蕾露毅然決然站起身：「將軍說不定知道我想要的消息！而且只要我在場，他就不能對你動手，他……」

「伊蕾露。」席安語調和表情同轉為堅決：「他不能知道妳在這，這話題到此為止。」

兩人之間的氣氛一僵。女孩皺了皺眉含慍著問：「那誰能確保將軍不會找藉口逮住你？你不知道盜賊事件的全部。」

席安轉過頭瞟向後方：「易羅會跟我去。」

突然被看了一眼的易羅，原本坐在離營火有段距離的帳篷旁邊。他抱膝坐在那裡任思緒飄盪，還在回憶著昨日在醫護區裡目睹的一切。席安忽然叫了易羅的名字讓他從恍神中回復。

「我？」易羅狐疑地問。他剛才完全心不在焉，不清楚現在的情況究竟如何。

「跟我去見將軍。我們講話時，你一句話都別說。走了。」席安嚴正而快速的下令。說完他便轉身往營地外面走去，斗篷還在身後擺盪；易羅不情願地站起身跟在後頭。伊蕾露快步走到易羅旁邊，表情有些遲疑。她拉住他在耳邊輕聲說：「萬事小心。」

易羅看著她，點點頭，又快步跟上席安。

將軍的營房遠在軍營的另一邊，兩人要走去也需要一段時間。

「又怎麼了？」席安沒有看向易羅，邊走邊問道；他也察覺到揮之不去的消沉。

易羅突然像是開關打開似的，出聲質問著：「他們從不在乎嗎？軍官不在乎士兵傷亡、貴族不在乎平民的生活、祭司不在乎百姓的想法。那些人簡直……活得沒有準則似的。」

質問後過了一會，席安仍舊沒有轉頭：「那是什麼感覺？」

「啥。」

席安嘆了一口氣，突然停下腳步轉過頭：「你用它傷人了。」

易羅嘎然停止腳步，撇過頭，他的膝蓋發抖癱軟，臉部的神經如斷了齒輪的鐘，堪比廢鐵的運作。他感覺身軀被割去大半，一股陌生、混濁、骯髒、毫無生機的能量在下腹蠕動，隨時能夠撞開肚皮，讓他犯下更多不可悔改的錯誤。他低頭端詳著右手，殺人犯的手。

「……是昨天。」歉語甚至差點脫口而出，可是內疚和虛無般的恐懼堵住了易羅的嘴。席安面無表情，不發怒也不驚訝站立原地，兩人之間尷尬的沉默持續了好一陣子。他想哭，眼角從濕潤到落淚唯需心中一個開關悄悄扳動，殘缺的那塊人體，似乎做不到嚎啕大哭這等事，只有一種猙獰的哭、灰髒的淚。

過了一盞茶的時間，席安終於問：「是士兵？」

「我、我⋯」

「好好說話。」

易羅甩了甩腦袋，想要將那畫面逐出腦海，鼻涕和眼淚橫灑在臉上，頭髮一團混亂：「……對。他一直重歷前一天隘口的襲擊，一次又一次。」

「你覺得自己是殺人兇手嗎？」席安又問。

「……不。」易羅誠實地說。他正是因為這是實話而害怕。

席安又道：「藍色帶來平靜。釋出這種色彩畫師本身將喪失理性、性情火爆。染力的來源永遠都只有你自己。你殺了人，任何遮掩與塗改都蓋不過這等深豁，但是你和那些派遣士兵出去打仗的軍官，有著決定性的不同，你必須自己體認這一點，不論那會花多久。」

易羅搖晃地站起身，衣袖上黏答答的一片：「這感覺會消失嗎？」

席安的左手不自覺的撫過頸部的傷疤：「走吧。」

＊※＊

他們剛好在一列石造圍牆中間的木門前停下。全副武裝的衛兵上前查看時，席安把將軍的信件交給他們檢視。衛兵在讀過信件之後下令打開圍牆的大門。易羅跟著席安走進將軍的營區，看見一間大型的石造營房，只覺得這裡堅固非凡如同一座碉堡。兩個衛兵走在他們的前面、兩個在後面，他們全都提著長槍且腰間配戴長劍，顯是將軍的禁衛軍成員。

只見碉堡的石門由內部的樞紐打開，兩人又被領著向內走。拐過幾個彎之後他們來到一間頗為寬廣的廳堂，約有孤兒院前廳的兩倍大。這裡面簡單的擺著幾張椅子、凳子，但是最引人注目的是廳堂中間一個木造的矮檯子，上面用一張白布蓋過，但是看得出底下有凹凸起伏。易羅也不管衛兵站在身後，就端詳著被蓋住的矮檯子；他猜測這應該是某種戰略用的地形圖，也就是沙盤推演使用的地圖。這時候，廳堂另一側的門被推開，將軍走入。

商談的過程是老相識之間的談話。席安和將軍鐵定是舊識，連陌生人的招呼也省略了；他們之間的關係不像長年的好友，不如說是長年的敵人，彼此猜忌、保留、交易著情報。將軍一度有禮貌地詢問席安有關於學院的近況；將軍說他已經兩年沒有回到伊登市，因此頗為掛念。但是席安只有簡短的回答，似乎也不想繼續噓寒問暖。

不久之後，兩人切入正題。易羅和四名衛兵站在廳堂的一旁聽著。

「我說過了，」將軍看著席安：「備戰時期軍營附近的巡邏難免有漏洞。」他是一個髮鬢灰黑的中年男子，頭臉方正而英氣十足；頭髮削成整齊的平頭也不在乎頭頂開始禿髮。眉宇間有種炯炯有神的穿透感，像是一個觀察局勢的好手。肩膀厚實、站姿挺拔，雖然不高挑但是氣勢十足，再加上鮮紅色軍服上面滿滿的動章和徽誌，讓他無論是言辭或是舉動都自然而然的比在場所有人都更加有力。

「有長眼的盜賊就不應該出現在離軍隊一個鐘頭外的地方。」席安坐在椅子上說：「絞刑台上都還比較安全。」

「我很遺憾你們的商隊遭到攔截。」將軍正色道：「但是我們不可能出動連隊護送每一支送資源的商隊。」

「這一點你們應該在向伊登請求物資的時候就想到了。」席安提升音量：「有幾支商隊願意大老遠來到這裡？一支手恐怕就數得清了。這種任務是要違抗色環大會的決議的！」

將軍緩緩搖頭：「不管是色環大會、還是城主，在軍營裡都無權發話。色環在這裡有不同的運作。」

「但休・克洛福還是回應了。」席安一字字地說：「你求援、他回應。奧本的商隊同樣義無反顧。」

「而我和我的手下十分感謝他們對於我軍的貢獻。」將軍看著席安遍佈傷疤的臉，堅決地保持立場。

席安沉默了一會，廳堂的氣氛僵持。

不久，席安他又問：「你什麼時候變成這樣了，克尼留斯？」他轉而使用將軍的名字，「難道只因為戰爭迫在眉睫便能只顧顏面？為什麼不聽從昂格・輝黃的命令，硬是打這場沒好處的仗？」

「住在皇宮穿金戴銀的人，不會理解真正的戰爭的。色環對他們來說只是操縱平民用的工具。」將軍說。

——易羅敢發誓將軍說「平民」二字時朝這裡瞄了一眼。

席安又說：「你想知道我的看法嗎？」他朝白布覆蓋的檯子一指：「三天前，我在商隊被襲擊時往北方騎去。東北方的山峰間，不到三個小時的馬程就能看到了敵軍的營地。他們觀察著一切。」

易羅暗自倒抽一口氣，捏緊拳頭沒有叫出聲。街頭直覺告訴他：每當衝突爆發時，反方向才是正道。反倒是將軍並沒有做出回應，他撫著嘴巴上方的鬍子一言不語。過沒多久易羅終於反應過來。將軍早就知道了！易羅暗罵自己愚笨；指揮萬人軍隊的將軍怎麼可能不知道山的另一頭就有敵人呢？他們想必已經互相隔著山互相觀察、只是遲遲沒有大規模的入侵舉動。

將軍終於開口說：

「兩天前，輪班巡邏的連隊中有三支分別被攻擊。兩支從西北山坡地逃回——剩下那一支全滅在偏北邊的隘口。」他以手示意矮檯子上的一角。

就是在那裡，辛盧和帕森的連隊。易羅暗忖。

「但是我軍仍舊擁有地利。而且一旦藍季到來山路將寸步難行。」將軍又說。易羅悄悄地觀察著衛兵們對於將軍的話的反應；只見他們對於實際開打，臉上都閃過同樣的惶恐，並不會因為是軍人而減少。

「我不是紅派系的人，對戰爭無法自稱理解。」席安說：「但是，打仗行軍的第一步，往往是掌控對方的補給線，不是嗎？」所帶的暗示幾乎無法更加明顯。

克尼留斯將軍臉色一沉：「你覺得敵軍會用假扮盜賊這麼粗淺的手法嗎？」

「不。」席安說：「不過，有哪個不長腦的指揮官會在戰爭前夕還把犯罪的高階軍官流放到南邊呢？這只有洩漏軍機的風險。」

將軍深吸一口氣，答道：「不會有。」

席安站起身，

——牆邊的衛兵緊張的站直身，將手按在劍上，將軍示意他們放下武器。

隔著檯子，席安雙眼如炬瞪視著克尼留斯將軍：

「收手吧。雙方都準備萬全的戰爭，其結果必然兩敗俱傷。」他一字一句地說。

易羅神情緊繃地嚥了口水，不敢將視線從兩人的對峙離開。

將軍同樣將身體前傾，雙手扶在檯子上：「你別想用畫師的伎倆操縱我，這裡不是平和的伊登市！」他以同樣堅決的眼光看著席安，絲毫不讓席安有使用色彩術影響情緒的機會，「你如果懂戰爭，就會知道撤退的慘痛代價；軍心潰散、士兵戰意全無、地利盡失而且後背受敵。一百年前的城邦戰爭就是這樣，因為一場撤退而讓輝黃家趁勢崛起。」

「現在戰爭的形式更加快速和致命，我如果在這個節骨眼上決定退守後方、拉長戰線，敵人就會長驅直入，不到一個月就能染指伊登！」他指著地形模型大聲說，他口中的噩夢對易羅來說不真實。

席安攤開最後的牌：「克尼留斯，伊登的選彩已經提前了，貴族間的氣氛比以往都還要緊張，如果在這種時候接到戰爭開打的消息，則這個國家要面對的就不只是外侮，還有內患。」他的每一句話都如同擊鼓。

將軍說話含著怒氣：「你在暗示貴族的內戰？瑟列斯，你到底是來送物資支援軍隊的、還是別有居心?!」眼睛內的怒火與紅色軍服格外地相襯。

席安的臉上又蒙上一層陰影，他緩緩說：

「你心意已決。——這支軍隊也不會因為我而有所改變。休、安柏和我能做的就這麼多了。」席安看著檯子上的白布，「除此之外只有一件事。你知道我是來尋人的。」

「……找『他』？」將軍握緊拳頭沉思片刻。

「對。不論是內憂還是外患，都佈滿他髒手的味道，我不相信這些事情沒有經過他的介入。我從兩個月前開始搜索，但是從沒有人看過他出現在伊登附近；直到從四穀鎮、鐵鍬鎮這些地方向北到這裡才出現蛛絲馬跡。剩下的方向只有東邊才合理。」席安的話讓易羅聽的一知半解。

找誰，是伊蕾露要找的人嗎？兩年前的事，現在才在追討嗎？易羅心裡浮現千百個想問的問題。

「哼。」將軍從桌面上拿起手，交叉在胸前：「色環大會和城主對於畫師的看法果然沒錯，各個都是執念狂。你是來討情報的？」

「軍隊從兩年前開始駐紮在北方。」席安耐心解釋著：「有聽說過關於他的事嗎？」

「他的事？一個走火入魔的畫師和他的追隨者？」將軍知道自己講著無稽之談：「當然沒有！這裡可是軍營。」

席安接著詢問很多關於這兩年附近城鎮的傳聞，但是將軍將這些行跡一一擊落。易羅呆站在廳堂的邊上，耳朵裡聽不進兩人的說話聲。他處理著手上的情報，卻少了幾片線索；像是圖紙被撕去一邊之後的藏寶圖，始終對於寶藏無跡可尋。易羅現在知道席安會順道帶他來將軍的營房，就是要旁聽關於這個「人」的事。

他們的目的果然不只是送藥材。易羅五味雜陳地想著。

眼看每一句詢問都被將軍回絕或迴避，席安無奈地說：

「我們要的是不一樣的東西，克尼留斯。希望你能著眼於現在專心應對戰爭，獲得你追求的榮耀。商隊一旦準備好就會離開。」

席安轉身要走，將軍又問：「商隊要往東？」

席安沒有轉身回道：「是。」

「不行。」

他驟然停下腳步，回頭問：「你說什麼？」

克尼留斯將軍淡淡地說：「你們向東前進而被敵軍擒獲的風險過高，我不能准許我國人員——尤其是熟知戰事的人，被敵人擒獲。」將軍不容許對方回嘴，又說：「商隊只允許向南過拜隆河，回去伊登市。如果有必要，軍隊會派遣連隊護送。」他的口氣如同下達命令一樣沒有商量的餘地。

性格倔強的席安的眼裡燒起野火般的純粹怒火。

易羅不禁想到上次在穆索宅邸，他聽見穆索執著於肖像瞳孔的顏色時，心裡的怒說不定也是類似的感覺；因為權力龐大的人，總會覺得自己的決斷力也隨權力增長，進而犯下令人怒髮衝冠的愚蠢錯誤。不同的是，在易羅眼裡席安的斗篷由雜色轉紅，從餘燼的星火之紅到鮮血般的紅。

他想到那段話——紅色代表力量和衝動。適當的紅色帶給內心勇氣和喚醒肢體潛藏力量，但是過多的紅色將導致怒火延燒。感性將壓過理性。

心裡意識到席安可能壓抑不住情緒，易羅跳出來說道：

「席安。」

不到一個鐘頭前席安才告訴過易羅，染力和色環一樣著重於平衡，一定要付出等值的代價。席安冷冷地看了易羅一眼；怒火尚在，但是緊握的拳頭漸漸鬆開。匆匆轉身令斗篷在身後擺盪，他頭也不回地離開廳堂；一秒鐘也不想多留。

易羅鬆了一口氣，動身跟在後頭離開。

「年輕人。」身後傳來將軍平穩威嚴的聲音。

「他沒有把一切告訴你吧。」將軍說：「他的目的、他在找的人都只會陷你於險地。戰爭不是紙上談兵，趕緊躲回城市吧。」背對著將軍，有一股威攝力將易羅掐脅在原地不得轉頭。

在醫護區目睹的事情，讓易羅深呼吸後一字一句的說：

「或許您應該考慮同一句話。」

說完，易羅便快步離開廳堂和將軍的營房，腳步快得像是在逃跑。

貫穿胸膛的子彈、走火入魔的畫師、硝煙連天的戰場；畫面反覆閃爍心頭。

＊※＊

易羅晚了幾分鐘回到商隊營地，才發現計畫已經被迫中止。時值正午，挑高的空氣帶著潮濕的氣味。將軍的軍令如山；送達後，馬上擋下商隊往東邊前進的路。其實易羅並不好奇席安和某人之間的恩怨，畢竟那是私事。不過，可以確定的是席安不會讓私事牽扯如此多人；包括商隊、伊蕾露、易羅和格林特都參與了這次出行。如此看來一定不只是兩人之間的舊事仇怨。想通這點之後，易羅知道自己只要想辦法幫忙大家離開軍營就好。

「結果？」格林特正在收拾帳篷和行囊。他引以為傲的畫架折疊後綁在袋子外部，簡直像是掛了一面盾牌。

「嗯……他比穆索那種軍人好太多了。」易羅說：「老實說，他讓我想到院長。」

「誰呀？」

伊蕾露踏著輕輕的步伐走到旁邊，她挑了塊乾淨的草地坐了下來。易羅發現自己很高興看見清新脫俗的她，也很高興她的加入總是讓話題愜意不少。她身上帶著一股淡淡的香氣似乎源自秀麗的髮絲，即使經過幾天的奔波也不見髒亂；易羅因為這而發呆了半秒，但又馬上甩開這念頭。

她把一個小袋交給易羅：「你要的顏料。」

「啊，謝謝。」易羅接過那袋顏料粉末。

「不客氣。」伊蕾露嘴角帶著淺淺的笑說：「你們在聊什麼？」

格林特將收好的行李平躺在地上，靠著行李選了個位置坐著。他說：「孤兒院的院長。毛骨悚然。有次還關了我們禁閉。」他指著易羅和自己。

「你們……來自孤兒院？」伊蕾露謹慎地問，深怕踩到誰的底線。

早就習慣了的易羅淡笑著回道：「只有我而已。院長難得會關人禁閉，是因為那次慶典我們在孤兒院的屋頂放煙火。」易羅繼續翻找並整理著自己的袋子。他找了個袋子裡的安全位置放好那袋顏料粉末，忍不住笑道：「那次廚房都差點起火了。」

「你的主意。」格林特說。

「對，但煙火是你偷用你爸的工作室做的。」易羅接著道。他發現自己的行李真的不多，除了幾套衣服和生活用具之外，就只有畫圖用的工具。過沒多久易羅便把行李收拾完畢，放到格林特的旁邊。

伊蕾露因為兩人的對質而會心一笑。「赫紅家是城市的燈師。」易羅向伊蕾露補充道：「他們家的工作室可比孤兒院的主廳還要大。」

紅髮大個子像是想迴避什麼，忽然問道：「工作室……唔，這麼說，鎗銃到底是誰做的？」

易羅被好友突如其來問的不知該說什麼：「……某個想賺錢的人吧。武器這種東西……不就跟工具一樣，」他指著良木製成的實用框架，「越好用就有越多人搶著要，將軍一定也是這樣想的。」

格林特又說：「薩方前天領路時，我和他談過。他說盜賊沒看見他，就死了；但重點是盜賊死了。沒有勝之不武。」

效益論。易羅考慮著好友簡短的語句。

「薩方……他完成學業之後原本也幫學院做事。」伊蕾露說：「很久以前因為理念不同而離開了。」眼看兩人要往下追問，她又補充，「他不是口口聲聲說什麼『榮耀』嗎？那是因為他在城市裡受了委屈，遭貴族壓榨，所以決定到城市外頭找尋機會、展現自我。」

薩方的確說過他追求的是人生最顛峰的那一刻，像個十足的表演者。難怪他這麼欣賞電光石火的子彈。

「那他跟安柏……？」易羅忍不住又問。

伊蕾露也不是喜歡八卦的人，於是只簡單的說：「他們，很早就認識彼此了。」她轉頭看向營地另一側的安柏；她和席安兩人正在商談下一步該如何走，而且似乎在爭執著什麼事情。

「現在怎麼辦？」伊蕾露抱膝坐在草地上，納悶著同樣的問題。

易羅說：「席安說要等。但是將軍如果要派人過來護送……我們最遲要在天黑之前行動吧。」

「對了，你出去的時候，安柏叫我做了個東西。」格林特突然說。

「什麼？」易羅問。

紅髮如火的大個子迅速跳起身，頗為興奮地朝著停放在外圍的馬車走過去，其他兩人好奇的跟在後頭。

格林特掀開覆蓋著整輛車子的帆布直到車廂的部分。他伸手到木板底座的下面摸了一陣子，只聽見「喀」的一聲，木板竟然被格林特拆了下來，露出駕駛座位下方的夾層；因為車廂原本就有不淺的深度，因此多了這薄薄的夾層並不是十分明顯。

「了不起。」易羅摸著木板的接縫處說。

「賴斯跟其他人幫我的。」格林特說完又把底部的木板裝了回去，並把帆布重新蓋上。

「馬車多了一個夾層要拿來做什麼？」伊蕾露語帶不安地問。

格林特臉色一沉：「我就是擔心這個。」

簡便的午餐過後，安柏交代易羅和格林特二人到軍營的後勤處購買糧食。他們雖然用盡街頭的殺價技術，但是補給官的貪財程度非常人所及，兩人最後仍被迫接受十分駭人的補給品價格，只帶回約一周的糧食。安柏身為一個職業的商人理所當然的責備了他們一番，不斷說著「應該我自己出馬的」。

易羅終於有機會補充「顏料箱」裡的粉末；其實這不過是個長條狀有分格的木盒，裡面按照色環的順序分別填裝各個主色的顏料粉，如此分裝便畫家十分容易抓取，連一眼都不需要看——至少這是做出盒子的格林特說的。

太陽開始西斜時，商隊在士兵護送下離開軍營。

八輛馬車互相尾隨，在泥土路上逐漸遠離南側大門、木圍籬和僅僅停留三天的營地，往南踏上歸途。易羅回頭看著軍營裡剛剛升起的火把，點亮著帳篷上方漸冷的空氣——在夕陽、日光、火光和白布之間僅存一層藍色的天空，安穩地躺在背景，卻出奇的美——那陣突兀的藍令易羅回想起醫護區的作為；他再也不想回到這個充滿暴力和傷痛的地方，但是暴戾和死亡難免在心頭留下了不可見的龜裂。

空的車廂顛簸地特別厲害，但也讓馬兒輕鬆不少；好像連動物們也想趕緊回到伊登的馬廄。

易羅一次又一次地觸摸檢查座位底下的木板，希望走在馬車旁邊的士兵沒有發現夾層。

士兵此行的任務是一路陪伴商隊到拜隆河的北岸，並看著他們渡河。為此，軍隊指派來一個中隊執行護送。易羅暗自計算；這個中隊總共有二十個人，包括一名矮小的副官和南方城邦來的隊長，兩人看起來皆木訥少話。反倒是他們的手下因為長官話少而特別喜愛聊天，他們的話題圍繞著軍營裡少有的娛樂：賭博。

「嘿，昨晚輸我的二十銅錢可別忘了。」

「我聽你濁色的胡扯！明明從上次的酒錢裡抵掉了。」

兩個手持長矛的步兵在易羅的馬車旁邊談著昨天的賭注。他們粗俗的言語和舉止，讓易羅想起選彩當天押送他的兩名城市衛兵，只是這兩個人手上的武器足以貫穿人體。易羅發現自己不斷盯著矛尖的鋼鐵，像是害怕著它們突然活過來。

他想起在出發前發生的事：

安柏吩咐每個人都攜帶防身武器，以防再有盜賊攔路時手無寸鐵。大鬍子賴斯負責將從軍營「借」來的武器分別存放在車廂的夾層裡；長劍、短刀或匕首一個個交到了車夫的手上，每人一把。「我不想再用木棒對上刀劍了。」安柏看著賴斯分配武器時說，而她自己也選了一把鋒利的短劍。

賴斯對著易羅說：「該你了。」他朝武器堆一指。

易羅看著鋼鐵製成的兵器，心裡慶幸裡面不包含槍銃，但他還是婉拒。

「每個人都要帶著，尤其是想如計畫進行的話。」安柏說。

「計畫裡並不包含傷害人吧？」易羅問。也不包含被傷害。他發現伊蕾露和席安完全沒有打算碰這些鐵器，而安柏也沒有要求他們拿武器。

安柏好像看出易羅在想什麼，說：「等你能像他們一樣操縱染力再說吧。」

於是易羅心不甘情不願地挑揀一把匕首；它連柄帶刃只有一節手臂那麼長，形式簡單而且根本說不上鋒利，說不定連頭髮都砍不斷。安柏狐疑地看著那柄老舊匕首，終於轉頭對賴斯說：「好了，趁士兵還沒來之前幫大家把武器收到夾層裡。」

我一定不會用它的。易羅在馬車上想著。

過了將近半個鐘頭，軍營消失在視線當中。泥土路領著車隊經過一片樹林，這裡的空氣更加冷清，士兵們為了讓氣氛熱絡點兒刻意地大聲聊天。

棕馬朝著易羅的車子走來。席安小聲地說：「準備好了？」他小心地環顧著四周。

易羅點頭。他伸手抓住車廂裡的行李袋蓄勢待發，而且再次確認畫筆、調色盤、顏料箱都在袋子裡。

「等信號。」席安說完便往前方策馬。

——忽然間，一聲響徹的馬匹嘶鳴穿過空氣，嚇了所有人一大跳。

這一次信號來的很快；易羅雖然事先準備著仍手忙腳亂。

「喂！怎麼了？」一個士兵喊叫著問前面的車子。

「馬……馬發瘋了！」另一個看不見身影的士兵喊道：「快來幫忙，別讓牠們跳到林子裡！」

「濁色的。」剛才還在聊賭局的步兵提起長矛往前方小跑而去。

易羅迅雷不及掩耳地扳開車廂的夾層、拿出匕首、丟到行李袋裡、揹起袋子然後跳下車。他慌張地走到馱馬旁邊，但是發抖的雙手解不開繩索。

一雙手從旁邊伸出，幫易羅解開馬和車子的馱鞍。

賴斯看著易羅：「快走吧。」土黃色馬韁繩交到易羅手裡。

「謝……謝謝。」易羅接過黃馬的韁繩。

他吃力的爬上事先在營地裝好的馬鞍——這是易羅第一次騎馬，他心裡著實很害怕；努力不去想自己現在離地面有多遠。

「我才應該要謝謝你。你是個好孩子。」大鬍子賴斯眼露真誠的感激。他自從拜隆河畔的事情後就鮮少與易羅說話，直到現在才表達了他的感謝之情。易羅突然覺得出手拯救賴斯是完全正確的決定。

「走！」賴斯在馬的屁股上用力一拍，健壯的四蹄便奔跑了起來。往東。

當易羅想到要回頭看時，馬車和車隊都漸漸被樹葉擋住。他暗自對留在後方的賴斯和其他車伕說了聲感謝，繼續笨拙的策馬與其他人會合。

土黃色的馬奔出樹林時，易羅只看見騎在馬上的伊蕾露還有安柏在空地中等待。

「他們兩個呢？」易羅吃力的讓馬匹停下後問。還是雙腳比較可靠。

「別急。」安柏說：「他們負責製造混亂，本來就會晚我們一點。」她看著雙腿緊緊夾著馬腹的易羅，「以第一次騎馬來說，你做得還不錯。」

「別摔下來，很痛的。」伊蕾露掩嘴對易羅笑道。身為貴族的她熟練且高雅地騎著一匹白馬、行李掛在鞍上；纖細的身軀坐得自然而靈活，看來在城堡裡也有受過騎術的訓練。

「我會試試。」易羅牢牢抓著韁繩苦笑道。

這時候，樹林的方向傳出騷動。叫喊聲快速地接近著，像是有十幾個人同時踩踏在樹根和斷枝上，快速狂奔著。

易羅從樹枝之間看去。他說：「是他們！」

安柏和伊蕾露同樣看著來者的方向——

格林特騎著一匹高大的黑馬，揹著沉重行李往這個方向馳騁而來，他不斷夾著馬腹催促黑馬加速。可是他的馬鞍上還有第二個人；席安坐在格林特的背後，斗篷在身後飛揚，簡直如同雜色羽毛的翅膀一樣。席安自己的坐騎不見蹤影，只能與格林特同行。兩個男人同乘一匹馬讓他們的速度減慢，黑馬拚命地跑著但是後頭仍被步兵追趕。

士兵們早就捨棄了長矛，轉而拔劍追趕著騎馬的格林特和席安。他們身上只有輕薄的皮甲，雙腿在樹林間跑起來其實頗為靈活。「追上去！包圍他們！」領頭的隊長向副官下令，於是所有人一字排開往黑馬衝去。他們人人手持短劍準備直接將黑馬砍殺，使二人完全無處可逃。

易羅對安柏說：「他們會被追上。」

安柏眼看沒有時間猶豫，果斷對伊蕾露說：「躲好。試著求援。」她拔出腰間的短劍，伊蕾露不情願地點了點頭，但他也看出士兵們只需要幾步就會趕上格林特的黑馬；到時候格林特和席安只要一落馬就會被擒獲——如果事情有閃失，甚至會當場被中隊攻擊。

「來不及的。」易羅調轉馬頭，他對伊蕾露說：「這次妳幫我拖時間？」

伊蕾露端詳出一股未經思考的傻勁，惴惴不安地應道：「好。」

他也來不及多想。一踢馬腹，黃馬朝黑馬奔去。易羅坐在馬上，笨拙的坐姿不斷讓臉和脖子砸在樹枝上，劃了好幾道淺口子。雖然阻饒重重，仍以極快的速度朝黑馬和十幾名士兵接近。

他伸手到背袋，不情願的握出匕首。

不能傷人、不能傷人……請你不要傷人。易羅右手抽出匕首，接過韁繩轉而用左手伸進袋子裡。這一切要在馬鞍上做到簡直比走單索還要吃力百倍。

「是那個黑衣服的小子，別讓他過來！」中隊的副官轉而帶著數個士兵過來攔截突然出現的易羅。

他找到了袋子裡的顏料箱子，打開後找到了左邊數來第二個格子。朱丹粉。易羅毫不遲疑的抓取了一大把。搖晃的馬身、僵硬的身軀，易羅就連要握住韁繩和匕首都十分困難。左手的紅色粉末不斷地由指頭縫滲落，飛散空中。

易羅離士兵們只剩十數步之遙。

他屏氣凝神——甚至閉上了雙眼。

——紅色代表力量和衝動。適當的紅色帶給內心勇氣和喚醒肢體潛藏力量

想像著粉末中的染力被汲取而出，由掌心流入血管、肌肉、四肢。沒錯……就跟在河上一樣……他感覺到熱能漸漸由左手掌心擴散，像是動力幫浦一樣增快血流。這一次，易羅更加克制染力的流動，因為他不能一口氣就燒盡所有的燃料。他像是憋氣一樣定時而定量的將紅色染力打入血管裡，不想讓氣力迅速耗盡。

一次心跳、兩次心跳。睜眼。

視野染上一片赤紅，透過紅色的鏡片觀看世界。同時他更加強壯、更加迅捷，感官敏銳如剛剛從藍季沉眠中醒來的狼，身體內的動物面吞噬輾壓理性。驚人的協調力讓他能夠坐穩——終於在此時與士兵交鋒。

中隊副官一邊狂奔，舉起手上的短劍。

他刻意將劍轉向劍背那側，用「拍」的想要擊落馬鞍上的易羅。

士兵的動作都慢了下來，在易羅眼中他們像是陷入了泥沼一般移動著。他不敢全力揮動武器，只能晃開

身體貼近敵人；匕首的金屬握把堅硬且帶鏽，跟木質畫筆完全不一樣，但是易羅卻不斷想像自己手中正持著熟悉的筆桿；每一次筆觸與紙面臨近都萬分小心。他同樣將匕首轉到側面，朝來者的頸部拍落。

鋼鐵鈍器與身體撞擊時的力道讓人虎口發麻，但是易羅不敢有任何閃失；他風也似的朝兩個士兵的後頸揮舞並迅速將他們擊暈，兩人倒地的同時馬兒的四蹄繼續竄過。易羅將匕首換到右手再次舞動，刀刃的脊與第三名士兵的脊頸相擊，力道穿越皮甲的後頸讓士兵瞬間失去意識。易羅只覺得身體的反應似乎快過頭腦；手持韁繩的那手順勢扯動讓馬頭轉向，奔放的前蹄抬起時正好撞過第四名敵人的胸口，他手中的長劍脫手飛出，倒落泥土地上有驚無險的閃過馬蹄的踐踏。

在短短數秒內易羅放倒了四名士兵，且絲毫不見血這點讓他慶幸不已。

——耳中一陣鋼鐵揮舞的呼嘯聲讓易羅下意識的閃躲。他彎腰往馬兒的左方移動時一柄劍正好掠過上方。中隊副官從視線的死角攻擊讓易羅有驚無險的閃過一次，但是副官揮空後緊接上第二次劈砍，精確的瞄準了馬鞍上無法動彈的易羅。

這次副官不再使用劍脊，四名弟兄在他眼前倒下，讓副官不再有活捉易羅的打算。

劍鋒閃動。

退無可退之際，易羅逼不得已的放開韁繩，他傾斜的身軀不但沒有停下還繼續墜落，兩腿放開了馬腹任憑身體抱成球滾落地面。耳朵傳來「碰」的一聲，背部著地翻滾數圈衝到一枯葉堆。雖勉強躲過了副官的劈劍，手臂和腳腿卻全部被地上的石頭和樹枝戳刺劃傷，他的五臟六腑好像都在翻攪，全身發疼。墜馬後的易羅好像聽見某人的喊叫聲，但是耳鳴讓他難以確認。

這時候副官抓緊了機會乘勝追擊，拿著劍跑向倒落地面的易羅。慘了，用完了。易羅一咬牙將身體從枯葉堆裡撐起，他剛才汲取的紅色染力蕩然無存，只有手掌上無色的粉末和一柄匕首。副官衝上前的景象竟使易羅回想起那名盜賊首領——那一次易羅已經做好犧牲自己的準備，幸好薩方及時開槍拯救了他。然而這一次沒有人從旁邊偷襲，只有易羅和副官兩人。

為了不讓易羅再使用「巫術」，副官二話不說就從右側斜砍而來。猝不及防的舉起匕首格檔，「框」的一聲劍與匕首快速相擊，易羅只覺得手掌像是被車子撞到一樣，武器都差點握不住。若單純比拚蠻力的話他絕對無法與副官抗衡，更何況現在周圍的林子隨時會有其他敵人出現。

鋼鐵摩擦之際火花都快冒了出來；易羅眼看劍刃越來越接近，腎上腺素使他腦中靈機一動。他忽然鬆開右手的匕首，突然失去阻力的副官雖然吃了一驚但沒有就此失去平衡，副官踉蹌半步之後重新站穩，因為易羅失去匕首而竊喜著。

踉蹌半步對易羅來說早已足夠。他猛然蹲下身，用街頭打架的下三濫方式朝副官的小腿用力一踢！副官吃痛的失去重心，臉面朝著枯葉堆跌倒。易羅抓緊機會閃到後方用大衣的衣襬蒙住了副官的視線，左手用力架住對方的脖子。

易羅使盡全身力氣勒住副官的脖子，兩人同時跪在地上。右手在背袋裡找到顏料箱，抓了一把靛青石磨成的藍色粉末。

副官不斷的掙扎著，口中想發出聲音求救卻苦無辦法。

易羅深吸一口氣，努力的聚精會神——藍色帶給內心沉著和平靜。手握靛青石粉的右手朝副官的側額注入染力，深沉而平和的力量侵蝕著這名軍官的意識。易羅能看到粉末上的顏色一點一滴的消散著有如夏日融冰；他花了將近十秒才用盡一小把的粉末，但幸好這足以讓無法呼吸的副官倒下。

他任憑發軟的副官倒在枯葉堆裡。

「呼……呼…」

易羅緊繃的神經突然放鬆，汗如雨下的喘著氣且四肢發軟的無法站穩。

他告訴自己不能暈倒，即使世界在他的眼中已經模糊不清的旋轉了起來。

他蹣跚走到沒跑遠的黃馬旁。幸好妳比我勇敢。易羅無力地拍了拍黃馬的脖子。

頭昏眼花而笨拙的爬到馬鞍上，往來時的方向騎去。他聽不見任何打鬥或喊叫的聲音，卻也不見其他人的蹤影。找了好一陣子之後易羅不禁開始擔心起來。我只引走了五名士兵，難道格林特他們還是被隊長抓住了？好不容易才找到了走出樹林的路，他轉過幾棵樹、撥開幾個樹枝看見剛才與伊蕾露和安柏一起等待的空地。

空地上躺著幾個士兵，約有七八人，雖然身上沒有明顯傷口卻已經失去意識。

兩匹馬綁在矮樹旁。

伊蕾露、席安和安柏三人都在空地上照料著士兵讓他們平躺成一排。易羅看見眾人平安無恙不禁鬆了一大口氣。

第一個抬頭看見易羅出現的是伊蕾露。她喜出望外地朝他小跑而來：「你沒事吧？」

「嗯。」易羅開口才發現自己口中乾涸的要命：「這些士兵怎麼了？」

伊蕾露瞧見易羅兩掌上的白色粉末，心中一凜。她輕輕地說：「他們會睡一會。」

席安這時也走了過來說道：「我的馬被他們抓走了，幸好不是全都追了過來。怎麼沒看那個副官？」

易羅遲疑地說：「五個人被引到那附近的林地。」他指著剛才來時的方向。

「染力？」席安看著易羅的手掌問。

易羅淡淡地說：「匕首。只有副官是被放倒的。」他必須兩手握拳才不會因為虛弱而發抖。匕首現在躺在他的背袋裡，上面多了不少砍痕。

席安看著兩眼無神的易羅，不再多說什麼。

安柏將暈倒的士兵排列好後，戴上橘色手套走來。易羅問：「格林特呢？」

「他去確認後面沒有其他追兵。」安柏悻悻然地說：「做的很好，莫浮。但是再這樣橫衝直撞遲早會出事。」

伊蕾露走來，取過黃馬的韁繩：「下馬休息一下吧，易羅。」

易羅很想要聽聽格林特的消息、也很想參與下一步計畫的討論，但是他實在太累。原本就失焦旋轉的視線開始轉黑，只覺得眼皮比鉛塊還要重，而且連帶著拖跨了所有器官和肌肉。他的身體無法負荷如此使用染力，正像個生鏽的門栓一樣死命哀號著。

今天的第二次，易羅從馬鞍上滑了下來，「碰」的一聲落在地上。黃馬似乎習慣了主人的無能，乖乖地走到旁邊吃起草來。他躺在地上仰望著天空

伊蕾露跪坐一旁：「很痛吧？」

「墜馬嗎？嗯，妳警告過我。」易羅沙啞的說，他連抬起一根手指的力氣也沒有。女孩嗔笑一陣，又歉然道：「抱歉沒趕上幫你。你還沒準備好這麼頻繁的使用染力。」她眼看自己拖不動易羅，便把背袋移動到他的頭底下充當枕頭，讓他躺的舒服些。易羅想要說一點聰明的話，卻只能思考一些愚蠢的事；她輕靈的大眼在他上方凝視著，讓易羅有種想鑽進地底的衝動。

這時候，後方樹林撥動了幾聲，格林特高大的身形緩緩出現。他騎著那匹黑馬從樹林裡出現，一頭紅髮讓他像個流浪的強壯傭兵。大個子回報說：「沒追兵。」

「商隊沒事吧？」安柏問。

「沒聽見動靜，應該平安繼續往南了。」格林特說，安柏感激的點點頭，繼續照料傷者。

「那個……安柏、席安。」格林特叫道，他們一齊停下轉頭聽他說。他語帶遲疑地說：「他跟在商隊後面，我問他想幹嘛，但……」

樹叢裡有第二匹馬走出，騎者戴著一頂櫻桃紅的披風。

「嘿！想我嗎，鳥兒們？」

——薩方・殷紅舉手打招呼。他的裝扮不但一如往常的奇怪，馬鞍後頭掛的那一大袋的行李竟比兩位女士的都還要多，簡直像是離家出走想要帶走所有玩具的小孩子。*薩方……沒有更多的追兵是因為他嗎？*易羅躺在地上用眼角看著薩方腰間的槍銃。

「隨軍畫師能這樣私自出營嗎？」席安劈頭便問。

「隨軍畫師不行，但幸好我已經不是了。」薩方賊笑道：「一個表演者成天在軍營裡喝酒聊天、偵察敵情、欺騙敵人，怎麼能夠獲得真正靈感呢？那是在道路上、旅途上才找的到的啟發。」他的眼睛閃爍。

「別再鬼扯那些榮耀輝煌了，薩方。」席安說：「你會跟來一定是有目的。」

薩方癟嘴說：「你這人真沒幽默感。」他的表情稍微嚴肅了點，「好吧。實話有時是最好的藉口。」

他俐落翻身下了馬，娓娓道來：「我對於找到『他』一點也不感興趣。對我來說他已經死了——就算還活著也無所謂。但是……我逃避一件事情已經有十五年之久了。這一切都和當時在邊境城的事太過相似……

連人物也是。」薩方看向幾步之外的安柏，眼神極為真摯。

邊境城。我們就是要去那。易羅回想著計畫內容。

薩方回過神，淺淺一笑說：「諸君都覺得我在開玩笑，但是……剎那輝煌就是歌曲的最高點、是舞台劇的轉折點、是謎底揭曉的那一刻！我就是個表演者，而伊登才是我的舞台，我必須找到回伊登的階梯。這個任務，就是我的舞台階梯。」他一邊說著臉上已經回復平時的風采。

眾人都等待安柏說話，但是她沉默不語的看著。

格林特站到易羅和伊蕾露旁邊。易羅躺著小聲地問道：「什麼意思？」

「他瘋了。」格林特道，這句話由他嘴裡說出來特別具說服力。

「他想要贖罪。」安柏突然說：「即使是傻瓜也會有回心轉念、想要贖罪的時候。」她又轉頭忙了起來，好像這件事情已經結束了。

「傻瓜」二字一出，薩方的臉竟如電燈一樣亮起，他雀躍地問道：「妳這是同意了？」

「問席安，現在是他做主。」安柏已轉過身：「跟那時候一樣。」她繼續照顧樹下的士兵，確保他們還有氣而且手腳都綁緊了。

薩方興奮地看著席安，諂媚的笑著：「好席安、乖席安…你我這麼久的交情了，別忘了都是誰溜到學院外買東西的呀……」

席安看看幾個年輕人——他對陳年往事極度的保留隱密。但最後他仍是百般無奈地嘆了氣說道：「就算不准你跟，你也會死皮賴臉的跟來吧。」

「不勝抬舉。」薩方淺淺一笑，優雅的行禮鞠躬。

席安沉吟一會，又補上一句：「……或許我們都是來贖罪的。」他轉頭看著旁邊的三個年輕人，緩緩地說：「你們三個如果想要一起去邊境城，就該知道十五年前的事件。」易羅看見席安下意識的碰觸臉上的傷疤，「伊蕾露，妳也是。」

女孩低頭看地，點了點頭。

「我就是為此而來的。」她堅定地對席安說。

易羅看了格林特一眼：「我們也想幫上忙。」

「很好。」薩方拍了拍手，臉上洋溢著風采：「順帶一提，這是我最愛說的故事。」

七、分歧道路 Three's Junction

北方連綿的山脈無盡的連貫到地平線的彼端。六人五馬騎在乾硬泥土路上朝東，與山線平行前進，路程比起坐馬車還要快上許多。

經過半天的休息和練習，易羅總算能較為舒適的騎馬，除了專心騎馬之外，還聽著一個十五年前的故事。

聽得很入神、入神得足以跨越十五年的時光。

「我們四個跟著安柏趕到邊境城（Brink City）的時候，已經有三個市民在當地失蹤，三個人都毫無關聯。」席安騎在最中間，他的斗篷垂下在兩側。他平靜地說：「學院當時派四個學生、一個嚮導調查並想方設法找到嫌疑犯，作為結業前的任務測試我們身為畫師的能力。」

「挨家挨戶詢問之後仍沒有太多線索，而且市民開始厭惡畫師的介入，拒絕回答問題。」

「藍季臨近。聚集開會後決定集四個學生之力以色彩術調查，好在藍季之雪掩埋證據之前結束整件事情。可是四個人在學院研究不同領域且各自有所鑽研；我主張用藍色的強化感官搜查邊境城、而潘彤覺得應該用橙色誘導市民招供線索。」

席安停頓了一會，沉浸在當時的回憶裡。年輕氣盛的爭吵、智力與能力的角逐；十五年前的事情現在仍歷歷在目，已經和那道傷疤一起烙印在他身上。

「哎呀，潘彤・克雷（Pantone Cray[11]）……」旁邊薩方低聲回憶起一個帶著南方色彩的名字，表情少有的沉重：「十五年前這個名字還代表了一點東西。克雷是一個地位低下的色塊家族，但是潘彤這廝的資質超群又學習認真。多年競爭之下，我們都在猜他和席安誰比較厲害。」

易羅好奇地問：「他們有一較高下嗎？」他仍然按著痠痛的肩膀。

「歐，這是沒得比的。」薩方微笑解釋道：「學院內嚴禁私鬥，違背者將被開除趕出。而且席安根本不把潘彤的挑戰當作一回事，因為那個潘彤是出了名的……善變。」

「善變？」格林特問。

薩方說：「是阿。狡猾、牆頭草、見風轉舵、老奸巨猾那些詞都可以形容他；學院裡的人都管他叫變色龍（Chameleon），你知道的嘛，從『克雷』的發音取的綽號。當時才二十多歲的，那傢伙卻已到處結了不少仇家，往往占人便宜。」

「總之。」席安提起音量打斷了薩方的話題：「我跟潘彤意見不合，只好雙管齊下，將四人拆成兩組，提爾（Teal）跟我、潘彤跟薩方。」

「等等。」易羅說：「提爾是……？」這是個常見的名字，光是孤兒院裡就有兩個叫做提爾的男生。

「比我晚兩年進學院的書香子弟，也很聰明。」席安悠悠地說：「或許你聽過他的全名——提爾・瑟路列昂（Cerulean[12]）。」

[11] Pantone, an intact system for color matching; a world-renowned corporate is thus named. Cray, the dimmest, lightest, and worthless shade of yellow.

[12] A shade of pure blue; color of an empty sky.

格林特皺著眉說：「那是現在伊登學院的院長。」

沒想到院長比席安還要年輕。易羅想著。不知道學院院長是怎麼樣的人？

「他當時沒有這麼大的官威，只是個唯命是從的小個子、被家族送到學院裡。」席安淡淡地說，眼神逐漸放遠：「就是這五個人。潘彤、提爾、薩方跟安柏、還有我。經過兩天的分頭調查，我們終於找到一個嫌疑最大的男人，叫做拉爾。」

「痞子一枚。」薩方搖搖頭說：「這可是出自我口。」

席安繼續道：「拉爾身上掛著不少前科，在邊境城聚集小混混滋事。我跟提爾闖入賊窩裡面質問他有關失蹤的那三個人，卻被他藉機逃走。再次追上的時候，拉爾正將一柄生鏽的獵刀架在一個婦人的脖子上。」

「那、那婦人是？」易羅問。

「誰都不是。」席安說：「狗急了也會跳牆。拉爾隨便抓了一個手無縛雞之力的人質，他的眼裡已經失去人性。我們兩個包夾住他們，情急之下沒辦法靠近，直到潘彤跟薩方出現。」

「換我，換我登場！」薩方搶著道：「趁拉爾那貨逃跑的時候，我倆在賊窩的後院裡找到了那三個失蹤的市民——」他聳肩，「或者說是挖出來的。」

格林特不禁問：「都是他……？」

「不。拉爾只是帶頭的鳥兒。」薩方正色道：「有十幾個流氓都參與了殺害這三個市民。他們起初為錢財、不為報仇、後來只為了……娛樂。」

易羅感到胃部有一股想要翻攪嘔吐的衝動，幸好強自忍住了。

「我跟潘彤害怕席安他們遇害，同樣追上了拉爾，但是就在我們趕到的時候，那名婦人的丈夫和孩子也到了。」薩方說：「丈夫尖叫著要求拉爾放開他的妻子，還說願意當作替代的人質。他跪著要求拉爾放過那名婦人。不到五歲的孩子在一旁看著。」他殘酷空洞的笑了笑：「然後……然後呢？痞子被四個畫師包圍，簡直就被逼瘋了。我們三番兩次的逼迫他的情緒，但是他腦袋裡的酒精和麻藥早就讓染力失去功用。」

「拉爾像是被逼急的野獸……」他深吸一口氣，「……獵刀一動，抹了婦人的脖子……手起刀落，丈夫接著血濺五步。」

易羅瞪大了眼睛。

他不情願的想像著，彷彿能看見一個穿著破爛的流氓痞子手持殘破的鐵刀，流氓腳下躺著一名驚慌失措的婦人；婦人脖子有一道血痕正淌著血，她的丈夫倒在一步之外，臨死前還抱著腹部、肚破腸流。他們夫妻的血浸染十五年前的第一場藍季之雪，而第二天的降雪又將血雪掩蓋。一個小孩從此便失去父母；孤兒，這個詞對他來說是刻骨銘心的沉重烙印。

最恐怖的是這故事似乎尚未結束。

薩方又說：「遲來的衛兵將拉爾押下監獄。我們為了安排夫妻的後事並安置那個男孩，在邊境城政府過了一夜，大家不忍提起稍早發生的事情；豈知隔日醒來……潘彤的床位空了。」

薩方理了理披風的領子：「——諸位看倌應該看的出來，變色龍為何難以接受事件發展成這樣。他活在社會的另一面、舞台之下。橙花、席安和我都來自色環上有頭有臉的家族，提爾的家族則甚至接近色環的正中心。但是變色龍……克雷家族是社會的底層。他一直懷著底層者改變世界的想法。

「當他看見拉爾殘害那對夫妻，潘彤的世界觀連同著分崩離析：學生遭派遣調查事件、使用了畢生所學、但無辜的人仍舊死去——犯人則在牢獄中苟且偷生著。」薩方的語氣是個說書人，正道盡角色悲慘的一生。

聽到這裡，易羅漸漸理解令潘彤・克雷抓狂的緣由。如果換作是他鐵定也會在這麼複雜的現況面前喪失理智。

他潛逃躲藏，任由現實囓咬理智、苦思撥亂反正的方法。

「後來……」薩方的嘴角微微顫抖，似乎難以啟齒的事尚未到來。

斗篷下的席安再次出聲，重新接過話頭：

「後來早晨輪班的衛兵闖進，報告牢房裡的十六名街頭流氓、包括拉爾……全部都在前一夜，撞壁自戕。」他又深吸一口氣。「我們衝去監牢查看時，正好給了潘彤機會……邊境城四處同時發生大火，祝融蔓延竄燒半天之久，要不是降雪恐怕整座邊境城都會夷為平地。我在那場……意外中才獲得了這身疤痕。」

前頭的安柏抿嘴不語、格林特呆愣如木頭、伊蕾路緊閉著眼咬著唇；而易羅……他不知道該做何反應。

接下來的故事易羅早已經零零星星地拼湊出大半；

抓狂的潘彤・克雷失蹤，其餘四人回到伊登成為畫師。

提爾・瑟路列昂埋首書本鑽研學問，多年後最終成為家族所期盼的學院院長。

薩方反之失去了對於學問的興趣，將一切拋諸腦後四處流浪——伊登市的家世、他的「橙花」、他的理智。

安柏無法再待在伊登，成為四處做生意的商隊頭領。

席安雖然心繫潘彤的下落，但是搜查數年之久都沒有任何消息。變色龍如同人間蒸發……

「直到最近的事件，我總算有了潘彤的聲息。」席安回過神，故事的來龍去脈終於蔓延至現今。

這時，保持沉默不語的伊蕾露再也聽不下去。她突然一夾馬復，白馬放開四蹄往路旁的原野衝了出去。她別過頭不讓人看見表情，但長髮紛飛之際能看見眼角噙淚，不願讓其他人看見。

易羅看向安柏；平時堅強的她此時也因憶起陳年往事而有氣無力的，竟沒有去追伊蕾露的意思。

安柏轉過頭說：「她不想聽接下來的事情。你去看著她吧。」

他眼看拒絕也不是，只能點點頭、拿起韁繩領著馬離開大路。

只在疏林間騎了一會便看見白馬的足跡。伊蕾露並沒有跑得太遠，只是在其他人聽不見的地方靜靜的讓馬兒閒晃亂走。易羅默默的騎在伊蕾露幾公尺的地方，並不想上前打擾；畢竟她已經習慣獨處，此時心事重重鐵定不想要有人打擾。

過了幾分鐘，伊蕾露總算提振起精神、用白衣袖抹了抹眼角。

她並不訝異易羅跟在自己後頭，回頭淡淡地問：

「易羅，你去過邊境城嗎？」

「啊？啊，沒有。」易羅嚇了一跳，隔著幾公尺的距離說。「我沒到過拜隆河北邊的地方。北境的一切都好不一樣。」他看著周圍枝條細長的針葉樹木和木叢、翠青帶黃的長草和雲彩稀薄的晴朗天空，的確與伊登市附近的景象截然不同。

「所以你也不知道雪是什麼樣子。」

「妳看過嗎？」他頗不服氣地問。

「沒有，但我很想見識一下能覆蓋一切的白色。」她目光放在遠方，語氣輕描淡寫，「見識」二字卻很沉。

易羅看見伊蕾露心不在焉的側臉，她美妙輕靈的雙眼中帶著懶散而乾淨的嚮往；他著實為此呆愣了兩秒。

他想起一件遺忘數日的事情，從袋子裡拿出一張捲起的畫紙遞向她：

「給。」

伊蕾露接過畫紙，解開繩結後攤開。

紙上的主角是一座聳立於島上的城堡，伊蕾露馬上認出這是湛城學院。堅固的外牆和厚實的城門，磚頭和雕飾盡以接近墨黑的深藍為基調；畫十分注重細節，就連護城河、吊橋和金屬框的窗戶都描摹進去。令她訝異的是這幅畫雖然以嚴峻高聳的城堡為主題卻又帶著風中殘燭的羸弱感，全因為畫中的天氣——暴雨和狂風合力揉捏著畫裡的世界，將剛硬冰冷的城堡削弱成為有生命和故事的建築物。

「很美。」伊蕾露欣賞著學院的圖說道。

「妳說過會想念那個地方。」易羅說明道：「但我只看過雨天夜裡的學院，所以畫出來最多只能是這樣。」

「沒關係，我很喜歡。謝謝你。」她欣慰的說。

易羅又說：「不客氣……這樣一共是一銀五十銅。」他伸出手。

伊蕾露愣了半秒，然後不禁噗哧一笑。她莞爾的模樣，比起啜泣的表情好太多了。兩人間的氣氛總算稍微和緩，易羅稍微壯了膽問：「那個……伊蕾露？」

「是？」她小心翼翼地將畫紙捲好收起。

「提爾‧瑟路列昂是妳的……？」

她眼神下移，說：「是我父親。」

易羅語塞。他雖然一直知道伊蕾露的身分不凡，或許是送去學院唸書的貴族，但卻沒想到會是學院院長的女兒。直到剛才聽了席安回憶往事才將幾件事情悄悄地串連起來。

「唔……真奇怪。」易羅小聲地說。

「什麼？」伊蕾露好奇地問。

「嗯？啊，我是說……伊蕾露・瑟路列昂念起來好拗口。」易羅說。

你這濁色的笨蛋，能不能察言觀色一下，說這是什麼蠢話？他簡直想找個洞鑽進去。

她輕輕一笑：「我一直都挺討厭這個姓氏的。」

「是嘛……那我還是叫妳暴風好了。」他開玩笑地說。

「……好啊。」她雲淡風輕地說。

一晌間都沒人多話，兩人沉默的肩並肩騎著馬。

「他在兩個月前失蹤了。」伊蕾露打破沉默輕聲說：「沒有留下信件、沒有綁架掙扎的痕跡也沒有勒索信，就這樣消失了。」

「妳父親？」

伊蕾露抬起柳眉：「你不知道？」

「我……」不對阿，不到兩周前席安才說要去找院長商談的。

她想了想又說：「也對，這事只有幾個人知道。其實我爸也不是第一次失蹤了，只是從來都不會一聲不吭的消失。席安也是直到幾個禮拜前才把父親的事情跟潘彤串連起來。」

「幾個禮拜前……？」

「嗯，就是城主決定提前選彩的時候。」伊蕾露說：「宮廷裡的僕人說，有一個跟潘彤很像的人與城主會面。席安懷疑選彩儀式會提前都是受潘彤的慫恿。」

「那……院長也是？」易羅問。

「只有他做得到。」伊蕾露說：「席安十五年來都找不到潘彤的蹤影，但是現在所有人都聚集到了邊境城。只要跟著爸留下的染力痕跡就一定能在這裡找到他，然後找到潘彤……讓這一切結束。」

易羅至少明白了伊蕾露剛才慌忙逃開的原因。她既不是害怕命案的真相也不是拒絕聽到關於父親的事情，而是還怕這個「一定」裡面所包含的風險；她已經離開待了多年的學院和城市，一路冀望著早日找到父親，但是不論他們怎麼跟隨染力的痕跡，她的父親仍舊有可能早已經遇害。他看著女孩，突然意識到她是以多大的勇氣踏出湛城學院。

易羅努力想要找其他話題：「妳父親是怎麼樣的人？」

伊蕾露淺淺一笑說：「一個很溫柔、很聰明的人，你會喜歡他的。他雖然常常跟書本相處，但也很喜歡跟人鬥嘴爭辯……或許他也會喜歡你的。」

很聰明、很溫柔，果然跟某人很像。易羅不經意地想著。

「他不忙的時候，會抽空來陪我畫畫。」伊蕾露茜然說：「小的時候總是會期待，來教我唸書的是爸爸，而不是席安。」

「那對小孩子來說實在是個考驗。」易羅想著席安怪僻的樣子，不得不同意道。

兩人相視，心照不宣地笑了一陣，隨後回頭趕上其他人。

身後北境的斜陽黃的刺眼、紅的燙手。

八、彩色拼圖 Polychronic Sky

一行人在兩天的馬程後來到「岸都」──邊境城。

按照地圖上的劃分，邊境城正好被轉向北流的拜隆河分支包覆，是天然的河港城市。她的芳名雖為邊境，實際上離國境還有一段路，但是仍舊離敵國的勢力範圍十分近。邊境城的海拔甚低。拜隆河流經這裡時更加接近海口，寬度延展到超過三百公尺，幸好河水也跟著地形變得平靜許多。

他們在渡口找到一艘願意載著人和馬一起過河的渡輪。

渡輪離岸時正值下午，極靠近河面上處竟飄著霧氣。船夫解釋這是因為天氣突然轉冷的關係，河水和空氣的溫差讓水氣凝結盤踞在河面附近，他說這是邊境城每一年都會見到的景象，是大自然在向市民們說：「藍季即將到來」。

渡河只花了他們約半個鐘頭。即將靠岸之際總算看見了邊境城的面貌。

易羅牽著黃馬站在船的前頭望著這陌生的城市。

和建在平原上的伊登市不同，邊境城是沿河而建的商業城市；兩國（在情勢尚未變得緊張時）絕大多數的交易物資都藉由這座城市的商行易手、並由拜隆河上面的商船運往東方和南方的城市。這裡是北方交通和商業的樞紐，卻對南方的城市也有極高的影響力。因為當初是由小型城鎮漸漸擴大，邊境城看起來並沒有十分良好透徹的規範劃分，而是逐漸擴大著規模──甚至有些人將房子蓋到了河面上。

易羅想像著城市的東西南北區域在這裡沒有特定的目的。風格特異而且用途不同的房屋全部像一大把螺絲釘擠在狹小的街道間，有高有矮、有磚造木造或石造；河流的分支被導為運河，載著小船穿越大街小巷，馬車在跨越運河的石橋上走過。新鮮的陌生景象令人耳目一新。

他們的渡輪緩慢停靠一條運河的入口處。

這是一座老舊的城市；街上的行人穿梭、小販隨意地散落在各個角落叫賣；婦女喊叫追趕著撒野的孩子、工人合力抬著沉重的桃木櫃、賣藝者彈奏著民琴唱著俗調、曬衣服的繩索一條條將窄巷佔據、橫越水溝運河；

那是彩色拼圖的天空。

眾人下船後付錢並謝過船夫，席安在河港旁對著其他人說：

「薩方，跟我去趟院分部。其他人負責帶行李到下榻的旅店。別惹事。」

「拜隆在上啊。」

薩方拉長了臉，手摀住胸口一副中箭貌：「我會需要一顆乾淨的心臟。」但他仍一臉悲壯地跟上席安。

安柏看著兩人消失的方向，無奈地說：「傻瓜，總是說對學院過敏。」易羅已經猜出來「傻瓜」恐怕是安柏以前對薩方的暱稱，但是仍無法想像兩人年輕熱戀的樣子。他忍不住問道：

「妳為什麼會被叫做橙色之花呢，安柏？」

商隊女頭領熟門熟路的領著三個年輕人穿過邊境城的道路，她以奇怪的方式回應了易羅：「那你何不向大家解釋，為什麼取名叫莫浮呢？」

「這個……紅和藍都不怎麼適合……吧。」

其實他也無法找到文字說明那種感覺，找不到恰當的靈感。一旁的伊蕾露和格林特正好來自紅和藍色塊，此時聽的一知半解的看著易羅。安柏看見三人的癥結不禁哈哈大笑：「你們三個真是有趣，讓我想起十五年前的那幫人。我們當時只比你們再年長一點。」三人面面相覷的想著這件事。十五年後他們會有能力成為學院的院長或商隊頭領嗎？光是想到就令人直呼不可能。

「女人要掌管商隊不是一件容易的事。」安柏說。「我從老家的父輩那就學會這件事，但還是花了很久的時間才把商隊的名號打得響亮。當初會去伊登然後認識薩方那群人，是因為我想要學習經營生意的知識，所以向學院請教。」

「但是學院不開放給非貴族……尤其又是女性。」伊蕾露平靜地說著事實。

安柏無所謂的點點頭：「我還是得到我要的了。如果要老娘一輩子待在邊境城管理商行、記帳算數，不發瘋才怪呢。」她帶著他們轉過一個街頭，「吶，就是前面那間了。全邊境城最老字號的旅店。」

易羅抬頭讀著那個隨時會掉落的老舊木招牌：岔路旅館（The Junction）。這間老店占地約有兩間平房大，加上旁邊的小馬廄和後方的廚房也不過三間普通房屋的面積，隔著窄巷有家雜貨店鋪還有民房。岔路實在稱不上巨大，兩個碼頭工人正在門廊上喝酒聊天。木頭牆壁的油漆是怡人的橘紅色、深色窗板敞開迎接河岸的風。他們將馬匹交給馬廄的管理員。推開咿呀作響的雙木門，映入眼簾的是旅店的大廳兼餐廳。

「看起來不老。」格林特看著旅店大廳的乾淨牆壁和簡單裝飾說；天花板上甚至有一個淺淺的色環圖案。

「大火之後，運河以東的區域都重建過了。」安柏小聲地說：「十五年前的事在這裡是禁忌，別亂聲張。我去搞定房間。」

岔路旅店的晚餐並不差，四人圍在一張桌子旁邊叫了幾分熱食；烤餅的外皮脆實耐嚼、裡頭蓬鬆發香，沾著野菜和起司醬下肚讓人一連吃下五塊都不為過。易羅更是高興地想到今晚終於能睡在有屋頂的地方。

酒足飯飽之餘安柏對三個年輕人說：

「在獲得更多情報前，只能四處打探了。」

「嗯。但為什麼我們不能直接以色彩術找院長的位置，或是潘彤的？」易羅舉杯喝了一口溫熱苦澀的液體。一股溫暖沖下食道，同時濃香存留在鼻腔內；伊蕾露告訴他這種飲料叫做「咖啡」，是南方生產的豆類做出來的熱飲，還有提振精神的功用。

「不能打草驚蛇。」伊蕾露兩手包覆著馬克杯氣餒的說：「他已經逃了十五年，一定加倍的警覺。搜尋他的位置就一定會建立連結，也就暴露了我們的意圖。」

安柏將空盤子堆在桌子的一角：「伊蕾說的對。」

「但是他也已經計畫了十五年，想必知道有人來了。」易羅淡淡地說。

這時席安悄然無聲地出現在桌子旁邊，嚇了所有人一大跳。

他仍舊穿著那身斗篷，風塵僕僕的樣子看來是已經通知過學院分部。「我們的目標就是毫髮無傷的帶回提爾，並且試著活捉潘彤。他已經攪亂了伊登的政治、搞砸了軍營的形勢，我們不能冒險再讓他在邊境城發難。」他找了一張椅子坐下，點了一份晚餐。

「你說話越來越像休那頭老狐狸了唷，席安。」薩方走到桌子旁邊，磅的一聲將兩手的四杯啤酒放下：「此刻，貪杯非罪。」他不知道何時已經脫下櫻桃色的披風，槍銃自然也收了起來，舞台上的表演者現在看起來只是個眼神狂熱繽紛的男子。安柏二話不說拿了一杯啤酒，席安和薩方也各自拿走一杯，剩下的那杯在三個年輕人之間被推來推去，沒人願意碰。兩位畫師供出今天在學院的慘澹收穫。邊境城學院並不是個發達的分部，總共不到三十個師生，其中更是一個畫師都沒有。他們問了半天的話卻連一個人都沒有聽說過有關變色龍的消息。無奈之下，一行人只剩下幾個僅有的搜查方向。

「『餿鼠』，如何？」格林特沒來由地問。

伊蕾露、安柏和席安狐疑地看著他，只有易羅會過意道：「對欸。」他轉過頭對三人解釋，「餿鼠是伊登的流浪漢，平常住在下水道的入口附近，居無定所。有關城市的流言傳聞、小道消息或是地下知識，找到他就等於找到八成解答。」

「那樣神通廣大的人怎麼會是……流浪漢？」伊蕾露興味十足的問。三名成人則是不太相信的喝著酒。

「他曾經是個小貴族，只是知道太多內幕消息而藏匿地下。格林特的意思是只要找到邊境城的餿鼠，就能掌握有關潘彤或是其他畫師的消息。」

大個子點頭同意。

「兩個問題。」薩方已經臉不紅氣不喘的灌下大半杯啤酒：「你們兩隻鳥兒怎麼會知道這種人物？還有，我們怎麼確定邊境城會有這樣的人？」

易羅和格林特互看一眼：「他……也會介紹一些工作。替貴族畫肖像或是替家族畫全家福之類的。」易羅光是想到這些工作的內容就既害怕又懷念。仲介費只是一則餿鼠沒聽過的故事。易羅回想著。他就是靠這些維持關係的。

薩方癟了癟嘴：「哼……聽起來比軍隊的隨行畫師有趣多了。」

「只要是有城鎮、有政治的地方就有餿鼠這種人。」易羅說：「我們要找的傢伙應該就是他了。」

說完，眾人一齊看向席安等待定奪。斗篷下的疤痕臉看起來特別疲憊：

「讓我想想吧。」

稍晚天氣轉涼，旅店的窗扉也擱不住鋪天蓋地的藍季；眾人於是在大廳爐火旁邊聚集禦寒。岔路旅館除了易羅一行人之外只有不到十個旅客，畢竟這不是適合旅行的季節。幾個行商坐在角落商談事情，四個像是小貴族的年輕人則有說有笑的坐在吧檯旁邊。兩個畫師和商隊頭領在一張小桌談話。

「你們看。」伊蕾露將舊紙轉向兩個男孩：「如果畫一片樹葉，它就只是樹的小部分。但是……」她換了一張紙，「如果是一對人工的物品，像是……這副刀叉的話，我就能……」易羅駐足凝神，過了約幾秒鐘之後紙上的圖案驟然產生變化；原先在平面上的刀叉只是有形狀、有人工陰影的圖案，卻忽然像是有了真正的形體——只有黑白邊框和帶著紅色染力的光暈——立體的物品。

格林特瞪大雙眼說：「哇……魔術。」他剛才「解決」了那杯多出來的啤酒，此時臉色增紅加上火紅的頭髮，完全就是喝醉的酩酊樣。

他伸手觸碰停留在紙上的淡紅色刀叉。

她眉頭一皺收回染力。刀叉應聲消失回到平面紙上。

「抱……抱歉。」格林特收回手好奇地問：「怎麼做到的？」

她揉了揉抽痛的額頭，解釋道：「這叫構築（Forge），把染力放在已經有外形的東西上面，用色彩賦予形體，像是……鐵匠灌溶漿到鑄模裡。但是，在畫下刀叉的同時還有製造鑄模的步驟：刻寫（Engrave）。心裡品評審斷物品的細節、每個細節的顏色。越是細緻的東西越難成功。物品必須是我親手畫的才會摸透那些細節，而且畫的越接近真實就越容易構築。書上也說，灌注的染力愈強、物品愈難被破壞。」

她簡直是背誦了書的內容。席安介紹兩種基本的色彩術時，也提到有生命體不可用以構築；如樹葉、花朵、木材等。它們的真正本體是樹木；如果想要刻寫並構築這些東西就必須從整尊大樹的刻寫做起。

格林特摸著剛剛觸碰刀叉的指頭：「可是，那是真的。」

易羅苦笑的同時看見伊蕾露也笑了。他們經歷過使用染力的虛脫感，清楚的知道那是身體和精神的力量，並不是什麼超自然的現象。大個子意識漸懶，話也多了起來：

「嗝。你知道……我們家雖然是做燈師的，我媽卻是全家最虔誠信仰純彩教的人。假日她都會去聽祭司的佈道。她相信那些我們不願意相信的事情……她也是家裡唯一不強迫我當燈師的人，媽覺得我總會走出一條自己的出路，而我有時候會覺得像她一樣……勇敢的人，很可靠。」格林特比平常多話許多。易羅心中凜然，不知該怎麼接話。他知道格林特的祕密——那層心魔纏繞難以觸及的核心。

旅店門開了個縫，一個瘦小身影被寒風捲進大廳。

女人將頭髮盤在腦後，身上穿著旅行用的勁裝；個頭不高、受夠了外頭的大風正在發抖。她的外衣是常見的深褐色，領口的位置別著一個翠綠色的徽章特別顯眼。眼神掃過整個大廳，女人筆直的朝席安、薩方和安柏走去。她停在桌子旁邊等三人轉過頭。

「來自伊登的消息。」

席安看向女人領口的徽章。

「那是……」隔壁桌子的易羅自言自語道。

「休叔叔診療所的人。」伊蕾露小聲接過話。她也認出休的診療所商標。

女信使將衣服內袋的一封信交給席安：「休院長附上口信：『伊登安好，萬事小心』。」
席安拿過信回道：「謝謝妳。辛苦了。」
「願聖彩照耀你的容顏。」女信使鞠躬後掉頭便走，一句話也沒多說。
「願先知指引妳的道路。」席安仍舊坐著。此時女信使已經吃力的推開木門，再次步入戶外離開。
席安一邊拆開信封一邊說：「老休的效率依舊。伊登的情況不必費心。」
他攤開信紙，三個年輕人靠了過去：
「席安及眾人：
謹以此信告知伊登近況。
輝黃穩坐城主位。各派系忙於培訓新進年輕人，無從培養勢力，遑論互相威脅。貨物安全送達萊索城邦，診療所情勢尚穩。
盼有關北方軍事消息。
祝　安好
老友」
簡約俐落的風格果然是休。眾人很慶幸這兩周之間伊登仍舊沒有太多變故。
「很好。潘彤的詭計並沒有得逞，不論他如何搧風點火，貴族內戰沒有那麼容易發生的。」安柏說。
薩方同意道：「有錢的鳥兒，潔身自保才是正確的。沒有正當動機、威脅或百分之百的把握，誰也不會試著互相攻擊。」
席安將信件收回懷裡，正襟危坐道：「好了。現下最重要的只剩找到潘彤。」他轉而看向易羅，「你們的辦法或許可行。明天先去找到那鼠輩，方便以後獲取情報。薩方、安柏跟我要去見邊境城領主。」

「……我們有名義見他嗎？」薩方懷疑道。

「安柏有。」席安簡短的道。

商隊女頭領搖搖頭無奈地說：「唉，就知道你會這樣說。」

「十五年未回家，但妳仍舊是奧本商行的繼承者。」席安說。

「好好好。」安柏說，她瞟了桌子對面的薩方一眼：「前提是這個傢伙別胡言亂語。」

「怎麼會呢，我的橙花？」薩方賊然笑道。

眾人似乎離擒獲潘彤更近了一步，而且少了個後顧之憂便越來越有把握，大家都信心十足的樣子。

伊蕾露沉吟了一會突然插話：「我想——」

席安似乎已經習慣了伊蕾露的一意孤行，直接嘆氣說：「有麻煩就離開，別引人注意。」

「好。」伊蕾露高興地答應。

席安環顧眾人：「沒有問題了？提早休息吧。」

易羅藉故去馬廄檢查馬匹。

他走出旅店時月色高掛、天氣寒涼且風勢強勁，大衣底下多穿了一層衣物仍讓四肢頗為麻冷。

不對勁。易羅暗自想著。就是有哪裡不對勁。自從女信使走進旅店大門他就覺得那女人的行徑有異：她雖然感到寒冷卻沒有疲憊的樣子；趕了那麼一大段路的人不可能腳步如此穩健，再加上夜晚走進溫暖的旅店卻完全沒有喝一杯熱飲或是吃一頓熱食的意思。她雖然表示自己是休的手下，但也只是一個徽章證明身分罷了。而且就易羅所知每一個診療所的人都稱呼休為「先生」或「克洛福先生」……那名信差卻說了「休院長」。

易羅希望自己只是多心，但還是想弄清楚女信使究竟急著去哪裡。

他停在路旁，思索對方的去向。女信使在幾分鐘前離開岔路旅館，卻有可能往任何地方離開。

隨口問了幾個路人，但是沒有人看見綁髮褐衣的女人經過。

「一定有什麼……」

我如果是心懷不軌的人……寄送假消息是最有效的。他任憑自己以蓄意破壞者的角度思考。送完消息後，我當然不會多留。離開後的第一件事是……確認沒有人跟著我，然後……他循線想到一個主意。他找到離旅館最近的運河分支。在這裡運河只有水溝的寬度，勉強能讓一葉小船通過。走過時曾察覺，這些深不過大腿的運河分支中總是有幾個的水閘門——當地居民為了攔截砂石或掉落物放置水底的網子——女信使如果想要丟掉任何證據或物品，除了這些運河之外沒有更好的地點了。他跪下來伸手到每個運河網子掏找。

運河的水很冰，讓他想起拜隆河的水流。

他終於在旅館後巷的小分支裡面找到了東西——翠綠底色上頭畫著水瓶和聖樹的徽章，和一頂假髮。動物毛髮髮泡了水像是一團髒毛球，甩乾後變成一撮短馬尾。

他把證據收進口袋，不知該感到慶幸還是擔憂。

「她在說謊。」

易羅將徽章和假髮交出去，馬鬃製的假毛還在瀝水：「或他。」

「這可能是為了旅行才準備的裝扮。不代表信上說的事情為非。」

「如果衝突真的一觸即發呢？」

「那麼我們回去就必然順了潘彤的意。」席安解釋道：「任何情況下，我們都應該設法找到他，阻止任何節外生枝的可能。」

隨後席安將房門甩上，結束了對話。

易羅回到房間，坐在旅店的床上，怎麼樣不願睡。

「我……」易羅一時語塞：「怎麼總是慢人一步。」

旁邊的床位上，格林特將雙手墊在腦後聆聽著。

「就像有人將我的每一步都看透了。」易羅繼續說。

「小孩跟大人下棋。」格林特說，此時沒有光亮看不到他的表情。

易羅同意道：「對。」

兩人一時之間無話可說。夜色爬上窗天空邊沿，由小小的窗戶照進。如果信上的是假消息，說不定兩周以來伊登的衝突已經開始了。易羅胡思亂想著。

格林特在床上翻來覆去調整位置，卻始終被某件事纏身無法睡著。

「我現在知道，院長為什麼不肯告訴我該選什麼色塊了。」易羅自言自語道，也不知好友是否在聽：「他跟席安一樣，都想看我會做出什麼選擇。是跟著你、是混進學院、或是……其他的。」

大個子最後終於坐起身說：「有件事，要坦白。」

易羅說：「如果是眼睛的事，吾友，我已經說過無所謂了，其他人也沒有發現。」

「……不是……信上說『貨物送達萊索』，我知道是什麼。」

「什麼？」易羅轉過頭問。大個子怎麼會煩惱這個？我以為那是休要送去南邊的另一趟藥品。

「離開伊登那天，我去過孤兒院。」他說。

「是阿，我去學院的時候你替我取了行李。」易羅同意說。

紅髮大個子猶豫了片刻，緩緩地說：「……易羅，孤兒院裡沒人。」

他等待一會確認易羅的反應。

「門廊的柱子上，釘著這個。」格林特拿出攤平一張折起的紙。

易羅接過紙——素描的孤兒院坐落伊登的街頭，隨手幾筆卻描繪出建築物的諸多細節。他認得這幅畫；這是他畫的，也是院長取走的。

「休說要我在回到伊登前別告訴你：孤兒們都被送往萊索了。」

原本是送藥草，現在成了追討未曾謀面的犯人。易羅麻木的想著這一切，全然以為自己不帶情感。那院從來不是他的家，他認定自己沒有家。孤兒斗膽有了夢想，存錢買一匹馬然後離開伊登。他將作畫的盈餘幾乎全部存了起來，藏在院的一個角落，每次幾個銅板仍舊遠遠地不夠。他在計畫這件事時總是高興地想著離開孤兒院這傷心之地——現在人去樓空，灰黑的房舍無人照料，在伊登的舊城區發霉長塵，而易羅第一次意識到他可能再也見不到院中的人；院長、阿百、樂蒂和吵著要聽故事的臭小孩們。他努力勸自己不必悲傷，勸著勸著才發覺眼角濕涼。

「沒有說為什麼？」易羅趁著好朋友不注意時抹淨眼角。

格林特愧疚地搖搖頭：「我沒問。現在知道或許是因為這個……潘彤。」

「嗯，他們的私人恩怨。」易羅咬牙道。這頭變色龍與他無冤無仇，卻破壞了不只是印象中的家園，也隱約撼動著他的世界觀。

「我以為你不在乎。」格林特說。

「鐵石心腸等於拋棄了顏色。」

「……」

易羅深吸一口氣穩定自己的情緒：「只是……為了遠離孤兒院而接下商隊的差事，卻又……」他倒回床單上，「啊呀，煩死了！」

「那些小孩啊，為什麼有人想抓他們？」

「……我有預感不是要收養。」易羅跳起身下床。他從背袋裡拿出畫架、展開架起；拿了一張白紙隨意的夾在板子上，懷裡拿出的畫筆先在紙中心畫了一個圈，口中念念有詞：「……南、北、東。」線條牽引向上方，又畫了一個圈，然後向右。

「你在幹嘛？」格林特問。

「這個潘彤最恨的是誰？」

格林特困惑地說：「……拉爾？」

「他在情緒崩潰的第一刻陷入走火入魔，逼迫監牢裡那些流氓們自殺，從此淪墮逃亡。」易羅用筆指著右上方的圓圈：「那是十五年以前！」

格林特點頭：「他還找了當時的同伴。」

「沒錯，他們對潘彤來說是見死不救的、是旁觀者。伊蕾露的父親也深受其害。」易羅在紙張下方的圓圈上一點：「然後設計讓三個相關者都聚在一起。」他嚥了口水。殺人犯，戰爭，規則；拼圖一片片按秩序接合。

格林特困惑地問：「你怎麼會想出這些？」

易羅語塞。他轉頭看著多年的好友，心中含著對事實和對自己的恐懼……他發現除了害怕應有的外在威脅之外，始終懷著對自身的懼怕；活著沒有未來的人生、學習影響情緒的技術、他結束了一個士兵的生命……易羅做的這些事看似沒有選擇，但仍是出自本身意願。他會想到這些是因為自己心裡也有惡，是外顯的思想歪斜。他知道逃避的方法有很多——潘彤會如此善變狡猾就是因為想要逃避。沒錯，我跟他太像了。

為此，易羅終於開始猜想對方的計畫。

「必須告訴其他人。」易羅對好友說：「這不只是綁架報復，是陷阱。」

＊※＊

「你期待我相信你？」伊蕾露悶聲問。

「期待妳至少幫我們隱瞞。」

「這太瘋狂了，簡直不可能是真的。」她搖著頭說。

「就像色彩術一樣。」易羅正色說，他定神看著伊蕾露，清楚的顯示自己不是在開玩笑。

女孩嘆了口氣，表情不是煩惱而是不知所措。

易羅說：「聽著，伊蕾露。席安證明了潘彤走火入魔。他不只是發瘋殺了十幾個人，而是有十五年的時間繼續當一個瘋子，一個聰明絕頂的瘋子。席安每次都說畫師必須怎麼樣？」

「……『當最清楚世間色彩的人』。」伊蕾露想起老師常掛在嘴邊的話。

「妳是我知道最聰明的人，伊蕾露。妳覺得我的猜測有錯嗎？」

伊蕾露仔細思考，突然領悟了什麼：「你想要……反超一步。」

易羅輕輕點頭：「我只知道他在拖延時間。信的內容要我們不必擔心伊登的事。我們……我勢必得回去，哪怕是為了莫須有。」

「席安不會同意的。」

「我不打算說服他。」

「為什麼不？」

「席安始終覺得自己不會比潘彤差，想要能一勞永逸的解決此事。他，不，他們太想要矯正十五年前的錯。」易羅想起背袋底部的兵牌，小聲地說：「我懂那種感覺。」

「你為什麼要告訴我？我……我是來找我父親的。」她又問。

易羅努力解釋著：「橙色染力可以用於傳遞和聯結，你們就是用這個跟隨院長的，對吧？如果……我是說如果，有辦法能夠掩蓋別人的蹤跡呢？既然潘彤捷足先登好幾步，院長被藏在邊境城的機率就和被帶回伊登的機率一樣高。」他猶豫的指著房門外正把風的格林特說：「破曉我們就要回去。妳可以跟我們走，當然也可以留在這裡，我只求妳幫我們保守祕密。一天。我覺得有人在暗中觀察我們……或是跟蹤席安，誰知道。總之絕不能讓那人發覺有人離開。」

聽畢，伊蕾露花了一會平復緊張的情緒，接著淡淡地道：

「你跟剛認識的時候不一樣了。」

易羅頗為錯愕的問：「我……我？」

「嗯，你變了。」

他不知道這是讚美或批評。「說不定我是被人影響的。」他難為的說。

伊蕾露輕輕歪著頭說：「我原以為你怕我，現在你卻懇求我幫忙。」

「這……」我會怕她嗎？

「易羅，走吧。」格林特推開門說。他見到房裡的兩人，又回身閉上門。

「我答應你，不會說出去。」伊蕾露輕聲說，清秀的臉蛋上面無表情。

兩人的對話很簡短。易羅笨拙地從椅子上站起：「我……我得走了。謝謝妳……聽我說這些。」

清晨的馬廄很冷，冷的城市沉眠、冷的白霧流連。

一想到恐怕要騎一整天的馬，易羅還未恢復知覺的大腿便發酸癱軟。他想過用紅色染力增強體力，但那也只是延緩身體的崩塌罷了。

對不起啊，又要麻煩你了。他安撫著睡夢中被吵醒的黃馬。

「地圖？」格林特問。大個子呵出的氣成了白霧，與街上的霧氣相似。

「有。」易羅拍了拍胸口口袋，他決定「借用」某個大廳裡的商人的地圖：「我們往東南過河，然後直直向西南。」他其實不太確定這是不是往伊登最快的路徑，但地圖上就是這樣畫的，他只能猜測。

「確定可行嗎？」大個子表情認真的問易羅的計畫。

「錯不了。」易羅掙扎著跨上馬鞍，毅然決然地說：「變色龍手上的拼圖只缺幾片，不能輕易交給他。」

格林特點頭同意，臉上倦容依舊。

「往西南的路會經過丘陵地；沿著河岸走會快許多。」

她牽著白馬從後頭走來，衣袖夾帶幾縷霧氣如神仙出谷；跨上馬的流利動作毫不費力，長髮甩在腦後。

易羅呆坐在鞍上一晌。

格林特看了他一眼，並對伊蕾露解釋：「他很驚訝妳會來。」

伊蕾露拿出一條細藍繩，黑髮被綁成馬尾，一副理所當然的說：「嗯哼，你可以告訴莫浮先生，我希望他是對的。」

「我也希望他是對的。他鮮少是。」格林特說。

「然而你還是跟著他。」伊蕾露笑道。

「嗯。」格林特聳聳肩：「少了我他就完了。」

易羅難為的苦笑：「你們損我損夠了？還有整整一天的路程呢。」他頷首，並對她說，「謝謝妳相信我……暴風小姐。」格林特不明所以得聽著這個姓氏，伊蕾露莞爾不語。

韁繩一甩，三匹馬在無人的清靜街道上小跑，跨過幾道橫豎河橋後到了拜隆河畔。南邊的石製大橋有百年以上的歷史，挺直的連接河的兩岸，因此省去搭渡輪的麻煩，他們正好在清晨城門打開時離開。

三人催快馬匹健跑。

「岸都」邊境城在身後成了一道老舊的剪影。街上的行人縮小、建築物由交疊擠壓漸漸融為一團灰黑、寬廣的河水在視野中僅剩帶狀。它仍是那般湛藍。

＊※＊

插曲 Incident

赫紅先生從梯子上小心的步下。他必須趕在宵禁前回家。

他把板手、鉗子和替換用的銅線圈都收進工具箱，鎖上。今天的工作結束之餘回家的念頭讓人頗為心安。念及火爐邊的長桌整家人一起享用晚餐並閒聊今天的種種，赫紅先生的心情著實輕鬆不少；他的太太會堅持要做飯前禱告祈求純彩神保佑全家平安、他的外甥們會互相說低級笑話或是比拚自己的女伴、祖父會坐在主位的輪椅上和藹的看著大家。

電路燈會照亮伊登市、爐灶會溫暖家屋。

赫紅先生用汗巾抹了額頭和脖子的汗，又擦去雙手的髒汙，往家的方向走去。看見一盞盞排列整齊的電路燈，他不知為何想到兩個禮拜以前離開家的兒子。赫紅先生沒有告訴其他家族成員，但其實他也不知道兒子究竟去哪了；他們都以為格林特・赫紅無法繼承家業而報名充軍，但是身為爸爸的知道這不可能。

「唉。」一個性直率地赫紅先生也不禁嘆息：「連寫封信也不會，這兒子真是白養了。」

他經過城東的孤兒院。這裡已經廢棄兩周有餘了，院子裡的草長到超過膝蓋高、老舊的門窗緊閉。聽說不久之後這裡便會拆掉重建，想必又是一棟貴族別墅吧。走到城東南；這一大片區域都是紅色家族的地盤。

一個紅色家族大門綁上了黑色的布條，小群人聚集在街道閒聊：

「那是帕森家吧？是長輩過世了？」

「不對，我聽說是那個剛入伍的小夥子。」

「拜隆在上啊，他的哥哥不也在軍隊裡嗎？……」

赫紅先生不想攪和別家人的事，繼續向前走。

殷紅家的宅邸在坡道的底部，櫻桃色的旗幟飄盪在圍欄上。這家族的工廠實在巨大，讓赫紅先生有種相形見絀的感覺；但也沒辦法，殷紅家出產的金屬加工物是任何產業都會使用到的器具。這是個真正的大家族，甚至擁有自己護衛隊。

——伊登市的情勢呈現緊繃，即使不是貴族也看的出來。街上的行人減少，天黑後人們寧願遵守宵禁也不想待在外頭。盎格・輝黃已經未出面多日；時不時會有貴族互相挑撥宣戰，各派系的護衛隊在城市裡巡邏，使城市逐漸被分割。每一天都會有幾個小家族被「併吞」的消息傳出，也不知是真是假。

在赫紅先生心裡，這一切雖然嚇人，但總會有過去的一天。他只需要腳踏實地的做好自己的份內工作，就像他總是訓誡格林特那樣。「城市裡這麼亂，或許那濁色的小子不在是件好事。」

赫紅先生背著工具一面走上坡一面道。家就在坡頂；坡下的殷紅家工廠裡繼續傳來叮叮噹噹的運作聲。是在鑄造劍刃槍頭嗎？它們會被用來抵禦外侮、還是併吞家族呢？

能確信的是，整座伊登市都會因此失眠。

＊※＊

九、山雨欲來 Violet Sky before a Storm

急轉直下想必就是這個意思。

「妳確定這樣安全嗎？」他問。

她的眼神搖曳著否定。太好了。

「你只要專心想著接收者就好，我來負責聯繫。」她把手放到紙上。

「上次沒有用紙阿。」

「當時已經知道軍營裡有畫師，只需要聯絡到對方就可以。」她解釋著：「但此刻城牆另一邊是什麼情形也不清楚，如果想要聯繫休叔叔便只能這樣做了。」

易羅也將手壓在白紙上。畫紙擱在扁平的巨石上面傳來溫暖的觸感，他一邊想著等一下施術的步驟一邊等著格林特探勘回來。

「學院那邊沒有其他畫師了嗎？」易羅隨口問道。

「只有不到二十人，而且全都派駐在其他城市。」伊蕾露說：「再加上他們絕不能知道我父親失蹤的事。伊登市裡面已經有太多人想要他從檯面上消失，席安經過許多麻煩才確保這件事不露風聲。」

「我只是覺得多幾個人會更好辦事，尤其是現在，伊登好像正實行某種戒嚴。」易羅一邊按摩痠痛的膝蓋說道。他們日夜兼程的騎馬才在一天半之內回到伊登城，卻發現每座城門皆緊閉。

「以前有這樣過嗎？」伊蕾露問。

易羅搖頭：「最嚴重的是⋯三年前那次吧，赤誠家族因為貪腐遭受肅清。那時候，天一黑街道馬上淨空，店家或住宅都不敢深夜開門。」

他向伊蕾露解釋：三年前的事件其實再簡單不過。赤誠家族原本是紅色派系大家——殷紅家的附庸，兩家都是生產金屬器具的工業世家。金屬製造的龐大利潤也帶來等值龐大的競爭，即使是有附庸關係的兩家也因為分工而產生嫌隙，最後顯然是由勢大財粗的殷紅家痛快打壓了赤誠家，收吞其旗下所有事業，成員重則淪為階下囚或奴隸、輕則被其他家族收編。當時的街坊少不了關於此等大型「併吞」的閒雜言談，衛兵隊則實施為期半月的宵禁以打壓這些行徑。

殷紅⋯⋯是薩方的姓氏呢。易羅暗自想道。雖不是軍事世家但有巨大影響力。要不是因為安柏來自橙色派系⋯⋯或是十五年前的事件，薩方恐怕還會待在家族裡吧。

不久後，格林特回到易羅和伊蕾露躲藏的大石後。他臉上是複雜擔憂的表情：

「城門口，整連衛兵。」

伊蕾露忖道：「那我們就假裝是休叔叔的——」

「沒辦法。」格林特打斷她續道：「那個⋯⋯城外的布告欄上，貼滿這個。」大個子由懷裡揣出一張揉皺的紙，攤平後上頭竟是三個人的頭像：一個斗篷遮住半張臉的嚴肅男子，眼神銳利且疤痕橫跨頸部；一名風姿綽約的棕髮中年女子；最後則是名黑髮及肩、貌美過人的年輕女子。

他唸出公告的字句：

「席安・瑟列斯，叛逃之學院成員。此人身負軍機前往敵國，叛心明確，懸賞目擊者五金幣、擒獲者十五金幣。
安柏・奥本，奥本商隊頭領。此女暗向前線派送物資，違反政策且居心叵測，懸賞目擊者五金幣、擒獲者十五金幣。
瑟路列昂家獨女。失聯多日，由上述者綁架為人質。為免投鼠忌器，本隊竭力搜索之餘，懸賞提供線索者十金幣。
伊登市衛隊　稟」

大大的紅色戳記蓋在字的下方，表示此份公告正式且舉城適用。

「這畫像根本不像我。」伊蕾露揶揄道。

「如果像就更麻煩了。」易羅把公告摺起：「現在就算我們能聯繫上休，也不保證就能進城。商隊的大家雖然先行回來，但也可能都被擒獲了。」

「是……是他嗎？」格林特問。

「問我也沒用……只能另外找方式進城了。」易羅望牆興嘆。以前從不覺得伊登的城牆高聳厚實，直到被拒於門外才發覺進城有多困難。

伊蕾露眼珠子一轉：「不如這樣，你們不是認識餿鼠嗎？他說不定有管道送人進出？」

「要怎麼聯絡他？診療所肯定也被監視了。」

她沉下肩道：「你說的對。」她轉過頭問：「格林特，門口的衛隊是哪一家族的？說不定我可以說服他們，不需要溜進去。」

大個子肩膀一抖，遲疑的說：「呃……不認識。肩盔上家徽是……盾牌。」

「顏色呢？」

「……不清楚。」他的眼神飄移。

「是什麼派系的，格林特？我們需要知道。」她說。

「這……」格林特不自在的移動身體。

她關切的問：「怎麼了？你可以告訴我們。」

易羅在一旁看著，紅髮如火的格林特在伊蕾露的盤問之下，像是教室裡面答不出問題的孩子一樣手足無措；他的臉克制不住冒著冷汗、手掌不停握拳又鬆開、眼光四處躲藏就是不肯直視她。

伊蕾露似乎不擅長發脾氣，她已經把格林特看作可以信任的夥伴，甚至是唯二的朋友，可是現在卻在問話時不斷碰壁；這不只讓她受挫和困惑，更讓她擔憂格林特的狀況。

「沒有時間能浪費了！」她嗔道。

易羅看著雙方，終於忍不住伸手制止：「伊蕾。他……」

「沒關係。」格林特稍微振作後連忙打斷說：「可以告訴她。」眼看格林特心意已決，易羅當然沒有出手阻止，而是退居一旁讓伊蕾露聆聽。

紅髮的大個子扯了扯衣領，重整呼吸後對伊蕾露說：

「抱歉讓妳難堪，這是我的問題。我…。」他又深呼吸一次，「我有色殘（Color Breach[13]）。」

[13] Or called "Color Blind," an impaired cognitive sense that results in disability to distinguish colors.

伊蕾露直過了數秒才好像接收了資訊，倒抽一口氣。她一直以來的忽視總將大多數人的條件歸零，不帶成見的眼光有如鳥瞰，遙遠且片面。

色盲、色殘……不管他們叫它什麼……在這個世界裡是無法生存的。易羅想起格林特在很小的時候曾說過。我是殘缺的；這不會讓這世界為我停下。那是易羅第一次發現這名紅髮同儕祕密的那天，也是兩人成為至交好友的一天；他從沒有忘記這個紅髮大個子暗自背負的乖舛命運。

不是沒聽說父母在得知新生兒是色殘時將其悶死當場，以免長大成人必須面對的環境；他們無法與人為伍、難以學習且無法工作，連奴隸的勞動也因為無法正確的執行命令而做不來。這是遠比眼盲或殘肢還要悽慘的命運……盲人或瘸子至少還能做針線活或手工藝之類的單人工作糊口，但是色殘者卻是有行動力族群中最無用、最令人失望且瞧不起的；他們不會受人同情，也沒有人願意將同情寄放在色殘身上。以色彩定義秩序的社會和世界，人必須仰賴對於顏色的判斷來過活，而色盲則因此淪為制度中的底層中的底層、底層以下的殘渣。

「從沒有發現，對不起。」伊蕾露搗著嘴。

格林特慌忙的搖手說：「這……這沒什麼，不需要道歉。或者該說預期妳會理解，不怕告訴妳……抱歉了，沒幫上忙。」格林特說。

「別這麼說。」伊蕾露說：「我真的從來……嗯……你隱藏的很好。」

「不隱藏，就每天被欺負。」格林特說。

「家人呢？」

格林特眼神下移：「他們不知道。七歲時的工作室意外。」

「那……」

格林特指著旁邊的易羅：「只有他。」

伊蕾露在自責的情緒下，薄怒含嗔的看著易羅說：「你怎麼不會為朋友著想、幫他的忙呢？」

易羅早已想過了這個問題的答案：「著想？我總不能處處幫他啊，否則別人又需要多久來發現呢？我們約定過，只在迫不得已的情況下我才能出手幫他。」

「像考試。」格林特憨笑道。

易羅一副難以置信的表情道：「你還笑？我這孤兒要是被那些老師抓到，肯定是要被剁手剁腳的。幸好你只有念完初學。」

格林特小聲的對伊蕾露說：「他給的答案只對一半。」

「你這忘恩負義的傢伙。」易羅朝格林特踢了一把土：「不妨告訴你，席維太太也老早就知道了。」

「她要害我，一杯毒酒就行了。」格林特一副無所謂的樣子。

一旁的伊蕾露笑看著打鬧的兩人，心情總算稍微舒緩，也覺得自己和兩個青年更加靠近了；她迎接格林特的祕密似乎和供出祕密的本人一樣充滿壓力，畢竟這不是她熟悉的環境、事件或發展。她原先一心以為自己離開的唯一目標就是找到父親，別無他事。如今重回舊地，易羅和格林特給的自在感讓伊蕾露覺得至少不必獨自承擔所有壓力。他們三人有不同的目標，各自坎坷於不同的生活。

「好了，你們兩個！」伊蕾露勸止二人：「我們還要在門關上之前進去呢。」

眼看下午也過了大半，如果要在城門闔上前進城，想必得馬上找出辦法。易羅望向城門的方向，隨即拍了拍格林特的肩膀道：「吾友，你的自白正好給我一個主意。」

「啊？」格林特問。

「還記得另一個有身體缺陷的人嗎？」

「缺陷……」格林特歪頭想著，隨即喊道：「啊！那傢伙？」

「對，他。」易羅說，隨即跪坐下來，把手重新按在紙上。

「你們在說誰啊？」伊蕾露好奇地問。

易羅說：「沒有時間了，等會再解釋吧。幫我？」他把紙張的位置橋正以便伊蕾露也將手掌放上。

「我不相信他。」格林特兩手交叉在胸前不滿地說。

「很好，這樣就兩票了。」易羅淺笑道：「但他很可能是我們的唯一機會。」

他下定決心後閉上了雙眼，染力流散。

＊※＊

「很聰明的裝置。」易羅佯裝理解的同意道。

或許應該先想到這一步再下來的。易羅壓下胃部的翻攪和喉頭的酸燙，繼續前行。他捏住鼻子、用嘴巴呼吸的的同時努力不去想腳下的淺流究竟去過什麼地方。兩側的牆壁潮濕發霉，烏青色的苔蘚和汙垢卡在磚頭和磚頭之間許久，又髒又滑。伊登的地下水道是唯一沒有衛兵駐守的「入口」。此處空氣彷彿都結成汙塊，偏僻且不見天日，連易羅都不曾來過。

「對……對吧？」一個身著髒袍子的身影在前頭以提燈領路，不時回頭說著話。「只要稍……稍加調整，即使相……相互傳訊也不是問……問題。」

「應該去除鐵架贅重。」格林特負責將儀器抱在胸前，小心翼翼的走著，頭頭是道的談著機械。那是個以特殊金屬製成的器皿，斜擺在鐵架上，多重轉盤使器皿能自由調整角度面對任何高低和方位；只見器皿週緣接上了幾條電線分別接著外環和鐵架的底部，而幾支像是操作桿和計量儀的東西則鑲在底座兩側。最後則是在鐵架的相反側有個漏斗狀的金屬筒，經過解釋之後似乎是發聲器。

維米利昂，學院的二級資歷生，驕傲的向後頭的三人介紹自己的研究作品。

他仍舊穿著那身髒皺的學院袍、臉上幾撇汙漬，每個動作皆要四肢激烈的比劃。他簡直天生屬於這座下水道。易羅不經意地想著玩笑。維米利昂雖然天生口吃，卻完全不吝於像他人推銷自己的成果，看來是真的傾注了不少心血在裡面。

「他從來不停的嗎？」伊蕾露走在易羅的後頭，因為味道而難過地皺著眉頭。

易羅淺淺一笑：「他沒有惡意的。只是不常跟人說話。」他前頭的兩個人聊著關於儀器的話題，「啊，有台階。」他伸出手讓伊蕾露扶著走上一段緩坡。四人停在下水道裡的一個平台上，腳下的汙水流稍微變淺了一點，在前方分成兩個漆黑的通道。

「我是從那……那邊來的，可以通往學院護城河。」維米利昂用油燈示意右邊的水道。

「赫紅兄的意思，三位是……是要去診療所吧？」

易羅回道：「沒錯，你可以帶路嗎？」

「當……當然。」維米利昂舉步便走向左邊的通道：「我剛才還在研究室裡校……校正儀器，沒想到現……現在會在下水道為人領路呢！」他的語氣十分興奮。

「你說這東西叫什麼？」易羅看著儀器問。

「『染力接收皿』，專利申……申請中。」維米利昂露出大大的笑容：「我要用這……這個寶貝，向……向學院的人證明，染力不……不只是屬於畫師的。」

易羅耐心的等候。

果不其然，維米利昂馬上自己補充：「我……我不是畫師，卻能收到這位小姐的訊……訊息——是橙色對……對吧？這多麼引人入勝啊！」

「確實如此。」伊蕾露從容不迫地說。

維米利昂的裝置不但證明了神祕染力的存在，更使沒有受過訓練的人也能接收訊息。如果加以改進，運用在其他地方也是指日可待。天生口吃的他，對於說話溝通一事向來有所偏執。這次多虧有這個儀器，伊蕾露才能合易羅之力向學院投射訊息。

他們運氣很好。若不是有維米利昂在，三人是絕對沒有辦法及時進城的。自從在倉庫那裡撞見維米利昂之後，易羅便難以忘記這位學生的熱忱；他對於研究染力和畫師的歷史及秘辛，有著無比的興趣，也讓易羅越發不敢相信自己在短短兩周之內的轉變。

四人在黑暗的水道裡走了一盞茶的時間，沿途有一句沒一句的聊天。

易羅想起維米利昂除了做研究之外，還要撰寫報導賺錢養活自己，於是問道：

「維米，伊登最近還好嗎？」

走在前頭的學生想了一陣，緩緩地解釋起來：倉庫的事情被鎮壓之後，每一個家族都開始各自屯養士兵，每天都有兩家互相攻擊的消息；宮廷裡鬥智、宅院中的暗算、甚至有人直接在大街上大打出手。再加上城主不肯出面打理，整座城市顯得晦暗不明。

易羅心中一凜，與格林特和伊蕾露交換眼神。那封信果然是假的。

他們不約而同地加快腳步，終於在一個鐵鏽滿佈的水溝蓋前停下。藉著僅有的燈光能看見蓋子的邊緣寫著「診療所」。其他三個人不知為何轉頭看著他。易羅眼神游移了一會，但還是提起膽量爬上牆壁的梯子、搬開蓋栓、撞開了水溝蓋。

「沒人，我們走吧。」

休・克洛福當然知道有人在監視著他的診療所。從好幾天以前便開始了；那些暗地裡的眼光，讓他如同站在黑暗裡被老鼠反射光線的眼神盯得死死的。即使如此他仍努力維持診療所正常運作。在這樣的時刻更容易生病受傷，而診療所存在的目的便是治療那些需要的人。

當然，休要擔心的不只是傷患和病患。

他知道商隊一行人的去向、他知道提早回來的人裡面不包含席安等人、他更知道這陣子城市如此焦躁不安草木皆兵的原因——他相信席安能夠安然帶回提爾

孤兒們被送走之後沒有消息回來，這一點讓休特別擔心。即使四處打聽探查仍沒辦法找到下落。

擔憂之餘，老人原先的皺紋似乎又加深了不少，臉上愁容滿佈。他坐在充當辦公室的藥材房裡整理著今日的帳目，手中的鵝毛筆在帳本上一筆一筆的記下診療所的花費。他疲倦且不自覺的按摩著額頭兩側，舒緩那隱隱的頭痛。

「叩、叩」

「……進來。」休將鵝毛筆放下，闔起帳簿準備交給醫護士收起保管。

老人抬頭一看。就著門外照進來的光線，來者穿的竟不是綠袍。

「哈。」休多日以來第一次開懷的笑了：「跳入棋局了，年輕人？」

易羅倚門苦笑著：「我知道很晚了，但……若非至關重要是不會來找您的。」

「老朽……」

「叔叔！」伊蕾露由門外跑入，二話不說的抱住老人：「好久不見！」

休欣慰地拍了拍女孩的背：「唉唷……妳也來啦，小丫頭。」

伊蕾露收回了擁抱，看著老人說：「休叔叔，您都要變成白狐狸了。」

他摸著自己的白鬚，呵呵笑道：「歲月不饒人啊。」

老人看著易羅、伊蕾露、後頭的格林特和維米利昂，似乎滿不訝異這些年輕人會聚在一塊：「能平安歸來，真是先知保佑的好消息。其他人呢？」

易羅抿嘴說道：「這就是我要說的事情。」

一聽這問題，原先雀躍不已的伊蕾露也冷靜了下來，回到一片冰心的神情。

休立刻察覺易羅語氣裡的嚴肅，正色的說：「嗯，隔牆有耳，諸位到會客室吧。」

熄滅所有火燭後，藥材房牢牢的鎖上了。診療所大樓的走廊牆上一盞盞油燈提供光源給行經的人，火光搖晃、晦暗不明，直到某人走過時添加一匙燈油，再次讓夜晚的黑暗退卻。

「假扮？」

「那封信上的『休・克洛福』聲稱伊登的一切安好，叫席安待在邊境城專心的找到潘彤。」易羅說。

「……所以諸位急著趕回這裡。」

伊蕾露接過話：「是啊，休叔叔。那個信使很可能就在我們前面。」

休順了順綠袍的衣理，他將身體前傾、兩隻蒼老的手的指尖與指尖相觸。沉思數刻後終於說：「三位已經知道有關潘彤・克雷的事？」

「那是？」

負責解釋的易羅又說：「他……他既然設法讓席安留在邊境城，想必不許有人打擾伊登將發生的事。」

易羅深吸一口氣：「動亂。足以讓情勢動盪不安的混亂……天知道他想要什麼，只是……不只是孩子，很多人都會遭池魚之殃的。。」

老人似乎聽見了一個笑話，搖搖頭問：「你覺得潘彤想要當城主？閣下果然不了解他。」

「但我懂！」易羅幾乎從椅子上站起。

格林特和伊蕾露在旁邊聽，皆嚇了一跳。

意識到自己的無禮，易羅重新冷靜下來：「對不起。他不是想要權力，而是……某種瓦解。」

老人緩緩問道：「瓦解？」

「因為……」易羅嚥下一口水。

拆除後新建規則，才能夠讓以前沒機會的人獲得機會。要動搖伊登這麼大的城市，就好像在白紙上畫了一個圓，不能有一絲偏差。色環也是大同小異；圓環分割為三層，最裡層的根基有如十五年前發生在邊境城的事。外圍的十二色則是慘案節外生枝，形同一座城市的謀殺。策劃者利用視覺上的印象殘留，凡經歷的市民都會見證他曾目睹的墮落和不公平。城市不只會動搖不安，舊有的制度被質疑。炭筆撇下，整個色環被畫上了一個大叉。

興許十五年前邊境城的大舉抹殺將以更大的規模上演：

——貴族戰爭；冷血殘殺。

——十二色塊家族；四名爭執不斷的畫師。

這是一場精心布陣、長達十五年的棋局，為的就是讓棋子的相互殘殺看起來如此自然，如此諷刺的相似。

老狐狸真不愧是老狐狸，聽到這裡還沒有指控我是瘋子。易羅驚訝的想著。老人順了順鬍鬚，思考著易羅的話。他說：「很有意思的想法，然而你想必知道老朽、或是你欲說服的任何人，皆需要罪證確鑿的證據。」

「是，嗯……」易羅思忖一會：「席安、薩方和安柏覺得潘彤想要了結十五年前的事情，他們心底深處渴求的就是……贖罪。害怕舊事重演在邊境城，才步步為營的調查……這就是潘彤想要的。」

「老朽明白了。他獲得空無畫師的伊登市。」

易羅眼神下移並點頭。這也是為什麼我沒有試著說服他們。

他看向身旁的兩個夥伴；格林特坐立難安的聽著一切，手中把玩著他父親的懷錶；伊蕾露耐心的聆聽對話，即使心裡比誰都還要著急想找到她的父親。維米利昂身為局外人，自願待在會客室外頭等待。

休點了檜木菸斗，噗呼噗呼的吞雲吐霧起來，被自己的思緒綁架。

「叔叔，別抽了。」伊蕾露揮散白煙，憂心的說：「您不是醫生嗎？」

休回過神，和藹的一笑：「老人家想事情時總要找一點事情做啊。」

「那……叔叔，我們的想法究竟可不可信？」她問。

「當然可信。」老人說：「令老朽不解的是，為何花這麼多時間解釋呢？」這一次他緊緊盯著易羅，好像要使人屈服。他被休盯的背脊發涼，但仍說：「我們……想過了。能做的事情有兩件；一是確認瑟路列昂院長的下落、二是找到孤兒。」說到這休老練的眼神發亮。

「看來你是目標明確。」他略帶讚許地道：「老朽一個月來負責疏散孤兒院。在失聯之後，調查這事也有一段時日了，興許能幫得上忙。」

「太好了。」易羅鬆了一口氣。三人不知不覺背起的重擔，終於有人能分擔了。

「易羅……我們有話要對你說。」伊蕾露抓到機會替格林特說。

「什麼？」

休打斷道：「明早再續話吧。老朽會派人帶你們過去城南的碼頭，孤兒們最後失聯的地方。從該處開始以染力調查吧。」休倒熄了菸斗從椅子上站起：「諸位大可不必再走下水道。」

伊蕾露憂心忡忡地站起：「明天？叔叔，這事情不能拖延。」

她說的話當然沒錯。席安等人應該早已發現易羅三人離開，現在說不定正要趕來伊登市。這也代表，潘彤即使原先未察覺我們在這裡，明天鐵定就會知道了。

但是休在此時卻不肯退讓：「小丫頭，你們從邊境城來已經連續趕路兩天了，外頭的宵禁是禁止夜半出門的。老朽知道妳心急要找提爾，但是欲速則不達，相信老朽吧。」

伊蕾露欲辯，最後不得已點頭答應：「好。」她心念一轉，將老人拉到一旁小聲問了句：「叔叔，這裡有地方沐浴嗎？」她難受的把弄著打結分岔的長髮和汙穢的衣褲。

休這時才想起剛剛到來的四人全都蓬頭垢面的：「哎呀，當然、當然！沐浴、熱食、床鋪，通通都有，你們趕緊去吧！」他立刻為眾人指路到診療所的廚房等處。即使是觀察入微的老狐狸，似乎也忘了眼前都還是未經世事的年輕人，剛經歷了一段顛簸的旅途。

「晚餐。」格林特像是突然充滿了精神一樣，揹起行李推開門，大步走在前面。

門外的維米利昂聽到此二字也迅速的跟在後頭：「晚餐?!等……等我！」他們你推我擠的往廚房走去。

送走四位年輕人去安歇之後，老邁的休・克洛福獨自待在會客室，深呼吸了一次以沉澱心情：

「易羅啊易羅，」老人想著躺落的畫紙自言自語。那黑白的色環圖案上面仍被畫了個叉。

「你一心一意的想要救出孤兒，固然是好事，但是你終究不瞭解潘彤・克雷這個人。天才的計畫裡面，若是包含了素不相識的孤子，想必是為其安排了重要的角色……在這場病態的報復劇碼中。但願執念不會使你誤入陷阱。」

老人想到癥結處又伸手到懷裡拿出菸斗。火柴的弱光令他想起女孩剛才的話，氣餒的作罷；也該戒菸了。

窗扉外，伊登的晚空少了一老人的吞雲吐霧、多了數年來不曾出現的靜謐。

＊※＊

「這不是我們的戰爭！」（This isn't OUR war）

鮮紅色的油漆潑灑在碼頭的磚牆上有如鮮血，被晨光照亮後更有種戰後湎血的浪漫感。寫下這些字的人將滿腔的怨怒都放肆地刷在牆上，字體暴力而誇大。

易羅等人從下水道進城、又在診療所待了一晚，此時是兩周來第一次看到伊登市的現狀。

城市冷卻；門窗全緊閉、街上幾乎空無一人。碼頭周遭的幾條小路平時占滿了魚販、當鋪、酒家和商家，此時卻冷清而死寂。人撞見鄰居不但不打招呼還只能交換恐懼的眼神、匆匆離去；街道上聽不見任何閒話家常。一張張彩色傳單像廢紙一樣被風堆砌在路旁，每一張都寫著一樣的申訴；不滿的人們相互傳播同樣的想法，甚至在牆壁上以油漆留下千篇一律的激動言論。

傳單和和牆壁上的吶喊都只是無聲的抗訴，在人民之間安靜地傳遞累積有如電流，隨時面臨潰堤的可能。

「他畫的像嗎？」伊蕾露蹲在旁邊問。

「唔……挺像的……吧。」格林特因為過高只好坐著以免被瞧見。

即使技藝遭受質疑易羅仍快速的移動著畫筆：「我知道她長什麼樣子。專心幫我看有沒有人經過。」

「收、收到。」維米利昂興奮的四處探頭探腦。

易羅蹲坐在碼頭的一個廢棄的貨箱旁邊，將用具擺在地上以傳單的背面作畫；筆尖從顏料盒閃進閃出，在紙張上迅速勾勒出某人的臉蛋。這無疑的是易羅畫過最潦草也是最緊急的肖像畫，僅能憑藉對方印象中的長相。*她是長這樣吧？*易羅充滿懷疑的自問。*濁色的，我又沒有圖像式記憶。*眼、耳、鼻、口和頭髮，肖像如黏土人般漸漸成形。易羅以畫筆沾取黑色染料，依照多年的習慣，最後才畫上雙瞳。他拿起完成的肖像檢視。*我盡力了，八九不離十吧。*

「很像。」格林特看見成品後改變了答案。

伊蕾露臉色一亮：「真的？那就趕緊開始吧。」

「希望這可行。」易羅說。

「你說過她是孤兒中最聰明的。想找到人，還是得看你畫的像不像她了。」伊蕾露鼓勵地說。

「好吧。」易羅將印著肖像的傳單擺在地上，並以石頭壓住四個角落以免被風吹跑。他將左手放在紙張的上空、伊蕾露伸出右手做出同樣的動作，兩人聚精會神的準備施術。

「歐！我……我要看！一定要看！」維米利昂火速拋下把風的工作，比誰都還要興奮的兩眼大睜看著生平第一次的色彩術，眼神像是在觀賞百年難得一見的表演。他在今早大聲嚷嚷的想要帶上染力接收皿出門，便是為了此刻。

「別搗亂。」格林特無奈的按住了他的肩膀以免他打擾施術過程。

易羅定神，聚集身上僅存的專注力在想像上頭。腦海中的色環開始轉動，指針掠過一個又一個顏色選找最適者；他任由直覺告訴自己此時該使用何種染力，直到指針終於停下。

——橙色代表聯繫和交流；有形體者和無形體者在五感之外匯流。

他轉而聚焦在畫上的小女孩；她個型消瘦、小巧的鼻頭總是有點紅像是感冒、兩眼看似無神但藏著好奇的目光。易羅必須放大並追蹤女孩在碼頭遺留的行跡，他身上散發的橙色染力由紙張透出，與伊蕾露的染力匯流後像井水溢散般向外。他盲目的追隨染力向外擴張，冷汗直流之際體力迅速的流失。

「他們沒有向南。」伊蕾露聽似力脫。

不久後易羅感覺到身旁伊蕾露的染力逐漸消退。這種盲目尋找確實無法持續過久。

你們大家沒有去萊索，究竟是去哪了！易羅在心中吶喊著。

樂蒂平時總是抱著書。年紀那麼小，但總是好奇心滿滿的。易羅有樣學樣，再次轉動色環——指針指向藍色。只覺橙色之上此時灌入了藍色的知性力量，兩者合流之下雖然與直覺相牴觸卻更加像是樂蒂平時的樣子。這是易羅使用染力以來從沒有做過的奇異舉動，但是他為了找到孤兒院眾人的去向已經不擇手段。

合流的染力已更加精準的方式搜索著，直到終於建立了孤注一擲的連結，像是漁夫在湅湖上苦蹲了整日才上勾的那支餌。

——誰……？

——樂蒂、樂蒂是妳嗎？

——哥哥？

——樂蒂……我是易羅的朋友，我們……需要知道你們在哪。

——我們被關在船上，但沒有航行很遠。哥，院裡的……

聯繫截斷。

伊蕾露體力不支頭昏腦脹的倒下，要不是易羅及時停下施術、拉住她的肩膀恐怕便昏迷在地。伊蕾露虛弱的喘著氣如同發燒多日的病人，臉上盡是冷汗，幸好意識仍然清醒。易羅攙扶她坐下並把背袋墊在她的背後。

格林特將水壺遞給兩人：「如何？」

易羅讓伊蕾露先喝了幾口水，氣喘吁吁地說：「她……樂蒂聽見了。」

大個子嘴巴一癟：「唔……她是畫師？」

「……不。」伊蕾露小聲地說：「她只是悟性很好……是天才。」

易羅不禁淺笑。好樣的。

「她說了什麼？」
「大家根本沒有走遠。」易羅咬牙說：「他們從沒有下船，應該還在湖上的某處，只知道這麼多了。」
此時維米利昂終於按耐不住，出聲說道：「二位剛才施……施放的色彩術是橙色染力吧，真是精采，請……請一定要告訴我經過！」他拿著筆和筆記本準備紀錄的表情如此認真，簡直就是個信徒。
「明明什麼都沒看見。」格林特嘆道。
「感覺啊，是……是感覺！」維米利昂拍拍胸口說。
易羅回答：「改日有空時會詳述給你聽的，維米。現在我們得要找到那艘船。」
「沒、沒問題！」
伊蕾露像是想起了什麼，轉頭面帶欣慰的對易羅說：「剛才的……添加，很厲害。」
「謝……謝謝。」易羅只覺得心裡有種輕飄飄的恍惚感。
這時一隊衛兵的整齊行軍步伐「框框框」的由不遠處出現，人數總有十幾人。四人聽見了衛兵馬上面面相覷的離開原本待的巷子，慌張地移動到碼頭的遮棚底下，在那裡討論下一步。格林特信心十足的說街上沒人，湖上的船不多。要載那麼多孤兒鐵定是艘大船。
易羅將剛才的紙收進袋裡，高興地說：「說的對，船應該不難找。」
「找到之後呢？」伊蕾露問。
「嗯……」
維米利昂像個小學生一樣舉手發話：「畫、畫師不是能以、以一擋十嗎？」他用拳頭敲手掌示意，「大、大可以劫船阿。」

以一擋十？是看了什麼書啊……易羅驚愕地想回著。我差點把命丟了。

「硬闖不行，對方握有人質。」依照他的個性，暴力絕對是能免則免的。他轉念一想：孤兒們只是被藏匿在船上，看守的人員想必不會太多，否則只會引人注目吧？這座人工湖和拜隆河不同，規模不大，甚至連伊登市裡的人都不願多看一眼，尤其是在時局如此緊張的時刻。

他腦筋轉得飛快想到一個點子。易羅左右看著三名伙伴，忽然大大咧嘴笑道：

「不如讓那幫傢伙見識街頭的險惡吧。」

伊登南側的人工湖其實是蓄水用，四周不臨水源而引地下流做成的大型池塘。它並無太大的漁產，但是自從渡船業開始發展之後，人們往往發現穿越湖泊是往南的最快途徑。自此湖上出現林林總總、大大小小的船隻，有的簡陋有的華麗，主要的貨物皆是南來北往的商品和乘客。然而這些日子以來的戒嚴命令讓此處的生意慘澹無比，很多船家乾脆停止營業了。碼頭邊停滿了小舟、較遠處則是大型船隻。真的進到湖中的船隻卻寥寥無幾。

四人偷偷溜進一葉小舟。藍季的風掃過湖面，將落葉、飛鳥、傳單和船隻都掃向對岸的碼頭。伊蕾露冷靜地指示道：載著那麼多人的船肯定吃水較深，且收起了帆停在湖中心。

「那裡。」格林特指著左舷方向的一艘漁船。船長約有十數公尺，甲板上只有兩個人走來走去，打扮完全不是漁夫的樣子。

學生用力的搖著頭：「不、不通水性。」他的眼神有點失落，似乎很想要幫上忙。

「不要緊，我們打亂注意力，你們趁機把小舟划靠近。」易羅對伊蕾露和維米利昂說，兩人皆點頭同意。

身體浸入水中。上一次游泳，是為了撿回被赫紅先生丟棄的畫架，這次卻是為了救回一整群孩子。刺骨的寒冷。易羅猛然回想起許久以前在魚市場看過的景象，漁夫會將捕到的大魚迅速丟入冰桶中，原先活蹦亂跳的魚短短幾秒之內結凍為肉塊以便保藏。藍季的湖水如此冰冷讓觸覺蓋過失去視覺的恐懼；他只能不斷的擺動四肢以免其一突然罷工，一尺一尺的縮短和漁船的距離。過了像是一個鐘頭那麼久終於搆著漁船的尾舷。

早已游到的格林特打了信號。

掛在船邊，易羅拿出在岸邊準備的石子用力丟出——向著船艙而不是看守的大漢。

「喂！裡頭的！給老子安分一點！聽到沒有！？」大漢拳捶船艙的門：「……下次……唔！」他的脖子喀。

被背後的格林特大力架住，一時無法掙脫。

易羅見機不可失，箭步衝上前，也不管合不合乎公平便往大漢的臉全力掄了一拳。他從來都不是打架的料，指節砸在那男人的臉上反倒是自己疼痛萬分。而大漢雖然頭昏眼花卻沒有暈去。

「再一次！」格林特兩手架著，氣聲對易羅說。

易羅允許怒氣掌握情緒，想著這些人是怎麼帶走了孤兒院的孩子。第二拳總算結實的掄在鼻梁上。

格林特將暈去的大漢放在甲板的角落：「真的要好好檢討你的打架方式。」

「少囉嗦。」易羅握著差點散掉的拳頭，臉紅道。

第二個站在船首的人接著以街頭無賴的方式遇害——易羅並不引以為傲，但是從背後大力的踢向胯部確實十分有效；那人在一片無知中被偷襲後，格林特快速將他勒暈。

此時伊蕾露也已經將小舟划進，爬上了船。她從守衛身上搜出鑰匙打開了船艙的門。

「出來吧！沒事了。」船艙裡一片漆黑，她對裡頭喊道。

幾個年紀大的孩子首先探出頭來，他們的嘴巴塞著布、手被縛住，但是看起來沒有太多外傷。易羅馬上便認出所有人：馬帝、泰德、蓋布列、蘇菲……孩子們見到了船艙外頭的光亮，接著開始你推我擠的衝出船艙，易羅拿出匕首將繩索割開，然後讓年紀大的孩子幫忙年紀小的。

「易羅！」「是格林特！」他們吵吵嚷嚷的在甲板上跑跳鑽蹦，像蛋糕上的螞蟻一樣四處奔竄；格林特的身上掛著兩個野孩子都在扯著他濕透的紅髮，他卻一臉無計可施的可憐樣子。

這時樂蒂最後才從船艙走出來。易羅鬆了一口氣，走上前將女孩的繩索解開。

樂蒂不帶任何表情的說：「易羅哥哥，你來了。」

「哼。」他不禁露出笑容：「我去孤兒院一看：咦？是誰把我的書都帶走了？想一想，除了妳還會有誰？只好出發找你們了。」他大力弄亂樂蒂的頭髮。

「書……」樂蒂說：「書都弄丟了。」

易羅欣然一笑：「別在意，架子空了才能再買新書阿。人沒事最重要，知道嗎？」

瘦弱女孩聽了這句話眼眶竟濕潤起來，她看著易羅終於克制不住，嚎啕大哭了起來一發不可收拾：「唔哇——！易……易羅，院……長他……昨天……哇——！」女孩的哭聲嘹亮，說的話卻完全模糊。

他察覺事情有異，蹲了下來問道：「院長怎麼了？」

伊蕾露聽見了哭聲，反射性地走過來，認出傳單畫上的女孩。她抱住樂蒂的頭輕聲說：「好了好了，好女孩不哭、不哭……」她轉頭對易羅說：「你別這樣，她才多大啊。」

易羅將語氣放輕：「小樂，我走的那天，對你們大家說了什麼？」

樂蒂邊哽咽邊揉了揉眼睛：「說……你說孤兒……為『不同』感到驕傲。」

「是阿，我們的眼淚很沒用的，要自己瞧得起自己。」他淡淡地說：「但我少說了幾句。」他瞄了一眼表情詫異的伊蕾露，又對樂蒂說：「有的時候……脆弱的那面顯露出來也沒什麼不好。在乎的人，才該看見我們的脆弱。」

女孩聽完這段話，停下揉著紅眼的雙手，吸了幾口鼻子說：

「……知道了。」

易羅用手指輕彈女孩的額頭：「走吧。我們先回碼頭。」

「易羅哥哥。」「嗯？」「這是誰？」

「我朋友。」「妳好，我叫伊蕾露。」

「妳很漂亮……」「嗯？謝謝。」伊蕾露溫柔的微笑：「樂蒂妳如果能告訴我們事情經過，會幫上大忙的……」她展現無比的耐心的引導著女孩說出所見所聞。易羅此時轉過身幫格林特和維米利昂，三人一起將昏迷的守衛丟到少了船槳的小舟上，任其漂流。

快冷死了，我的大衣呢？手只能抱著胸發抖。

停靠碼頭前，樂蒂和幾個年紀大的孩子已經將這幾天發生的事拼拼湊湊的托出：

離開孤兒院後院長將院工和廚娘全都遣散，也花盡了最後一袋錢幣。數日後院長總算找到一艘漁船，他獨自一人帶著所有孩子到了碼頭，但是在離岸之前有幾個人突然出現。他們對院長說了幾句話令他既訝異又憤怒。在一陣紛爭扭打之中年邁的院長受了傷，被人帶走了。孤兒們的船被挾持，而來者全是陌生男子，完全認不出身分。

「是潘彤。」易羅將其餘三人拉到一旁說：「他知道休和院長試著把孤兒送走，所以叫人綁架了船隻。」

「為了什麼？」格林特問。

「我……」易羅有些語塞：「我不知道……當作籌碼或人質？」

維米利昂照慣例舉手發問：「呃，容、容我冒昧。」他用髒掉的衣袖抹了額頭，表情有些彆扭，「無意冒犯，但孤、孤兒貌似是不……不值一文的籌碼。」

易羅張口欲言，卻發現自己完全找不出理由發怒——因為維米利昂說的話一點也沒錯。他想起休曾在診療所對他說的話：你錯估了自己的重要性，易羅。你不重要。對他們來說是可以犧牲的棋子。

「為什麼他這麼執著於孤兒呢……」他失落的說。

伊蕾露苦思方法安慰易羅，說：「我們或許該早點告訴你。聽了十五年前的事，你不覺得有異嗎？」她和格林特互看一眼說：「那個雙親過世的男孩……席安他們為他安排了照護後，他去了哪？還有……潘彤不讓這些孩子離開的理由。」她指向一旁的孤兒們。

「都惦記著，那男孩。」格林特總結道。

易羅的腦海中，幾個陳年的齒輪開始不受控的運轉起來；即使百般不願，他仍漸漸將潛意識裡的拼圖湊齊。

十五年前五歲的男孩、失去雙親、被畫師帶離邊境城……額頭開始盜汗、四周視野天旋地轉；心跳加快如鼓風爐將越來越粗重的呼吸壓在胸口，也連帶著令五臟六腑翻攪。

——突然，遠處呼嘯而來熟悉的爆裂聲響，撼動耳膜、貫徹雲霄。

「磅！」

「呀啊——！」孤兒們驚聲尖叫。

格林特最為震懾；他記得再清楚不過。槍銃的聲音。易羅卻還停留在十秒前的對話中，思緒停轉，反抗著揮之不去的結果。他管不了院長被擄走的事實、甚至管不了槍聲——

「不……不……不可能……」易羅驚愕地抬頭看向兩位朋友，緊接著他的世界開始崩解……

「那是……我？」

＊※＊

十、萬紫千紅 A Thousand Shades

「易羅！」伊蕾露喊道。

他兩眼無神的看著她。

她雙手捧住易羅的臉：「嘿，我知道你很難接受這些，但我們得帶他們離開！」她示意後頭的一群孩子道。

伊蕾露冰冷的雙手令他稍微降回現實。他看著那些無助徬徨的孤兒，猛然決定以理性強自壓下內心的波瀾。沒錯，我……我不能確定那男孩的身分，但我答應過要平安的帶回這些人，而我濁色的絕對不會失言。

他重新建立狹小的自信心以維持自己的理智、甩開剛才天崩地裂的消息。

格林特站到旁邊說：「槍聲，廣場的方向……回診療所必須經過。」

易羅深呼吸數次調整韻律：「只……只有一聲嗎？」

「是啊，怎麼？」

「一聲槍響，至多只死了一個人。」易羅抓抓頭說：「運氣好，是衛兵在炫耀新武器。運氣差……」公開處決。「不管怎麼樣，有個地方比診療所近許多，不需要穿越整座廣場。走吧。」

「可是……」

「難道你寧願待在這！」易羅猛然轉頭問。

「……」

易羅走到孤兒群前面，努力維持冷靜的外表：「大家，聽著。我們要跑到一個地方，沿路你們都必須跟緊前面的人，誰也不准亂跑，知道嗎？」

孩子們紛紛點頭，一張張稚氣的臉露出恐懼。

此時離正午尚有一兩個鐘頭，平日正是小販叫賣、市集開始熱鬧的時間，但今天卻完全相反；沒有一戶的門窗是打開，街上竟完全淨空，連個人影也沒有。人都去哪了，連巡邏的衛兵也消失？是聽見槍聲、躲進室內了？易羅邊跑在前頭邊想。他的身後是維米利昂、孤兒們，然後格林特和伊蕾露在最後壓隊。

跑起這麼一段距離原本就需要不少體力，再加上他剛才使用了染力搜索、又在水裡泡了一會，現在正是身心俱疲的反饋時刻，易羅只覺得四肢將近散掉，只剩意志力將筋骨扯在一起。石板路堅硬的像是永無止境的上坡，消磨著雙膝的韌性。五官全然開啟，警示著四周的威脅，

他們穿越外環街、溜過倉庫區，直到跑上廣場的前街時，終於看到了人。

不，是人群。

這些是在戒嚴命令中還有膽子出門的伊登市民，聚集在廣場四周；上一次看到這麼多人就是在兩星期以前的選彩儀式。

這次群眾充斥著截然不同的能量；他們惱怒、他們好奇、他們害怕。一小群一小群的人站在一塊，只有同樣顏色的人是值得信任的。沒有旗幟、沒有華服車轎。無論怎麼看這些人有一半以上都是被迫站在廣場中的，因為每一個家族的人都被槍聲吸引至這裡，而敵家的衛兵們可能就在不遠處的巷弄內埋伏，草木皆兵下的詭譎平衡讓所有人噤聲——

他們，無論色彩派系、職業貴賤，全都目不轉睛的看著廣場中心。

那裡有什麼。

易羅反射性的不去想這些，而是專注在那一條路線能夠引來最少的注意。

他回過頭示意後頭的人安靜，接著從掩護處快跑而出，開始往左方的巷子奔去；他數次回頭查看孩子們沒有跟不上，幸好這些都是平常跑跳慣了的孤兒，此時雖然疲倦而害怕仍然努力的保持隊形。

他們跑到巷子內，幾個木箱堆砌起來正好擋住了去路。

易羅嘖了一聲說：「爬上去吧，來，從中間鑽過去。」他動手幫助後面的孩子們爬上木箱，一次一個由上層木箱之間穿過；他不禁慶幸孤兒院糟糕透頂的伙食讓每個孤兒都身形纖瘦。很快的，大部分的孤兒都已經去到另一端。

「女士優先。」易羅對後頭的伊蕾露說。

「偏偏選這時候展現騎士精神。」伊蕾露無奈的踩住易羅的手，撐跳上木箱。她也鑽了過去。

「維米，換你。」易羅和格林特合力將學院生抬到木箱上頭。

維米利昂回頭查看，突然說道：「莫……莫浮兒！」他大力往廣場的方向一指：「中間……火……火ㄉ……堆……！」

易羅看向廣場，勉勉強強的瞧見中間的情況：

廣場中央。三根屋柱那麼粗的圓木並排立在地上，遠看約有三四層樓高，彼此相隔大概十公尺。柱子的周圍空出一段距離，中央是人群也不敢接近的區域。只見一個頗為巨大的火堆點燃於廣場正中央，照亮柱上綁著的……

「是人。」格林特視力較好，小聲說道：「中間的……黃衣那個，那……是城主？」大個子似乎不敢相信自己的眼睛，揉了眼再看一次。

「是盎格・輝黃沒錯。」易羅知道該看哪之後便認出那人。他沉重地道：「他怎……怎麼會被綁著？」

盎格・輝黃兩手被縛住，用粗重的繩索懸吊在柱子上像一條黃色的華貴壁毯，他面目和衣物竟全佈滿了塵土和深紅色的髒污、披頭散髮的像是遭囚禁多日的犯人。堂堂的城主被綁縛在廣場中央，張嘴大聲叫喊著一些話，易羅雖然隔的甚遠的距離仍猜得到城主是在向周圍的觀看者求情，但是他的請託卻只被充滿恐懼的一雙雙冷眼回敬。

碧色的眼睛……映出墮落的恐懼。

格林特退後一步，顫聲說道：「易……易羅，走吧。」

易羅渾身顫抖，馬上想同意說好，但他多花了一眼看向另外兩個柱子——

左邊的柱子上，一名老者動也不動的綁在上頭。他身穿代表祭司的深灰誠袍，身上唯一的裝飾是一條有如鎖鏈般粗的金項鍊，此時竟如祭品一樣懸掛在脖子上。老人失去生機的原因很明顯。他的左胸心臟處有一個拳頭大的血洞，是易羅即使失心瘋也忘不掉的戰場回憶，

彈孔。

更可怖的是易羅認得這名遭處決的老者，他正是選彩儀式時站在中央、頌唱經文的純彩教大祭司！即使隔著人群易羅仍能認出那張臉，確實便是下令擒住易羅的人，讓他匆惶逃出伊登。

大祭司。現今這樣血淋淋的下場令易羅像是被下了咒，寒透心骨的恐懼透入脊髓。

接著，雙眼機械式地看向右方的柱子——

「不、不……那不是……不能是……！」他心神不寧地以手撥亂了頭髮。

「怎麼了？」伊蕾露在箱牆的另一端問道。

格林特按住易羅的右肩。

他倏地甩開那隻大手，拔腿狂奔。

「易羅！」「莫浮兄！」

他不顧阻攔往廣場奔去，雙腳使盡逃避死神的力氣擺動，直到散掉也在所不辭。

左腳、右腳、左腳……

他忘記呼吸，只是拚命地拉近與那根柱子的距離；

人群在前，他用雙肩將擋路者全數擠開；

他被條裙襬絆倒，狠狠的摔落在地；左臉、肩膀和上臂磨破流血；

狼狽地爬起身，繼續狂奔；

推開兩個擋路的礙事青衣人，易羅踏入廣場中間的空地。

血。

柱子下半部、底下的石板全都是鮮血。紅潭在構火的照射下簡直仍在流動；那片紅黑色生長擴大著，紅的令人作噁、紅的讓他心寒。

他抬頭看著受刑者。

……

易羅總是在猜他到底年屆幾歲。即使以皮膚黝黑的南方人來說他都是一個非常高瘦的人。他的穿著和他的做事方式一樣一絲不苟，一身黑色的單調罩袍、剪到幾乎看不見的短白髮。表情木訥而嚴謹，搭配滿布皺紋的魚尾，讓他黑白分明的眼神顯得睿智且銳利。他抿住的嘴唇和高起顴骨好像已經數十年沒有出現過笑容。他是這個地方——孤兒院的抑鬱、紀律和回憶全部匯總之處。

雙手綁住舉過頭頂；

黑色罩袍的中央破了洞，卻不是撐破的補丁。

彈孔打在胸膛的正中央。血泊從那破口流出，沿著雙腿、柱緣流下。

乾癟的嘴巴微啟，竟一息尚存。子彈擊穿致命處抽乾了生命力卻尚未帶走生命。

一群身穿深紅盔甲的衛兵推開人群闖入空地。他們提著長矛、腰配長劍，顯是高階貴族的衛兵。

「站住！不許驚擾審判！」帶頭者迎頭對著易羅喊道。

那人手上拿的不是矛、不是劍——是最新發配的武器。啪的一聲，易羅聽見自我理智在那把槍銃之前，終於應聲而斷。

「呃啊啊啊啊！」喉嚨撕心裂肺的嘶吼卻無法釋出狂怒。

視野驀然變得一片血紅，易羅的肢體如同發狂的野獸一般以本能竄向前方。他從不知道自己能夠移動如此迅速；牙齒咬致舌頭出血、肩膀擺動的有如脫臼。箭步連跨，易羅不到一秒便出現在數尺之外、持槍者的面前。他衝入對方的臂懷內，右手擺動的比思緒還快，提肘撞擊士兵的喉嚨處。

只聽「嘎」的短促一聲，接著便沒有聲音了。

士官軟倒在地，也不知是昏迷還是斷頸。

再竄身向前，伸手抓住兩位士兵的頭側——他們的手才要放到劍柄上——手臂用力，兩人的頭如流星對撞。

三個渺小的瞬間敵人倒地，仍難掩怒焰。滿腔憤慨使四肢和軀體發燙，只一心想著面前還有另外六個深紅戰甲的衛兵。

他閉上雙眼，準備讓染力的力量決定自己是生是死。

「小心！」一個熟悉的聲音從背後趕上。

紅髮的大個子才剛跑來，便看見一個手持槍銃的士官倒在地上，而易羅雙眼血紅的看著另外六人，如修羅附體。大個子彎腰撿起槍銃，轉而對著那六個錯愕萬分的士兵：「誰也別動！否……否則就是下一個！」大個子的聲音嘹亮威嚇，但他不知道究竟是槍銃還是怒火中燒的朋友較為危險。

另一個身形由背後出現，骯髒學院袍的矮個子畏縮而顫抖地走到紅髮大個子旁邊。矮子蹲下，從士官的腰包裡拿出兩樣東西。他對大個子說：「許、需要裝彈！」將一輪鐵製子彈裝入槍銃的管底，動作竟頗為熟練。

他認不出這二人。怒眼看著大個子舉著槍銃，對峙六名彪形大漢，雙手顫抖、按在扳機上的手指用力到發白。

看著對槍孔發抖的士兵，心中的怒火有如毒藥，它來自最遠離理性的地方；不是腦中而是內心。赤紅如火爐融鐵的怒包覆住易羅的內心，讓整個外在世界都在麾下成為膽小懦弱、弱小無力的鼠輩。源源不絕的復仇野火讓平時厭惡暴力的他轉而尋求最為直接的解脫——拳頭使人低頭，那何不揮舞拳頭呢？

——「易……羅……」

枯朽的聲音不是來自紅髮大個子或髒袍矮子，也不是群眾或是士兵。

易羅猛然轉身，看向柱子上的黑袍老人。

下一秒，他已經拿出匕首。整個世界在染力的強化五感之下，如此的緩慢。

匕首筆直射出；易羅知道自己不會丟偏。

「啪擦」一聲，老人頭頂的繩索應聲而斷，軀體從五公尺高的地方下墜。

下一秒，易羅已經出現在柱子底下，雙手伸出正好接住墜落的黑袍老人。右手枕著老人的後腦，蹲坐下來讓他躺在大腿上。腔內的心臟還因為色彩術而劇烈猛跳著，易羅感覺到自己的身體開始虛脫，耳膜鼓動、眼神晃動。

「咳、咳咳！！」老人的口中溢出鮮血，由發皺的嘴角滴下。

何年何月出現的？額頭、頸部和魚尾處滿是皺紋。老人胸口的起伏越來越弱，即使在易羅的懷裡仍一分一秒流失著生命。黝黑皮膚不停透出血的味道，濃厚且腥如動物內臟。

老人開口，氣若游絲之際必須側耳傾聽：

「孩……子們……」

「他們沒事！」易羅懷中的老人呈現病態的輕盈，僅存奄奄一息。

「好……好。」老人微啟的眼蓋露出欣慰之意，骨瘦的拳頭緊握：「咳。知……知道為……什麼了？」

他用力點頭：「知道。」

「我最……擔心的……就是你回來。」

「我，」易羅感覺喉頭有股溫熱，他抽咽一口說：「我當然回來了啊……」

「他……要……利用……你，我沒有……同……」

「知道、我知道……」易羅視線起霧、鼻子發酸，呼吸越發困難：「你不可能同意的。」

黑袍老人沾血的嘴角似乎上揚半吋，面帶讚許的說：「我……我一輩子，瞧不起畫師……鄙視……他們。但……你……你眼見為憑了，易羅……你已……忠於……自我。把頭……抬高，腰挺直……」老人的話語漸趨消散，卻攪混起記憶——

十幾年前，易羅第一次在街上被毆打，鼻青臉腫的回來。院長不但沒有安慰嚎啕大哭的他，還說了這句話。自此他沒有忘記過這個道理。

他擠出僵硬的笑容，輕聲接過話：

「……為『不同』感到驕傲。」

懷中的軀體生命驟逝、雙瞳燈熄。易羅以顫抖的手恭恭敬敬地將逝者的眼蓋闔上；在他的想像裡，始終會假裝院長時不時嘴角上揚。

簡單的祭祀。他拿出那張素描，將黑白的孤兒院丟進赤紅構火中。

強自忍下的淚水眶內徘徊，實現生者和死者、老師和學生之間的諾言。

＊※＊

後來是怎麼逃離廣場那齣「審判」的……記不清了。

盛怒之下色彩術的一陣爆發將體內所有潛力激發，卻也使力竭和悲愴同時重創身體及心靈，兩者幾乎同時崩毀好比強弩之末。能記得的僅有殘缺搖曳的片段——安靜的群眾、搖晃他肩膀的大個子、舉著槍銃的學生、寸步難移的士兵、哀號的城主、丟入火堆的火藥包、震耳欲聾的爆炸、混亂、有人背負著他逃跑……

格林特灰頭土臉地背著他跑過大街小巷。

易羅何嘗不想陷入昏迷，他很想任由腦袋中對悲傷的應對機制帶走意識，但卻只是四肢軟如泥巴的趴在格林特的背上。他看著維米利昂背負院長的遺體心裡已經點不著憤怒；它在此時已經冷卻為冷漠的虛無。開槍的不是士官，他連裝彈都不會。他不斷提醒自己。真正出手行刑的另有其人。城市裡的任何人都可能拿到槍銃和子彈。

「易羅……我很抱歉。」格林特看著前方的道路、面無表情的說：「他不值得這樣的結局。」

他無力開口說話，也不想這麼做。

與伊蕾露約定的地點並不遠，就在伊登市少數還有值得信任的人的地方——麥者酒館。

少女在酒館門口等候多時。她看見巷子裡跑出的三人，驚呼一聲跑上前幫忙。當她看見易羅滿身鮮血時不禁瞪大雙眼，強自咬唇忍住驚嚇。眾人一句話也沒說合力將傷者和死者都運至屋內。

由於戒嚴令酒館已經停業多日，一個客人也沒有，但是溫暖的大廳裡此時卻有十幾名兒童活蹦亂跳的玩著遊戲、唱著歌，他們鮮豔的生命力給整座酒館從未有過的鮮活感，但也讓從未接觸孩童的席維太太照料得手足無措。

大門打開。

「拜隆在上啊！」席維太太看見走進門內的四人驚呼道。她瞧見傷口、鮮血和遺體後，當機立斷對孩子們說道：「好了！你們這些小鬼都到廚房裡去，準備吃飯了。快去，我數到三！一、二……」此時飢腸轆轆的孩子們已經全部穿過布簾進入廚房。

「這是怎麼了，赫紅？」席維擔憂的問道。

「……廣場，審判。」大個子不願多說，揹著易羅走過大廳：「老闆娘，有空房嗎？」

「這……當然有啊，上樓左邊第二間。」

格林特點頭後走向樓梯。紅斑似的鮮血，沿路滴灑在木質地板上，也不知是屬於敵人、傷患或是彈孔的。

誰也沒想到此時說話的會是虛弱不堪的易羅，他的口中小聲的冒出話：「……遺體。」

伊蕾露連忙說道：「別說話。」

易羅感到喉嚨緊縮乾涸，只能氣若游絲道：「別……讓他們……看見他這樣。」眾人頓時會過意，他指的是孩子和院長。搬運遺體的維米利昂馬上說道：「好，我、我知道了。」

「把他放到走廊底的房間吧。」席維太太哀嘆的說：「我會去照顧那些小的，你們如果需要什麼的話……」

「謝謝妳老闆娘。」伊蕾露代所有人說道，接著跟隨格林特上樓。

＊※＊

「城主後來，怎麼了呢？」伊蕾露問。

「不知道，火和煙太大。」格林特搖頭說：「……他們不會放過他。」

「會放過你們嗎？」

「……」

「其實……公審城主、公審祭司我都能明白原因，但是孤兒院的院長做錯什麼了？」

「唔……沒做錯。這就是這傢伙發火的原因。我沒看過他這樣生氣……像在氣他自己。」

「他無法多作挽救的。」

「可能吧。他跟變色龍的恩怨已經變成私人了。」

「你相信審判真的是潘彤安排的？」

「……我只知道，這座城市少了那些有頭有臉的首領，秩序什麼的，早就不存在了。」大個子說。

伊蕾露很清楚格林特所言慎是；城主下場不明、大祭司遭處死、學院院長失蹤，伊登市所有具公眾威信的頭領都已在一夕之間傾倒。瓦釜雷鳴、黃鐘毀棄之際彌留的只有人心惶惶亂象，廣場上的消息用不了多久就會傳至城市裡的每個角落。

「我們已經把能做的都做過了，接下來就等席安回來再說吧。」伊蕾露如此說。

格林特深吸一口氣說：「我看到了別的東西。」

「是什……」

有人敲門，酒館房門打開。

席維太太手裡端著臉盆走進來：「他還好嗎？」

伊蕾露轉過頭看著床上的易羅，五味雜陳的說：「他把自己榨乾了，身體呈現半休克。需要多久才醒來……要看他自己的意志。」

「唉，這小子真是濁色的一頭熱。」席維也看向雙眼緊閉的易羅：「吶，這是妳要的溫水和毛巾。」

「多謝。」伊蕾路接過臉盆放在床頭櫃上：「孩子們不會太棘手吧？」

「棘手這詞太客氣了，這裡最繁忙的季節都沒這麼亂過。」席維太太咧嘴一笑道：「一個個都鬼靈精怪的，也不知是誰帶壞的。」

伊蕾露抿嘴淺笑：「我們會看好始作俑者的。」

「我應該要謝謝你們阿，小姑娘。」席維語重心長的道：「代替所有人道謝。看來城市裡還為他人著想的，只有你們了。」

「我們才應該謝謝妳的收留。」伊蕾露欣慰的說，格林特也同時點頭。

席維太太晃晃手，一副小事莫提的樣子，說道：「對了。我幫你帶話了，赫紅。那人正在樓下等著呢。」

格林特站起身，頭頂差點撞到天花板。他說：「我這就下去。」

「不用了。」

房門再次被推開，一個男人不請自入。維米利昂在門外一副「我試過阻止了」的無辜表情。

來者的外貌沒有什麼好說。他僅僅是個略矮、略寬、略老、更加粗獷版本的格林特。

赫紅先生不知是怒、是喜還是憂，只是一一掃視房間裡的每一個人。他就是這樣的性格；身為一名燈師即使沒有聰明絕頂的腦袋，但總是有觀察異狀的習慣。看過床上的昏迷少年、坐在床頭的美麗姑娘、站在一旁的老闆娘後，他終於開口說：「傻兒子。」

「……爸。」

「啥時回來的？」

「昨天。」

「沒想過先回家？」

「事情沒解決。」

「什麼事情阿！」赫紅先生的擔憂總算變為怒火：「說也不說一聲就不知跑到哪去了，能有什麼事？平常懶得工作就算了，現在都濁色的什麼時候了還不願意待在家，你娘有多擔心你知不知道？」

格林特聽慣了這些話，將所有怨言、解釋或氣話都吞進肚裡，僅僅說道：「……爸，叫你來，有事要問。」

他伸手到袋子裡拿出一樣布包的物品，約比兩個手掌還大。格林特將布打開，露出焦痕的槍管、龜裂的手把和槍座。

「拜隆在上阿！」席維太太在胸口畫圈驅逐霉運。伊蕾露機警地保持沉默。

「這東西正在城市內出現。我們不知道是誰散播武器，但是……」格林特快速將槍座和槍管拆開，露出金屬管內部連結之處。他戰戰兢兢地舉起槍座問：

「爸，這是我們家的印記吧？」

為了照顧孩子，席維太太帶著維米利昂又回到樓下，留下其餘的人詢問有關槍銃的事。

赫紅先生解釋起最近在城東發生的事。

殷紅家身為紅色派系頭領之一，掌管著大部分的生意經營和決策權力。他們的工廠日夜不停地趕工，供應著全城市、乃至全國的金屬零件。然而，直到幾個月前殷紅家突然下了多筆訂單給其他紅色派系的小家族，其內容包含開採金屬、收購原料和生產簡單的零件。眾家族在考慮過利弊之後當然是欣然接受這些訂單，增加自家收入。

世代為燈師的赫紅家也有間工作室，但不是工廠。他們善於精工，而訂單的內容正是個精準的裝置：槍座。他們如期完成了訂單，但毫不知情這裝置的用處。兩周以前，槍銃第一次被發配給衛隊使用。致命的武器將恐慌植入全伊登市民，赫紅家總算明白他們為隔壁鄰居做了什麼樣的裝置，帶來什麼樣的驚懼與毀滅。

解釋完畢之後，赫紅先生面帶羞愧、懊惱的抱頭坐在椅子上，痛苦地想著兒子會怎麼看待自己：

「咱們弄髒了自個的手。」

——直到此刻，易羅全都聽在耳裡。

聽覺與視覺相反，在五官當中是最不易受到狀態影響的；人們說睡眠中聽覺並未關閉、即使是死亡之際聽覺也是最後才停擺的知覺。他一直等待著身體稍微恢復氣力，耳聽八方。

伊蕾露感覺到手被人握緊，床上的人緩緩睜開眼。

「易羅！你醒了。」她鬆了口氣道。

易羅張口欲言，但口乾舌燥只能發出乾涸聲。格林特將水杯遞給伊蕾露，她抬起易羅的頭餵他喝下。稍微恢復機能運轉後仍舊難以移動四肢，易羅只好躺在床上緩緩說：

「我做錯了很多……有些甚至無法挽回。」他如此對好友的父親說：「廣場上，那……三個人的死……不能毫無意義。赫紅家既也犯了錯，若不想再為殷紅、為輝黃賣命……解鈴還須繫鈴人。」

他的心雖然還傳來陣陣痛楚，卻也渴求緩慢的癒合。

「什麼？」赫紅先生抬起頭。

「只有自己能解決闖下的禍，爸。」格林特說：「赫紅家，不要繼續當人家手裡的獵刀了。」

「獵刀？」老父親彷彿聽著天方夜譚。

易羅緩緩打斷道：「——赫紅先生，可以讓我們三個私下談一談嗎？」

赫紅先生不情願地站起身道：「好。」他步出房門，「唔，我得告訴你娘你沒事。」

門關上後，格林特問：「怎麼了？」

易羅抿嘴思忖片刻，虛弱的對二人說：

「潘彤和院長，在湛城。」

「啊？你……你怎麼會…」

「藉審判之名……除去輝黃、用槍銃燒盡殷紅，他只需要除掉畫師就……」

「易羅。」伊蕾露關切的說：「能做的事，我們都做了，還是等席安回來吧。」

「來不及。」他吃力的搖頭道：「他們要來了。」

「他們？你在說什麼？」伊蕾露說。

才問完，只聽見窗戶外頭傳來巨大的鼓動聲。聽起來是有幾十人、甚至上百人一起跑過石板路，那陣腳步聲越來越靠近，似乎是朝著酒館而來。紅髮的大個子走到窗簾旁邊偷看，回報道：

「街上都是兵。士兵、私家衛隊……都是不同家族的。」

「扶我起來，拜託。」

＊※＊

街上傳來強而有力的吶喊聲：

「酒館內的人聽著！我們是來找瑟路列昂家的獨女的！這裡一共有上百名士兵，你們已經被包圍了！倘若即刻交出人來，尚能從寬發落！」

過了良久，酒館一無動靜。帶頭的衛兵身穿褐色軍衣，對後頭的人喝道：「進去抓人！」

「等一下！」酒館的門打開，走出來的卻是一個紅髮的年輕壯漢：「為……為什麼要抓她？」

領頭的衛兵回道：「該女子的父親與敵國串聯謀反，此朋黨暗中訂製火器、推翻城主和大祭司、破壞城市和諧！現在快讓開，不然我們就踏平這家店！」

格林特的內心其實十分害怕，但從很多人身上蒐集不少勇氣。他不是畫師、也沒有特別聰明的腦袋，只知道這些人如此忌憚踏入酒店，正是因為染力和槍銃的可怕。

「我……」他將雙手高舉過紅頭髮，走出門廊站到幾十人的中間，深呼吸後說：

「我知道你們在做什麼。這間屋子裡的人不是你們的敵人；他們是唯一試著挽救事態的人。

「你們……來自不同的派系家族，光是現在我就能看見十幾個不同的家徽，因為恐懼而屏棄前嫌聚集在一起，對抗三大家族的武力，但是那些武力並不在這裡！你們害怕槍銃、害怕殷紅和輝黃兩大家族的軍隊，所以想要取得人質。然而……真正的害怕我是知道的——那是當你找不到理由做正確的事。

「有人在廣場公開處決了城主和祭司，你們卻一口咬定是學院的陰謀嗎？」

格林特豁出去了。他性格寡言內向反而理直氣壯的對上百名士兵說話。他發現在這些眾衛兵當中假裝強悍，實在是毫無意義；此時此刻若欲說動人心只能真誠的發自內心。父親該不會還在附近聽吧？格林特挖出心中僅存的勇氣，對著張牙舞爪的陌生人公開道：

「我有色殘。

「你……人們覺得我天生殘缺，但是至少我願意挺身而出。與其要我相信陰謀，我寧願對抗將槍口指向無辜百姓的人！」在街道上，一盞電路燈底下，格林特說出了這段話。他不知道的是，抱著被生吞活剝的覺悟將自身的弱點全部暴露出來，拔劍、舉槍、起義反抗。

「小夥子，我們欽佩你的勇氣。」褐衣衛兵叫道：「一番空話，沒辦法另我等對抗兩大家族的火器。」

對，但是足以讓我的朋友從側門逃走。格林特吞了口水想到。他們能沒事就好。

接著，就在格林特準備束手就擒時；槍響徹天。

「磅！」

所有街上的人幾乎在同時抱頭蹲下，分不清槍聲究竟是從何而來，還以為是殷紅和輝黃家來了。

「伊登為故鄉，家族多又雜，

十五年未歸，爾虞又我詐。」

格林特不敢相信自己的耳朵和這惱人的歌詞，轉頭看向對街的屋頂。

「人生何其短，我求短暫留，

剎那間輝煌，問我復何求？

哼哼啦啦啦，想不出詞了，」

薩方・殷紅高舉還冒著煙的槍銃，坐在平房的屋頂上有如自家的沙發。他眼看大家都把注意力放在自己身上，很是高興。櫻桃色的披風一甩，他竟從二樓屋頂上一躍而下，毫不費力且姿勢優雅的著地。

「那是誰啊？」「瘋子？」「哪一家的？」眾衛兵不敢靠近拿著槍銃的薩方，很快的讓出一條路來。

薩方嘴裡哼著小調，緩緩走到酒館前面。

「嘿，紅羽鳥兒！」他嘴上掛著雀躍笑容，眼睛閃爍著精光。

「薩方……我沒想到會這麼說，但是……很高興見到你。」格林特道。

披風男自嘲的一笑，又問：「我們可愛的亡命鴛鴦呢？」

「鴛……哦，易羅嗎？」格林特會過意，壓低音量說：「受傷了，伊蕾露帶他從側門逃走。」

「你做的非常好。」薩方伸出手用力拍了拍格林特的肩膀：「和我當初認識的怯懦紅雀，已不同了。」

格林特默然以對。

「各位！」薩方迅速轉身，以一種劇團團長的華美嗓音，聚集了所有目光：「這位年輕人剛才的演說十分的動聽，動聽到……我都忍不住參了一腳幫助他。我試著在他說話時，用了所謂的『畫師的巫術』影響你們每個人的心竅喑……」他每說一個字便指向一名衛兵。

聽到這，半數以上的衛兵早已抱頭驚叫著。

「噢，但是我沒有成功呀。」薩方狡黠的笑道：「讓我告訴你們緣由吧。」

接著，薩方做了誰也沒想到的事。

他走上前，轉過槍管對著自己，然後將槍銃交到褐衣衛兵的手裡。他確保對方將槍握緊了又說：「諸位都心知肚明阿，年輕人說對了一半，鳥兒們欠缺的臨門一腳並不是心情或是勇氣，而是足以對抗敵人的武力，對否？哦，親愛的！」

舞台轉動。

一輛馬車載著沉重的貨物緩緩移動到街的正中間，駕馬的是一位褐髮且風姿綽約的女子。

「不許叫我親愛的。」

薩方賊賊的一笑，站到馬車的旁邊對衛兵們說：「我從敬愛的老家殷紅工廠借來的火器。你們現在是對等的了。」

「你在做什麼？這些都是奪人性命的東西啊。」格林特將薩方拉到一旁質問，他的手還在因為剛才當眾演說而發抖。

此時小家族的衛兵們正爭先恐後的從馬車上拿取槍銃和火藥，車夫們努力的維持著現場的秩序。薩方給了他們內心渴望的東西。或許這古怪畫師的目的就是大小家族互相攻擊。

「放心、放心。」薩方拿開格林特的手，理了理衣領：「他們跟我那殷紅家的蠢蛋士兵一樣，連槍管該朝哪都不知道。兩邊就算是打了起來也是動刀動劍而已。」

「但是你鼓吹他們叛變了啊！」格林特難以置信的說，感覺到城市的混亂即將開始。

「小鳥兒，你不懂吧。」薩方按住格林特的肩：「叛變早在十五年前就開始了，而這裡並不是真正的戰場，我們都只是陪襯的綠葉罷了。舞台的中心從始至今都只有一個地方，此劇最終的高潮也命中注定會在那裡。」

「城主死了。」安柏簡短地說：「廣場的事態一發不可收拾。你快去找莫浮他們吧。」

格林特知道這勢在必行，又問：「席安呢？他、他知道該怎麼做。」

兩人對看一眼，安柏明顯遲疑的說：「席安有事必須處理。」

「那你們呢？對上潘彤只有畫師能……」

薩方提高音量：「自我流放十五年，不是為了回來這裡看到他那張臭臉的。」

安柏比向身後剛拿到新玩具的衛兵：「這群無頭蒼蠅需要有人帶頭，否則百姓們會繼續忍受槍林彈雨。」

看出兩人眼裡的覺悟之後，格林特遲疑道：「……你們……。」

「嘿，總要有人身先士卒阿，否則這國家會在戰爭開始之前，就被玩火小孩的內鬥搞垮的。」薩方無所謂的笑道：「是時候讓他們見識真正的畫師了。這定會是生涯最偉大的表演。

「另一頭見，紅雀，好好地飛翔吧。」

丟下格林特後，薩方和安柏走向衛兵隊帶領一場革命。他們獲勝的機會渺茫，卻也不是追求勝利。雖只與兩人重逢片刻，格林特覺得似乎遇見兩位決心堅定的人。他不知道的是，殷紅與奧本兩人其實也目睹了廣場上的審判。他們同樣因孤兒院長之死而撼動——那是他們認識已久的老朋友；這都是沒出口的後話了。

紅髮如火的格林特重整心情，往約定好的地點跑去。

＊※＊

十一、虹彩之末 An Iridescent End

湛藍城塞。

形勢滾燙冒泡、焦金流石的伊登市裡，只有此一隅享受著靜謐。不論外頭再怎麼鬧盡風風雨雨這座學院都將繼續運轉，收藏著知識、紀錄並褒貶著歷史。寒風在空曠的土地房舍間竄動，如冷流般滲進諸多角落。蒼天灰的如燃盡的炭火，讓人懷疑：就算降下來恐怕也是塵灰的髒雪吧。

他在一片安靜中細想過自己的身分。我究竟是不是十五年前喪失雙親的男孩？席安招收我是為了操弄這個身分嗎？潘彤對此事是否知情？諸多疑問和癥結在腦海中打轉糾纏，一切在城市的動亂前顯得……無關緊要的重大。

「買馬？」

「對啊……」易羅輕描淡寫地說：「存好久了。我們只想趕快離開孤兒院、離開這座城市。」

「去哪呢？」

「哪裡都好。」他嘆道：「世界好大，總想要到處都瞧過一遍。」

「你看你，站都站不穩了還能想那麼多。」伊蕾露的杏臉擺出笑容。

易羅淺笑卻無法反駁。

他們待在一棟廢棄的舊房子裡，距離城堡的警衛處只有幾步路遠。

等了半個鐘頭後，格林特終於前來會合；易羅見面就問了孤兒們的去向，格林特已經交代維米利昂將他們帶至診療所安置，他也提到薩方和安柏突然出現，及時挽救局勢。得知薩方等人已然回城令人鬆了一口氣，但是格林特擔心的不只是眾家族與兩大家族的對抗。

格林特焦躁地說：「兩邊會在殷紅家的地域相撞。」

易羅感覺自己虛弱的連手指也抬不起來：「而薩方和安柏要你來勸我不要輕舉妄動？」

「……對……你怎麼知道？」

「我懂我自己。」他說：「聽著，我知道潘彤的下一步……也是最後一步。」

兩人沉默下來等待易羅解釋。他想了片刻：「妳不會喜歡的，伊蕾。

「潘彤的整個計畫都……多少圍繞著學院的自尊。他試圖讓所有人看見十五年前的慘案，包括其中的所有元素：畫師在外無計可施、男孩是孤兒、獵刀是槍銃、受害者則是城主、大祭司和……」

「學院長。」伊蕾露悠悠地說。

他點頭：「我一直想不透為什麼要抓走妳爸，直到廣場那的……」易羅閉眼甩頭，「盎格・輝黃是個視榮華富貴高過權謀的草包、大祭司年邁又虔誠難以說動、反倒是學院長正好是潘彤多年的同學。」他深吸一口氣，「抓走你父親，正好能藉院長的名義，挑起動亂。」

她雖然難過，還是將整件事裡裡外外的想過一遍，紓然道：「嫁禍給學院長之後，伊登的權威就全滅了。」

「所以衛兵才想抓妳當人質。」格林特皺著眉說：「……這樣了，還要去嗎？」

「嗯。」易羅點頭道：「就是這樣才更要去。我們只要找到院長即可，不要與任何人對峙……」他看向另一端的城堡，

「只是沒想到，繞了這麼大一個環，又回到這裡了。」

城堡的吊橋傳來嘎嘎的聲響，緩緩收起，三人仍在橋的這一頭遠望著。

「橋沒了，怎麼進去？」格林特問。

風吹來，伊蕾露不禁將衣領拉緊：「有另一條路，走吧。」

兩位好友對視一眼，跟著熟門熟路的女孩走。

她帶著兩人繞過幾個街區，直到窄巷間的一間陳舊的洗衣店，門牌寫著「彩水」。伊蕾露解釋說這間店平時負責城堡的清潔服務，因為擺滿書籍的學院最忌潮濕的洗衣房所以將這些服務委託給城市裡的店家。因戒嚴而關閉的洗衣店空無一人，三人溜進洗衣房後頭的暗巷。路一直下坡至轉角處，領著他們拐過好幾個不點的下坡巷弄；突然淨空的兩側讓他們發覺自己正站在一個河谷狀的下部。

「這是……護城河？」易羅問。空氣凝結為冷霧，吸附著水和灰塵。

「嗯，那邊是僕人進出城堡的路，通往底層的後門。」伊蕾露指著一條碎石路回答道。

僕人，這正是我們溜進去的破口。易羅撫著胸口想著，他的體力仍然孱弱不堪、四肢使不上力。

易羅將洗衣房裡搜刮來的衣服發配給其餘兩人。

素色麻布製成的粗衣寬褲上頭有幾塊污漬，不只是腰部，就連手腕和腳踝處都有束帶能勒緊袖子和褲管，甚至附上了髮網。這是僕人的穿著，有時更是奴隸的穿著。

小路帶他們來到城堡後側谷地裡一扇上了鎖的側門，格林特二話不說拿出工具組挑鎖。四周安靜的像是深夜的墓園，飄散四周的水霧為谷地蒙上一層白紗。等待的同時，易羅抬頭觀看頭頂的湛藍城堡。黑藍色的建築此時如同高居雲頂、遙不可及，這和他那幅畫裡的雨中城堡大有不同，更遠、更深沉可怖了點。

這一切順利的可怕。

他們從廚房樓梯向上，靠著熟知每條路和每個房間的伊蕾露在城堡中移動。*上次來這裡絕沒有這麼多衛兵的。*易羅回想道。*而且竟都是紅家和黃家的。*每個轉角的油燈下似乎都站著全副武裝的衛兵看著四周，反倒是學院的人員和學生全都不見蹤影。他們的計畫十分成功、過於成功，僕人的偽裝讓他們從幾個分神的衛兵面前走過，剩餘的則是繞道而過。

「等等。」易羅按住伊蕾露的肩膀：「這兒太安靜了。」

「他們可能被薩方的人馬引到外頭了。」伊蕾露推論道。

「城堡裡……有沒有陽台？」

她困惑的看著他。易羅小聲解釋：「就是……能讓街上的人看見的地方。」

伊蕾露思忖片刻：「四樓有個向外的天台，爸爸跟我常在那畫畫。你覺得父親會在那裡嗎？」

他躊躇了一下說：「潘彤需要公開展示成果，很可能把人帶到那裡了。」

「那裡會爬滿衛兵。」格林特說：「像蟻窩。」大個子難得使用比喻卻偏偏很貼切。

伊蕾露轉念一想，退後也無處可去，不妨到天台上看看也好。

「來吧。」她說。他們跳過二三樓的搜索來到四樓，易羅心中糾結著究竟要不要去院長的辦公室一探究竟。*別傻了，那裡是有去無回的。*他馬上抹去這樣的想法——心中暗自情不自禁猜測著對方的下一步。

四樓。

他們已經脫去了僕人的裝束。潮濕的空氣嘗起來仍有發霉的書頁味，讓人想起孤兒院破舊的教室和小書架。方才出現的警覺衛兵、鋒利武器和虎視眈眈的眼神卻又警示著這裡危機四伏的氛圍，每一個轉角都可能有人突然衝出。

走廊底部傳來一個男人大喊的聲音，隔著數扇木門還斷斷續續，像是宣告或是呼叫。

伊蕾露說：「爸……？」

喊叫聲逐漸縮小，消失在走廊燈火間。

伊蕾露離開藏身處亦步亦趨地往前走，似乎是認出了父親的聲音。*他還能說話，難道不是人質嗎？*易羅暗想，但也只能跟上去。鼓譟的心臟怦怦跳著幾乎要蹦出喉嚨。他們小心翼翼地前進著，卻又極力想要盡快到達走廊底部。*門後會有什麼？*他不禁想著，但是這思緒很快被甩開，重新掌控的專注觀察也讓易羅發覺不對勁之處——

房間門縫，有火光。

他看見門縫間的閃動時，已經走過那扇銅製房門，但是一股涼意迅速的竄上背脊。

易羅火速的抓住身後的格林特、推著伊蕾露往前衝。其他兩人被他嚇了一跳，回頭察看時已經太遲了。

「有人！」易羅簡短地叫道，雙腳不情願地奔跑起來。

後方的銅門乍然被推開，從房裡跑出一整群衛兵，連算人頭的時間都沒有。他們各個手持長劍、頭戴鐵盔，從走廊那頭衝向三人。易羅等人一點與之對抗的心情都沒有，除了心懷驚恐的向走廊底部奔跑之外沒有其他辦法。士兵們成了一陣暗紅色的潮水不帶感情的席捲而來，令人髮指的清除路徑上的一切。

他們整齊的步法是戰鼓、利刃是飢餓的野獸；沒有大喊「站住」或「抓住他們」，只有冷血的執行著追逐，心中僅存一念。

搆著門把的時候，最前頭的格林特也不管三七二十一便大力將門敞開，沒想到那扇門竟沒有上鎖。

「嘩」的一聲，門大力晃開。

三人幾乎同時衝進另一頭，接著默契十足的回頭將門關上。格林特火速的將門上鎖、上閘。

「碰！」這時士兵們第一次用力衝撞門，盔甲與銅門相互撞擊摩擦的聲音響亮又刺耳。三人一齊靠著門板感受將骨頭打散的撞擊力道，無助地站在這一頭。

易羅慌亂的查看四周的情況。

天台佔地非常廣大。地板、天花板和三面牆壁都是與城堡外圍相同的藍黑色石板。遠離門的那一側向著空曠的城市上空，其餘三側只有這一扇門當作出口。排氣用的管道高在天花板上，還有堅固的鐵網覆蓋；能當作掩護的只有兩根單調的石柱，在潮水般的大量敵人形同玩笑；幾尊枯萎的植物和破損盆栽，連當作武器都沒有辦法。

「碰！」士兵們的第二下衝撞竟讓門閂彎曲了。

*怎麼辦，跳河嗎？護城河是乾涸的呀。*易羅閉上眼苦思。

伊蕾露表情滿是驚恐：「爸！你在這嗎？」她叫道。

然而空曠的天台杳無人煙，三人絕望的找尋地方躲藏。

*那扇門經不起幾下衝撞。*易羅掏出匕首踮在手上，掌心的汗讓他連握都握不緊。顏料箱雖經過補充，但依往鑑朱丹只有十幾秒的功效，用來打鬥只是將脖子往刀砧上擺。再加上廣場中央的大肆揮霍易羅此刻連奔跑都十分勉強，更別說是與人刀劍相向了。

他大力喘著氣，任憑五臟六腑翻江倒海。

霎然間，數聲槍響竟從天台的另一端傳來，緊接著是人群的叫喊聲。

原本撞著天台銅門的士兵們停下動作，似乎也不清楚是怎麼一回事。他們的任務就是擒住闖入者，此時卻發生了巨大的變數。

格林特率先明白了情況，語帶希冀地說：「是他們。」

——槍聲從樓下傳來，遠遠的聽起來沒有太大的殺傷。真正無法忽略的是一整團的士兵攻打吊橋的徹天巨響，他們有的身穿盔甲、有的只是布料外衣，森藍、蘋綠、克洛福、帕森、昏黃……匯雜的顏色家族和龐大的人數讓他們全都站在同一戰線、無所畏懼——也毫無退路。士兵排山倒海的湧向吊橋的這一端。他們士氣高昂、武器高舉、護具鏗鏘；他們吶喊、中箭倒下、在槍聲前捂耳顫抖。

城堡這方，殷紅及輝黃的菁英部下整齊地排列在吊橋尾端。這些人接獲的任務非常簡單：不讓任何人踏足學院半步。誠然無論在訓練、紀律、經驗或裝備上他們都擁有絕對的優勢，然而這些事在爭戰時僅僅是數字和概念而已。

銅門外，撞門的士兵們快速的改變策略：

「你，帶半連的人下樓支援！」

「可是，天台——」

「可是什麼?!你忘記誰在裡面了？那三個小鬼才沒地方逃。快滾過去，吊橋要是失守我們就全完了！！」

在他們說話並分頭行動的同時，格林特首先恢復了冷靜。他把握著薩方帶領的叛軍所爭取的每秒；從兜裡小心的取出一個布袋，放置在銅門，接著將引信和燧石分別安插在布袋及門把上。簡單的構造不禁讓人懷疑會不會管用。

「離門遠一點。」格林特對二人說。

他們一起躲到石柱後方，離那布袋愈遠愈好。易羅朝樓下的吊橋瞟了一眼，只見兩股勢力在橋面上相撞，武器幾乎起不了作用，只在你推我擠中想辦法往前。為了什麼而拼命？復仇嗎？還是財富、權力、生活？你們知不知道自己只是被操縱的棋子呢？遠看著七彩的家族廝殺易羅發出短暫的慨嘆，而他自己的命運也在頃刻間改變。他看向天台的另一角——

他就在那。

深藍色的華麗外袍，如蔚藍的海水般吸引視線，男人微禿的頭頂露出大半截額頭、灰髮蓬亂、衣袖在拉扯中弄髒、在外袍的兩側仍能清楚看見瑟路列昂家的家徽。此人癱躺在另一座石柱的背側因此進門時完全沒有看見；他的衣著顯露高貴的身分和不凡的氣質，可是五官卻異常的瞿瘦且形容枯槁、昏迷不醒。他的嘴唇緊閉、眉頭緊皺，似乎在昏迷中仍忍受著極大的痛苦。

「爸。」伊蕾露一副難以置信的說。她苦尋數月的父親竟然真的被帶回了城堡，而且就在幾公尺之外。易羅在士兵能撞門前快速的衝到另一座石柱下檢視提爾・瑟路列昂的情況。

——他仍有呼吸，外表看似經歷不少苦日子但沒有明顯的外傷。

「格林特，幫我！」

「好……好。」大個子連忙走上前攙扶院長。他也同樣對於此事如此簡單感到詫異。

兩人合力將院長身體抬起、使其靠坐在柱子邊。易羅輕輕搖晃院長的肩膀，口中叫道：

「院長！瑟路列昂院長！快醒醒。」

另一方面，伊蕾露像是雙腳被釘在原地一樣，沒有移動。她的心裡只懷疑著一件事情：剛才在門外聽見的大喊者是昏迷前的父親嗎？他在跟誰爭執呢？念及此處，她不禁緊張地四處張望，不敢放過任何能躲藏的角落。她暗自喚起染力，準備以她唯一的迎敵手段對付任何可能的襲擊。

「叫不醒，可能是被下藥了。」易羅面不改色的說：「要找方法把他帶走。」

格林特指向銅門：「出口只有一個，而且——」

「你們聽我說。」伊蕾露面如死灰地突然打斷：「剛才……」

這時，門外的士兵早已重整態勢，撞擊了銅門數次——門閂終於應聲而斷。他們大力將銅門頂開的同時，格林特設置的引信牽動了機關，布袋裡的東西被燧石點著……

是火藥。

只聽磅地一聲巨響，爆焰在門口處炸裂開來！

火光乍現，爆炸觸及銅門和門框周圍的區域。衝擊力道如此之大，即使站在柱子後，赤紅的光亮、灼人的熱浪和震耳的音波仍分秒不差的將所有知覺同時擊破！易羅三人被這劇烈的爆炸震的跪倒在地，而門口的那些士兵則紛紛被火焰纏身；有的四肢震裂炸飛、有的人護甲和面目皆焦黑；只見金屬門框、門面和手把都已經在純火藥的燃爆下融化變形。

「啊啊啊！」一個倖存的的衛兵抱著燒傷的臉部慘叫，吼聲慘烈。其餘的士兵也驚愕的看著前頭死傷的弟兄，焦黑的屍體和令人作噁的毛髮燒焦味是最黑暗的惡夢也沒有辦法型塑的灼熱地獄——他們的使命感只能推進到這了。只見第一個逃跑的人很快的成為帶頭者，面無人色地丟下殘傷者，離開天台！爆炸傳到了天台外的天空，比起槍聲還要響亮百倍；吊橋上仍在寸步推進的叛軍們看見了城堡上方的火光，心中自然的覺得城堡淪陷、勝券在握，反倒是天台上連石柱也龜裂了一截搖搖欲墜。

易羅倒臥在地，四周都是銅門和石板的殘骸，匕首也脫手飛出。他的耳膜彷彿被攻城錘雷霆一擊後嗡嗡作響著，頭痛欲裂。原先就疲弱如紙片的身體在衝擊波中遭到毫不留情的摧殘，易羅只覺胸腔和腹部都有熾白的火焰在燒，渾身無處不疼；喉頭一甜，竟在舌頭嚐到了腥羶血味，滲落齒間由嘴角流下。

耳鳴持續了好一陣子，他只能躺坐原地，任由風兒作弄著斷垣殘壁中的灰煙。

＊※＊

「……火焰中……城亡、國破。」

聽力恢復之際，耳中聽見了這句話。說話者不是伊蕾露、格林特、當然也不是自己或逃竄的衛兵。易羅雖然無法移動四肢或頸部，然而一股涼意劃過他的背脊——天台上竟還有別人？

這時，平常中氣十足的格林特聲音顫抖開口：

「……騙子！」

「卑劣之人，才需以器具取代自身。」說話者輕挑不屑的道：「吾所尋者，非汝……」他的聲音平淡無奇，甚至可以說毫無特色。格林特以火藥退滅了闖入天台的士兵，這就是以器具取勝……但紅髮如火的大個子即使想說話也說不清；他趴臥在石地，側臉被人踩在腳下。

「嗯……」無臉者將鞋跟狠狠地壓在格林特的臉上，怨懟的沉吟：「汝等的幼稚和癡傻無法歸咎於我。」

「咳！咳咳！」伊蕾露用單手將上半身撐起，嘴中不斷地咳出髒灰。她全程待在石柱的後面躲避爆炸，此時似乎還有行動的能力。

她面色蒼白地說：「移開你的腳。」

看不見臉的男人哼笑一聲，接著忍不住哈哈大笑了起來：

「哼哈哈哈！怎麼了？」他將聲音壓低裝出一副有威嚴的樣子，「妳難道……要反抗父親？」

易羅聽見伊蕾露爬起身，腳步仍搖晃著。她叫道：「你不是他！」聲音夾雜憤怒、傷痛和深沉的恐懼，易羅從來沒有聽過她這樣激動的說話。快爬起來。易羅呼喚著自己的身體，但是連指尖也分寸難移。

「何等愚蠢的人，才會將最大的籌碼擺在顯眼處呢？」此人的臉仍然看不見：「答案是智者。籌碼是本錢，也是攻擊的手段，將其彰顯的愈加完好便能引發敵人愈大的迴響，他們會好奇、會恐懼……會憤怒。」他不屑地一笑，「瞧瞧這些螻蟻，因為被操縱的情緒而自願上演飛蛾撲火。」

易羅突然明白此人想必在指吊橋上的士兵——還有他們三人；均是被鼓舞的飛蛾，被看不見的線牽引向火焰。

「妳口口聲聲說我不是他。」無臉者忍笑道：「螻蟻們又怎麼會相信呢？除了提爾・瑟路列昂，還有誰會下令綁殺盎格・輝黃、處決年邁的大祭司、然後合殷紅家之力篡位呢？」

伊蕾露咬牙切齒地說：「小人。」

一件早已再清楚不過的事實，顯露在易羅心中：那場審判是誘餌，它重現了十五年前的慘絕人寰，而孤兒院的院長在這份計畫之中不過是捨兵保帥的措施罷了——原以為熄滅的怒火，此刻化為復仇野火再次被點燃。他不知從何生出力氣，終於能夠移動肢體。易羅咬著牙將身體撐起，隔著灰煙看清了來者的身分。

不可能。

提爾・瑟路列昂完好如初的站在原地，就像那場爆炸從來沒有發生過似的。他的藍袍上有一些灰塵和焦痕，除此之外臉部、頭髮和四肢仍舊是那位中年消瘦的學院院長。他的笑容歪斜扭曲如顏面失調、眼裡空白的像瞳孔已經消失——瘋狂的眼神如此熟悉。不是他。易羅不斷告訴自己。

「吾所尋者，亦非汝。」「提爾」一副捨棄垃圾的失望表情對伊蕾露說。

接著，他轉過頭來面對天台上唯一剩下的人。易羅看著他將格林特踢到一旁，然後緩緩朝自己走來，仍舊生不出任何殘餘的力氣，四肢癱弱無力。

易羅力竭地開口說：「你找的人……是席安。不要碰他們。」他能嚐到喉嚨中鮮血的苦澀味道。

「提爾」癟嘴皺眉，語帶無盡的失望：「你是那個孤兒？嗯……年紀也差不多，只可惜我已經失去下棋的耐心了。」他蹲在易羅旁邊臉上表情嘲諷，「如今不過是席安・瑟列斯的另一個犧牲品。」

「易羅，別相信他任何話。」伊蕾露說。

我們……是被引誘到這裡的。

易羅專注於與他四目對視，可是那雙瞳孔讓人發自內心的顫抖恐懼。

「原先在找最易燃的導火線，直到驀然的靈機一動。」他一拍自己的腦袋：「最好的材料一直都在我眼底下：怒火。我敢發誓，下令將他綁上柱子的那一刻，我真心的感到惋惜……

「丁奇・瑟列斯（Tinge Celeste）是個好人呢。」

忍耐，他在激怒你！——可是易羅真的好想發怒、好想一把將對方的頭扯下來才不會聽到更多不敬之談。那張笑臉，易羅突然有種強烈的慾望想將其撕碎。腦海中閃過那場審判、廣場上那些圓柱、抱在懷中的黑袍老人和永無止盡的傷痛哀默。臨終之際院長的家族身分突然明瞭——席安便是靠著這層關係認識易羅。可這不改變丁奇院長多年來照料孤兒院中所有孩童的事實。易羅心靈中唯一的淨土、唯一無法被破壞的回憶，被這人硬生生挖掘出來。這名字：丁奇院長，不值得受到如此的對待，不論屬於哪個姓氏。

「席安！」提爾突然抬頭對四周喊道：「聽到沒有！你哥哥是個好人！！他從沒有袖手旁觀、從沒有見死不救！！」他挑釁的語調彷彿席安就在現場聆聽似的，傳出天台四周。

突然之間，另一座石柱下的伊蕾露倏地發難。

這段時間內她不停的儲備累積著染力，此時已經將全身的色彩術能量累積至臨界爆發點——只見女孩舉起纖弱的右手放出炫彩之力；周遭的空氣由她的掌心中央迅速色變，此程度的釋放如此強大，連易羅也未見過。空氣開始扭曲時汲取了伊蕾露全心靈的能量，藍色的純粹染力射過天台，一道波浪內夾雜深邃的海洋之藍與天空湛藍，飛湧向她鎖定的假扮者。

「提爾」頗為訝異的看著染力飛射而來，接著做了一件事。

——他任由藍色染力迎面撞向自己。

染力成了波浪；沖上岸頭，接著退去。

他周遭的空氣形成一道屏障，藍色染力無法衝破、只能四散。

「無禮至極。」他嫌惡的說：「父親難道沒教過妳，不能與其他畫師爭鋒相對嗎？還是說在鳥籠中待了太久，聞不慣這煙硝味？」看了四周的屏障幾眼又看向她，「妳，跟著別人丟的麵包屑飛了這一大圈，為了什麼？為了家庭、為了朋友？還是為了……『眼見為憑』？汝在天上優雅翱翔、俯視城市時，可曾看見街上的苦力、溝裡的乞兒過著何等生活？難道天真的以為降落在地，便是展現了勇氣？」

伊蕾露驚愕地看著這個假扮者，掌心流瀉出的能量愈來愈淡、愈來愈弱。

他淡淡續道：

「『勇於嘗試』對於頂端的偽善者，不過是屈尊紆貴的藉口。」

只見那人易如反掌的將那些能量，如同拋球般把波浪轉變為自己麾下的潮水，撒向伊蕾露。女孩原先的目的是以巨大的色彩術將敵人壓制，怎麼也沒想過速衝能量會反噬而來。她滿懷驚懼的看著波浪衝捲而來，這一次絲毫沒有屏障為其遮擋，拍打在脆弱的礁石上。

——過量的藍，身心皆因其停擺。

藍色染力準確的命中伊蕾露的身體，她突然之間呼吸困難、四肢脫力，無法控制的昏迷倒地。

「伊蕾！」易羅聲嘶力竭地喊道。

不知是幸還是不幸，伊蕾露的努力並非完全無效。

——「提爾」的外觀像是用清水沖刷油畫的顏料，全然褪去。身形在一片暈色中縮小、臉型變短、頭髮增長變色、五官稍微變的深邃。此人的金髮枯黃且黯淡、長及頸，面目槁灰、頰肉空乏如同喪屍；他的頷部和頸部沒有肉只有青筋和血管；嘴唇乾癟龜裂、鼻梁塌陷。他的雙眼是場惡夢。那對深淵讓人無法凝視，漆黑瞳孔大如眼珠，一絲人性也無存；只消掃過一眼就永不可忘、卻又努力甩去的眼神。

潘彤・克雷。易羅睜大了眼看著對方的型態改變，心中篤定答案。

潘彤傷腦筋的看著衣袖，因為他的身形比起提爾要矮小許多，藍袍的袖子都過長了。他緩緩將衣袖捲起到適合的長度，絲毫不管伊蕾露是死是活。

說時遲那時快，另一人從背後撲向了潘彤。

——格林特張手擒抱敵人，不想讓對方有任何施術的機會。他的動作靈活如貓，長腿只跨了兩步便拉近距離。就在他以為得逞之際，雙手撲了個空。潘彤的動作有如神助一般快捷的非比尋常，他橫跨一步轉身躲到擒抱的範圍之外，接著縮起肩膀剛好鑽進格林特的懷抱外側，使大個子重重摔落地面。潘彤伸出枯槁的右手，對著格林特，好像要隔空抓住那頭紅髮；他不屑一顧的睥睨著，身上散發違反自然的氣息。

沒有動靜。

「哦……？」潘彤面露驚奇：「這是……？」他眼神轉到格林特身上，突然爆出一陣狂妄的大笑，他歇斯底里地笑著，彎腰抱腹嘲笑此齣鬧劇：「這……哈哈哈！色殘?!這……這就是想要救回提爾・瑟路列昂的勇者嗎？色殘？」他轉過頭對天狂吼，「竟然援請色殘，豈是毫無可造之材了嗎，席安！」

「汝等年輕人可知道為何而敗？」潘彤環視躺在地上的三人驕縱自大的說：「為何始終落後一步？此乃因汝等不懂得力量的絕對——『低劣』在爾等心中竟……竟是可以接受的！」

低劣……易羅啐了一口血，終於找出力氣爬起身

「少廢話，提爾……院長他，在哪？」

潘彤咧嘴一笑露出銹黃的兩排牙齒：「……你猜呢，孤兒？」

他動身往前走，直到步上天台的圍欄旁——他的手掌開始發出陣陣微光、周遭的空氣開始變色——潘彤專注於將染力漸漸覆蓋住全身，俯瞰著橋上的雙方人馬。易羅趁機朝格林特使了個眼色，紅髮如火的大個子略微點頭表示理解，兩人默默地從佈滿殘骸和灰燼的地板上爬起。易羅顫抖的抓住口袋中備好的朱丹粉，蓄

勢凝神。他的腦袋花了半秒鐘冷卻分析：優勢有二。潘彤必須施術改變為院長的外貌；格林特是色殘，似乎多少能抵禦染力的影響。

格林特似乎也得出了同樣的結論，兩人都不想浪費一分一秒。

首先發難的是距離較近的格林特。他悄然無聲地摸上兩步，站到潘彤身後。他伸進兜裡拿出他第二個、也是最後的法寶——他並不引以為傲，但是槍銃堅硬結實，握在手心時大個子不那麼畏怕行跡詭譎的敵人。

按下槍錘，子彈滑入槍管發出「喀」的一聲。

就在格林特以為能夠拿下潘彤的時刻，金髮的畫師已經快速轉身，如同一道藍金色的旋風。格林特楞眼看著潘彤竟像是腦袋後面長了眼似的轉頭靠近，下一秒潘彤已經竄身上前扣住了他的手腕。

此時易羅還在汲取朱丹粉的染力，而其餘兩人陷入一陣扭打。

潘彤移動的身體在易羅眼中只留一道道殘影，鮮紅色、鐵紅色的染力滿溢而出讓潘彤的動作似乎牽著好幾道暴力而致命的赤紅絲帶，他將染力的全部力量轉而成為自己的肢體蠻力和協調性，竟散發著另類的暴力美感。潘彤運用染力的技巧是如此純熟，果不枉費多年的學習和鑽研；只見他第一次出拳就結實的打在格林特的上臂，讓大個子吃痛的縮回手。

在幾次扭扯和空揮後，格林特發現自己竟完全沒辦法扳平局勢……

——更使他挫折的是，他始終無膽扣按指下的扳機。槍銃在他手裡成了無用的廢鐵。

潘彤突然停下動作，露出彎月笑容：

「——你不敢，我來。」

變色龍以肘擊敲打格林特的右腕，槍銃脫手而出的剎那便被接住。

轉向的槍管，瞬間扭轉了局勢。

潘彤縮回染力，冷冷地道：

「如何？喜歡我發送的玩具嗎？」他把玩著手中的槍銃，「偷取設計圖和火藥的配方就花去我在萊索一年的躲藏時間，沒想到汝竟過河拆橋、以槍對我。」

易羅想起鑄造槍銃的紅色派系家族，接著看向格林特；大個子冷汗直流、目如雙炬，連易羅也難以想像他心中的參雜心情。其實易羅自己心中也對槍銃充滿了恨，只因這個東西雖稱為新時代的武器，實則帶走了易羅身邊無數的人事物。這一切，都是一介狂人所引起的。

怒火充斥胸腔的剎那，易羅深信這就是出擊的最佳時機，

——他相信在染力的幫助之下，即使吃上一發子彈他也能趁機貼近潘彤，屆時與格林特合力便能設法壓制潘彤。

篤定目標後，易羅任由攢積的染力浸透全身。加速流動的血液驅動殘破疲憊的四肢，雙膝如引擎驅動突然迸裂爆發。易羅以石破天驚的速度躍向敵人。

這次會成功！

潘彤看著慘倒在地的黑衣少年忽然奮起，似乎也吃了一驚。可是訝異並沒有在他臉上停留過久。

他扣下扳機。

「磅！」

穿裂耳膜的槍聲第一次如此接近易羅，似乎就在耳邊。他不管身體的何處受了傷，只是憤而躍向潘彤。

「呃啊！」格林特由喉頭一叫。

——正要移動腳步時肩頭爆出一陣血花；高大如山的格林特被槍擊的力道震退數步，像是火藥在他體內爆開似的血流如注，子彈由右鎖骨下方貫入胸膛、順勢從後背破衫而出。他的腳步頓然凝滯、坐倒在地，手撫著傷口沾滿了紅血。

格林特搗胸倒下，兩眼圓睜；紅血濺上臉、那頭紅髮和整片衣襟。

易羅佇立不前，染力因分心而消散。他感覺到氣力由血液中被抽乾，潘彤就站在眼前，他卻連移動一步的力氣都不剩，任人宰割。

「怎麼？剛才的莽撞勇猛呢？」潘彤譏笑般地問，滿面不耐煩之色：「被用作釣餌的小鬼，豈有辦法斬斷十五年的仇債?!只消兩個同伴倒下，汝便連奮力一搏的勇氣都無存嗎？」他手上槍管仍冒著煙；潘彤檢視槍管，索然無味的隨手將其往後一丟。

「汝欲知提爾在哪？一個素未謀面的人？」潘彤指著伊蕾露逼問易羅：「還是說僅為了她？你、這兩個廢物、還有那兩個自以為是的畫師全部都被『尋找』這個詞給沖昏了頭。你一直都清楚得很，提爾究竟在哪？

「讓我刷新你的記憶吧，小孤兒。」

關於學院之首的問題，是多麼顯而易見的解答，易羅感到幾周來的記憶，回湧向他。

「我是伊登學院的⋯前任顧問。」席安說。

「十五年前，那是我最後一次見到那位天才。」薩方說。

「父親常常一消失就是好幾天。」伊蕾露道。

潘彤伸出枯斑的手掌，輕輕朝前一推。驀然間，一股巨大的將易羅壓得喘不過氣；他的五感昏聵，血液逆流至心臟讓全身陷入停擺休克，臨危之際易羅只覺意識已被傾瀉瀑布般的心靈力量掌控……

「諸君的每一步都在我的掌控之中。」

潘彤說著，一邊將染力灌注到易羅身上。煙塵中，易羅突然看清了潘彤的臉。一張既熟悉又陌生、與許多人相似、毫無特色的平坦臉孔。若非他駭人的雙瞳，走在路上的人絕不會多看潘彤一眼；他長相太過平凡。

是……診療所的院士……？易羅在掙扎中閃出此念，接著近期的回憶開始湧現——

「想起來了……？」潘彤譏笑道：「診療所、教團、軍隊……走至何處行跡皆了然於我。」

七彩的染力由脖子爬上潘彤的臉，他的面貌不斷切換改變，像是馬戲團中的魔術師——

他是那位聽命於休的醫護士、

他是岔路旅店中的女信使、

他是儀式中指控易羅的女祭司、也是軍營中的昏庸軍官……

每一種面貌都代表他對於色彩術的高超技藝、也代表席安等人由始至終都被「變色龍」耍玩。潘童與提爾，兩者並無區別。

他用長如枯枝的手指一把抓住了易羅的頭。

「我成為了他當不成的人！」那人朝著天台外用力一比：「自始至今，皆以真面目示人。畫師急著要看清，卻沒有注意當下。」一雙眼閃過癲狂熱衷的光彩，他的手逐漸嵌緊，「現在畫師也無力回天了。」

——看著那雙瞳孔中綻放的瘋狂，易羅終於明白，穆索、盎格等人為何會逐漸地為色彩痴狂。

「你……你做了什麼……。」易羅從口中擠出幾個字。

變色龍的語調輕挑：「我……？潘童當時在邊境成太過礙眼了。他懷有跟我一樣的恨，可是缺乏理解。他不懂得將玩具交給不滿的孩子、不懂得說出他們心底一直想聽的話：『這個國家需要戰爭。所有家族之間的戰爭。我們會藉由戰爭而強大，將所有家族踩在腳下；輝黃、赤紅、湛藍——全部都不重要！』」他眼睛大睜，面露飢渴，「當色環翻黑、城主罷黜、貴族消亡、軍隊癱瘓，迎來的硝煙退散之時—也只有那時——人民才會有屬於自己的天地！」

他輕易的單手捏住易羅的腦袋，提起。

「看出來了？你以為盎格・輝黃如此容易的便被逮了嗎？

「現在，堂堂的學院院長，將昭告全城股催叛變……伊登將亡、隨後幾日軍隊會踏平這裡。

他說得如此簡單，就像是操縱十幾個囚犯撞牆自盡一樣輕描淡寫。易羅忽然意識到自己被利用的多麼澈底——自己扛起重任的席安，壓根不在乎易羅父母是誰，只是將他當作誘餌帶在身邊，好讓人芒刺在背的前進。同樣的把戲，提爾則將腦袋動到了整座孤兒院的孩子們上頭，他將孩子拐走之際也讓席安的後顧之憂增大，無暇去管城中槍銃的擴散。

潘彤的臉貼的好近，易羅幾乎要沾染那種瘋狂：

「小孤兒，你跟我如此相像……均不被接受、不被看見……我等才是十五年前的受害者！而現在、現在是底層者改變世界的時候了！你難道相信席安・瑟列斯那種人會收徒授藝？相信他不知道你的來歷？他始終利用著你、利用你的身分在和我下這盤棋！」

那人口沫橫飛、以全身的力氣喝道：

「告訴他！站出來，告訴他！」似乎已經不是對易羅，而是躲在某處的席安。那人的全身在染力的加持下爆發無窮的力氣、多到溢出了皮膚。吼聲迴盪在天台和走廊之間，卻不見其他任何人的蹤影。

易羅恍惚的意識已經失去了判斷力，潘彤鉗緊手掌似乎要將他的腦袋給捏碎。染力是侵入他腦海的鑽刺，紅橙黃綠已經失去意義和秩序。要如何反抗、如何逃脫？

——十五年來近墨者黑的宮廷、教團和軍隊，對立而腐敗。

——自稱不受蒙蔽的畫師，受困於十五年前的舊恨而離去。

演員僅一人，且直到最後才步入聚光燈。見所欲見就是個笑話，致使每件事皆依「他」的預想。貪婪的計畫難以成功，那人的初衷卻竟良善，某種道德上的出路也被斬斷。

「人們……不會……相信的——啊啊啊！」

刀砍般的疼痛鑽進頭骨的每一角落，讓絲絲神經都以劇烈的哀痛回應。染力雖無形，此時也像是具現的錘頭鉚釘刻印著痛楚。易羅只覺頭痛欲裂，不論四肢如何甩打都無法掙脫擒握，清醒的意志也逐漸被排山倒海的染力洗刷殆盡，疼痛如潮水一波又一波的襲向毫無防備的知覺各處。掙扎中，他看見潘彤空出的那手緩緩握起。那人眼裡剩下烏黑餘燼。

「相信？你就相信了不是嗎？十五年前，你『父母』的死就是席安秉信善良，拉爾證明他錯了。現在你慘死在這，也是因為你相信席安的那套大仁大義的狗屁、相信自己真是十五年前的男孩。」

他五指一用力，陷進了骨頭：

「我倒要看看失去了那雙眼，豈還會殘存信念？」潘彤對著冷清空曠的天台說，把易羅扔向一旁。

惡夢真實了起來。

雖然睜著眼，視野中的顏色卻開始黯淡、線條開始扭曲、形狀開始模糊；染力攫獲他的神經使視力逐步消失。

黑暗籠罩，紅藍綠黃失去意義。

視力漸然離他而去。

那人的聲音放輕：「別擔心。遲早，整座城市的人……都會下去陪伴汝等的。」

他將染力聚集到手掌心——如同伊蕾露曾以紙張展示給易羅看過的。在幻化的色彩中空氣似乎開始凝聚，直到聚集為有形有體的實體。他的手握起時，一把由紅光描繪而出的立體短劍已經握在手中。染力「構築」出的短劍沒有材質軟硬可言，但鋒芒畢露之處足以取人性命。

——他提起構築之劍走向昏迷的伊蕾露和格林特，準備除去後患。

「住手！」易羅聲嘶力竭的乞求著。

模糊中看著構築之劍寸寸逼近兩個朋友，慘叫轉為悶哼，千頭萬緒在腦海中蒸騰……

他對恐懼太熟悉了，對待懦弱如熟客。他重回徬徨；總覺回到幾周前的自我，格林特的不屈不撓、伊蕾露的勇氣、畫師們的自信與天才……該相信其中的什麼？死亡的邊緣竟雷同當時失去方向的無力感。最可笑者是潘彤說對了。信念，變為一種自欺欺人的道具。

閉上分心的雙眼，默數心跳，允許恐懼掌控及吞噬自己。他拿起畫筆描摹著這個世界、捕捉住一個瞬間的感覺；在他筆下一個畫面能被創建、能被賦予顏色、能夠獲得生命。那種實在、確切的經驗告訴他該怎麼做、該在此處添上何色。

「瑟路列昂。」雙眼看不到的易羅仍能喊話：「你渴求的正義，只倒映在你眼中。你也在等吧……等著那些人懷著對你的恨前來…然後澈底勝過他們。我的確……沒有一天不懊悔、不懷疑自己屬於色環何處。」殘存意志之處凝聚起一股力量，轉化為色彩的心靈之力——「可是他們都不在這！他們，都放下了。他們，再不受過去的控制了。」易羅虛弱地淺笑：「如果你連過去的自己都看不清，一定是瞎掉了啊……靈魂，早已被蒙蔽了吧！」

假日偶有流浪劇團到城裡來，這番台詞就是從那些光鮮亮麗的演員那學來的。易羅知道自己的身體到達極限，需拖延作秀、需將赤紅如血的染力凝聚而起。送向敵人。

那人從沒想過，有人在被攻擊時還增長敵人之力，他原本就泛溢著紅光彷彿增大了一倍，更為魁梧可怖。

——赤紅色暗示力量。適當的紅帶給內心勇氣、喚醒肢體潛藏力量；過多的紅使怒火攻心。感性吞沒理性。情緒高漲的潘彤・克雷旋身看向易羅，他的雙眼布滿血絲，咬牙切齒的模樣如同荒原野獸，鎖定獵物的野獸。

下一秒，劍已然出擊。

構築劍似乎也因憤怒而扭曲變形、破風鳴叫著，筆直刺向易羅的心窩，以全身的肌肉驅動使速度快若迅雷；劍充斥著龐雜的情感，七彩染力碰撞迸裂出表膚。

電光一閃間，那心靈桎梏短暫的退去。易羅沒有心力聚集染力，只能最後的奮力一搏，將全部交付命運。從口袋裡掏出唯一的武器——畫筆，顫抖地緊握在手中。

劍鋒刺入身體，冰涼的鋼鐵帶來火熱的疼痛。憤怒已讓敵人盲目，偏了分寸的構築之劍由右鎖骨下方刺入，一路貫穿。抽離的肺部空氣讓易羅險些失去意識。他咬著牙還擊。

兩人距離驟近，能直直看進潘彤的眼睛——

那宛若一面鏡子。

他憤怒、他怨懟、他將咆哮壓在沉默之下十五年；他到底做錯了什麼？化身正義、以底層者破除社會中的身分牢籠，何錯之有？

若不是他，又有誰會挺身而出？

——短瞬爆燃的染力允許易羅送出刺擊，畫筆尖端找到了防禦中的弱點、盔甲的縫隙、銅牆鐵壁的罩門。

送入喉頭的畫筆像是刺進石牆，貫穿血肉。

※

血泊中，畫筆仍插在那人的喉嚨，剩下「咯咯」潺動聲。鮮血濺上易羅的整條手臂，生命的光彩和狂熱由變色龍那雙瘋狂的眼珠子裡消失，取而代之是睽違十五年的平靜，像城裡的每個人，像我，相信著不同的愚蠢念頭，有的道出了、有的到死都沒說……畫中只被賦予身形的模糊人影，又有什麼資格去看見、聽見、說出、甚至幻想自己身處的下一幕，其實都只是以彩紙包裝著慾望，醜陋透了。如果不是用慾望逼迫執哲，色環又怎麼會存在？

光線開始黯淡、聲音更加模糊、鮮血湧出傷口，生命也隨鮮血被冰冷的虹吸著。易羅在生命耗竭的邊緣動彈不得、呼吸也陷入困難，缺氧的腦部告示終點的來臨。他想起一個孩提時的懷疑：死後的世界有顏色嗎？學堂裡的老時曾說純彩神建立的仙境有著世間所有的色彩，但易羅眼裡的烏黑只怕再也不會消散了。

雙眼漸盲的他，只能笨手笨腳的解下腰間一個袋子，朝著吊橋的方向，任意丟出。那條線比任何筆刷都還難見，無聲畫過。他的意識、他對自身的懷疑，也隨那最後的舉動灰飛煙滅。

＊※＊

在湛城學院的吊橋上，灑落的鮮血無數、斷落的箭矢無數；憤怒的人們在爆炸和殘殺中相互圍攻，以性命相搏。

桑德‧昏黃又擊敗了個該死的殷紅士兵，反胃的感覺不斷上湧。

他忽然被一個掉落的東西打中頭，他好奇地收起配劍，撿起查看。

「哥，那是什麼？」托斯‧昏黃抱著受傷的手臂問道。

「不知道。」桑德撿起金屬的小牌子。

「上頭寫了什麼？」

桑德面無表情的回道：

「……帕森。一等兵。」

其他人紛紛撿起了撒落的兵牌，總有好幾十個。

陌生人、偉人、朋友或家人；一路由軍營深處被帶回家鄉的名字，散落地上或紛紛掉進護城河內。沉默蔓延，持續了好一陣子。

穿戴櫻桃色披風的人驀然呆望著天空；連這說書人也不禁默然。他恐怕願意用理智換來城塞中的故事、換來打鬥停下的原因。本應是他的表演，這陣沉默本應是他的滿堂彩，如今說書人只得猜測故事結局了：爭鬥之心，被那陣灑落的勇士遺物洗去？橋上血跡，下了陣雨便能沖刷乾淨？誰也說不清。

那天在城塞中的生生死死，則成了城市埋藏的祕密之一。

＊※＊

十二、名字的色彩 Color of the Name

日出不是美在太陽，而在飽眠的世界。

凌晨濃霧包覆住眼前的所有事物，讓棉花製的世界彷若一觸即逝。城外遠處，山峰間雲絮緩緩讓至兩旁，並順道搖醒了睡眼惺忪的暖陽；她則伸伸懶腰，揮散了流連的白霧、喚醒了整座城市。

半晌間晨光用溫度收買了薄雲，從那層沙灰色間穿越，灑落在磚瓦、石板路、鐵柵欄與電燈罩上。倉庫旁堆滿小山一樣的建材，等待工人舉起；小販猶豫著今天能否做生意，在廣場邊四顧探頭。

這座七彩的都城，並未停止呼吸。

她看見他坐在廣場中央，走上前：

「打擾了。」

他倏地被喚回現實：「怎麼找到我的？」

「你啊，傷才剛好就跑出來，叔叔都快氣壞了，竟然是跑來這裡畫畫。」她坐到他身旁。

「大個子醒了嗎？」

「正在被他父親責備呢。」她說：「這地方……和選彩那天的景象好不一樣。」

「感覺是好久以前的事了……妳不是沒參加嗎？」

「沒有。」

「所以……只是來取笑我的？」

她淺淺一笑：「做出選擇的時候就沒那麼好笑了……反倒挺適合你的。你在畫什麼？」

「城市，今天光線挺好的。」他停下畫筆說。

說到這，她的眼神不禁黯淡：「你的眼睛。」

「嗯，分辨顏色還行，視力恐怕……」他五味雜陳的笑了。

她感到眼角濕潤，抿著下唇道：「可是……」

他又說：「這樣比死去好吧，我希望。」

「……你什麼時候走？席安從軍營寄來的信裡，說戰爭很難再拖延了。」她抹了眼後問。

「其實，選擇幪來沒有落在我身上吧。……那時我只想著要對抗，心裡已經剩下最醜陋的顏色了。我不怪席安。他和我們在邊境城分道是正確的，如果那兩人真的對上，報的了私仇、卻會誤了大事。」

「席安不只放下舊仇還相信了你……是你的選擇救了伊登。」

他撇過頭：「城市都支離破碎了。」

「這裡有色環大會，況且薩方跟安柏都會留下來重整學院和伊登。」

「…。」

「你有事情沒告訴我，那天我們昏倒後發生了什麼事？」

「不，別提了。妳……接下來會怎麼做呢？」

她看著他，總覺得他有所保留只好轉向重建中的街道：「我不想、不能再待在這個受保護的地方。」美麗的雙眼不再帶著美化一切的眼光，而依稀映出色彩真實質樸的線條。

他若有所思地說：「我會幫妳找到父親的。如果這是妳要的。」

「旅行不正是你期待的嗎？」她淺笑著問。

「呃……那些錢都留給休和維米利昂照料孩子們了。」

「真是的……」她寬慰地搖搖頭：「不過，其實是維米利昂‧赤誠唷。」

「赤……真的？嗯……每個人都有自己的祕密呢。」

「說到祕密……這個，送你的。」

「花？」

「不滿意？」

「不會，很漂亮。」他連忙接過。

「可不是路邊的野花，這是紫錦葵（Malvaceae），你的花。」

他愣住片刻：「紫……？歐……謝謝妳。」

她看著他；右手畫筆、左手紫花；畫面熟悉又有種說不上的不同。

「我……能看畫嗎？」她問。

他補了幾筆後抽出畫紙——此時微風輕拂，某張素描意外從架上滑落，石磚的晨露浸濕他的頁角，暈開了一些墨粉，但依舊不難看出是伊登的孤兒院。

「真實的街道要是也有這麼美就好了。」她欣慰的說。

「……畫中世界，不會有現實那麼美的。」

「為什麼？」

他轉頭看別處後說：「……妳不在畫裡。」

過了良久，她輕枕到他肩上。一時之間誰也不忍打破沉默，不忍令美好的假像消散。未來像極了一面起霧的鏡子，她既能等待白霧散去已看清自己，也能伸手在鏡面上畫一點難以置信的東西……她選擇相信很多事，一如她不去過問，落在地上的那張素描不是早已被丟進火裡了嗎？

但還是等到看完日出吧，到時再醒來也不遲。

灰雲與白霧之間終透出束束彩光；斜射至彩環廣場形成一幅簡單的畫面，地磚上的水窪像是畫者的調色盤，混濁了起來，如同眼中倒映的顏色，雖不過是白光散射後的一部分，卻美的動人。透明的雨水等待著某位畫者，以筆將自己的故事留下、將萬彩斑斕的想像揮灑成真。

（本集完）

【後記】彩環外

搗碎了花瓣和礦石、滴入新鮮的亞麻油和奢侈的核桃油，筆刷沾起費工多時的顏料，手舉起卻僵在半空。尚未找到正確的觀察點，他倒是萌生了作罷的念頭。

寄託奇幻於色彩，虹彩帶來幻想及想像，想像具有形塑現實的能力。我想你永遠沒辦法向一位盲人說明看見彩虹是怎麼一回事。色彩是如此主觀的東西，形成不可言傳的身體經驗。我們會思索衣著的配色、房間的牆壁粉刷，甚至是皮膚的深淺，可見白光的散射從瞳孔、視網膜到視神經的路途竟激起內心的某一股波瀾，而畫師的染力利用其中的捷徑，藉由色彩牽一髮動全身。當我決定以色彩劃分這個世界的界線時，才終於找到了觀察的立足點，易羅的故事也才入模融鑄。出生在伊登，等同以生於某年某月某日評斷一個人的性格與未來，骰子落於哪一面就要過哪樣的日子，而這種現象不論準確與否，總會有一套井然有序的說詞能夠倚重。一副銳眼似乎能映照出制度間的徒勞，如同察覺畫作裡失調的色溫，我不認為易羅反抗過色環或是制度，他徒勞抵抗的是成長的必然。

回頭一看，他的成長已經超出現階段的我能夠觀察、控制、罔論理解的範疇了。我按照擬定的計畫推進一顆小小棋子時，從未想過它會是直直瞪視我的姿態。與其說兩位畫師在幕後操縱他，相互比拚，倒不如說他們都相重他的情感豐沛，是個腦筋飛快的行動派，作為情緒勒索的棋子再適合不過。天資聰穎的他每次倏地開始動作時總是撲個空，起先我還以為是太過墨守成規，一直到無奈與痛終於包覆住他的時候我才肯承認，成長，作為向內省問「我是誰、我要什麼」的社會化過程，已經使我丟失了他。

跟隨商隊流浪四海無以為家，是曾提供給他的解方，替人畫畫為生，拋開地位和社會齒輪的問題。但城市就像寵壞孩子的母親一樣，狠巴著他不肯放手，而他也亟欲獲得母親的認同。面臨那些自找麻煩的自省問題，紅髮如火的大個子和心儀的女孩子好像都順利避免了，他則繼續被下意識的同情、被他人的欲望推向棋盤深處。隨隨著漫長的旅途他染上暴力的惡習，他的觀點和成長展開富有自我意識的崩解，逃至彩環以外。逃跑是成長不免俗的課題，至於要什麼時候回流我也還沒有答案。

書末他的死亡有些模糊，是低度開放的結局。易羅確實沒有生還——我是這樣認為的——而最後一章不過是伊蕾露自己譜出的畫面罷了。略過了哀泣，他的死沒有同情，反倒成了現實中難以達到的和局，確知真相以後投降是必要的；若是不然，重蹈覆轍地開啟另一場十五年的棋局也說不定。綜觀一枚棋子的旅程，他所欲解決的難題——出身的座標位置，繞了一大圈以後依舊高懸未解，每一道線索都好像剝奪了他更多，身為畫家他始終渴望以最好的觀點詮釋世界，卻連最基本的問題都沒回答，唯一擁有的自由是篤定作罷的念頭。

期許在他身上印證自我，尋覓一連串沒有終點的懷疑，知識的真假、資訊的質量、活著的意義。思來想去編織故事總還是帶給我一種以前從沒有過的靜謐獨處，在那裡我不須是我，可以拋下名字好好講成長的故事。

是妳教我寫的名字。妳常說：你自己的事，沒有人可以負責，只有你自己，知不知道？

不知道從什麼時候開始，坐在摩托車的後座我不再左右探頭，只需坐直就高過妳了。妳從來沒有哄我別哭、從沒有叫我長大，可是我長大了。妳打電話給我說要變天時衣服要加、墊被要鋪，我從每個週末回家，到一個月回家一次。妳說即使看不見，妳也每天都想我，說要來看我畢業。

媽生病的時候，我陪妳到醫院，妳不笑了。媽走的時候，妳不能來告別我懂，但是不知道要不要安慰妳，不知道怎麼做、怎麼走。走了就走了，你要堅強……妳是這樣說的，直到妳也走遠了我還沒弄明白。

疲倦微笑、靜默飯桌；對生命應有的諒解和情懷好像都是臨摹而來的，有個人顧全家庭又肆無忌憚的衝向知性的遙遠場域，有個人全心包容又默不吭聲的將一切美好留給別人，如今那些對我來說都是盲人的彩虹，摸也摸不著。一年了，失去的當真挺多的。止步不前，帶愧疚地享受台北的異鄉距離，頻繁夜半哀泣在鍵盤上，心降至零下溫度以產生少一些震動。

必須成長的時刻，他定格畫面尋找下筆空間，但願易羅的迷惘在某處會是奇幻的礦石與花瓣。

由衷感謝參與成書的所有人。

對讀者、家人、朋友和此三者以外的人，積欠了許多聲謝謝。

對時間帶走的兩位，除了思念之外，只想說我會繼續走下去。

2019.5.19

釀奇幻34　PG2277

彩畫師：孤棋

作　　者	唱　無
責任編輯	喬齊安
圖文排版	林宛榆
封面設計	楊廣榕

出版策劃	釀出版
製作發行	秀威資訊科技股份有限公司 114 台北市內湖區瑞光路76巷65號1樓 電話：+886-2-2796-3638　傳真：+886-2-2796-1377 服務信箱：service@showwe.com.tw http://www.showwe.com.tw
郵政劃撥	19563868　戶名：秀威資訊科技股份有限公司
展售門市	國家書店【松江門市】 104 台北市中山區松江路209號1樓 電話：+886-2-2518-0207　傳真：+886-2-2518-0778
網路訂購	秀威網路書店：https://store.showwe.tw 國家網路書店：https://www.govbooks.com.tw
法律顧問	毛國樑　律師
總 經 銷	聯合發行股份有限公司 231新北市新店區寶橋路235巷6弄6號4F 電話：+886-2-2917-8022　傳真：+886-2-2915-6275

出版日期	2019年6月　BOD一版
定　　價	360元

Printed in Taiwan

國家圖書館出版品預行編目

彩畫師：孤棋 / 唱無著. -- 初版. --
臺北市：釀出版, 2019.06
面； 公分. -- (釀奇幻；34)
BOD版
ISBN 978-986-445-331-3(平裝)

863.57 108007686

讀者回函卡

感謝您購買本書，為提升服務品質，請填妥以下資料，將讀者回函卡直接寄回或傳真本公司，收到您的寶貴意見後，我們會收藏記錄及檢討，謝謝！

如您需要了解本公司最新出版書目、購書優惠或企劃活動，歡迎您上網查詢或下載相關資料：http:// www.showwe.com.tw

您購買的書名：____________________

出生日期：________年________月________日

學歷：□高中（含）以下　□大專　□研究所（含）以上

職業：□製造業　□金融業　□資訊業　□軍警　□傳播業　□自由業

□服務業　□公務員　□教職　□學生　□家管　□其它______

購書地點：□網路書店　□實體書店　□書展　□郵購　□贈閱　□其他

您從何得知本書的消息？

□網路書店　□實體書店　□網路搜尋　□電子報　□書訊　□雜誌

□傳播媒體　□親友推薦　□網站推薦　□部落格　□其他__________

您對本書的評價：（請填代號　1.非常滿意　2.滿意　3.尚可　4.再改進）

封面設計____　版面編排____　內容____　文／譯筆____　價格____

讀完書後您覺得：

□很有收穫　□有收穫　□收穫不多　□沒收穫

對我們的建議：____________________

____

____

____

請貼
郵票

11466
台北市內湖區瑞光路 76 巷 65 號 1 樓
秀威資訊科技股份有限公司 收
BOD 數位出版事業部

（請沿線對折寄回，謝謝！）

姓　名：＿＿＿＿＿＿＿　年齡：＿＿＿＿　性別：□女　□男

郵遞區號：□□□□□

地　址：＿＿＿＿＿＿＿＿＿＿＿＿＿＿＿＿

聯絡電話：(日) ＿＿＿＿＿＿＿＿　(夜) ＿＿＿＿＿＿＿＿

E-mail：＿＿＿＿＿＿＿＿＿＿＿＿＿＿＿＿